U0005929

與遙久時空的你戀愛

上集

明桂載酒

目錄
CONTENTS

第一章　奇怪的養成遊戲

不知為何，宿溪最近倒楣透頂。

走路差點被車撞，喝水都能嗆到。

這也就罷了。

三天前，她在運動會上參加長跑項目，好不容易快要衝到終點，迎來第一名的光輝時刻，卻一下子莫名其妙地被一塊小石頭絆了一下，當著看臺上全校同學的面，摔了個狗吃屎。

不只如此，她站起來時便感覺到腳踝一陣刺骨的疼，一身冷汗地被同學扶著一瘸一拐去了醫務室，才知道她的右腳踝就這樣骨折了。

傷筋動骨一百天，宿溪不得不躺進了醫院。

此時正值高二，雖說宿溪在班上有兩個玩得極好的朋友，但他們也不可能放下課業經常來看她。

而宿爸爸和宿媽媽更不必說，年底為了工廠的事情忙得團團轉，自顧不暇，只能讓宿溪自己待在醫院，他們下班後再來探望。

宿溪一個人躺在病床上，將社交軟體都刷了一遍，用中性筆把石膏畫得烏漆墨黑，無聊得長吁短嘆。

她打開 app store，打算下載兩款遊戲來玩，一下子滑過去，突然被一款叫做《帝王之路：病嬌皇子獨寵你》的古風畫面遊戲吸引了注意力。

我靠，這遊戲名字有點羞恥啊，看起來就很粗製濫造。

但吸引宿溪的是這款遊戲的介紹——

『想轉運嗎？想獲得錦鯉嗎？想成為生活當中運氣最好的人嗎？那就來玩這款遊戲吧！獨一無二的體驗讓你知道什麼叫做皇子的恩寵！特殊的經驗回饋讓你成為好運錦鯉！』

宿溪眼睛頓時就亮了。

倒不是她迷信，只是她從小到大的確比較倒楣。

雖然從小衣食無憂，成績優異，一家人的生活還算安穩，但大小災禍不斷。大到骨折，小到轉鉛筆割破手，隔幾天就要來一次。讓宿溪簡直都懷疑人生了。

而最近還躺進醫院了。

宿溪忍不住點開了遊戲下載，反正閒著也是閒著。

遊戲很快下載完畢，所占用的手機記憶體也不大，很快載入完後，卻讓宿溪愣了愣。畫面居然這麼精良嗎？這屋簷——連幾片瓦都能數清楚，看起來簡直和真的一樣，到底要累死多少繪師啊？！

率先出現的遊戲畫面是一間屋子的屋簷，上面有積雪，瞧起來是寒冷無比的冬日，屋簷還破了個洞，漏著寒風。

宿溪將視角轉到屋子裡面，才發現這屋子其實很破舊，而且只有巴掌大小。裡面只有一張木板床，木板床上鋪了一些稻草，一張單薄的被褥，一看就讓人冷得哆嗦。

除此之外，便只有一個櫥櫃是關著的，不知道裡面放了些什麼。

整間屋子裡竟然沒有桌子凳子，這麼冷的天，柴門虛掩著，發出咯吱咯吱的響聲。

宿溪戴上耳機，心道，這柴門被鵝毛大雪颳得呼嘯作響的聲音未免也太真實了吧！

她不知道這個遊戲從何玩起，在畫面上左戳一下，右戳一下，試圖找到做任務的按鍵。

就在這時，柴門被推開了，一個穿著單薄粗布衣服的小人扛著幾剁柴火，溼漉漉地回來了。

雖然人物畫得很簡單，但看得出他似乎很累。

他放下柴火時，挽起袖子下露出一截蒼白羸弱的前臂，有幾條不知道是鞭傷還是什麼的東西。

宿溪看不太清，想點大看一下，但遊戲畫面立刻彈出——

『若想看清楚皇子的容貌，需要消耗二十金幣，您目前帳戶餘額只有十金幣，請儲值後消費。』

宿溪頓時：「……」

奸商！遊戲主角的臉都不給看一下！還要儲值？

不就一卡通小人嗎，能驚為天人到哪裡去？

我不看了！

只見小人放下柴火後，又立刻拖著疲倦的身子走出屋外，去院子外面砍柴了。

他烏黑的頭髮還淌著水珠，隨著他往前走，在地上留下水跡。

這大冬天的，這小人怎麼弄得這麼狼狽？

宿溪試著戳了一下那小人的頭頂，以為按照一般遊戲來講，應該可以點開小人，幫小人取名字的，可誰知再次彈出一個框框——

『若想獲取皇子的真名，需要消耗兩金幣，您目前帳戶餘額還有十金幣，請問您想要花費兩金幣來獲取他的真名嗎？當然，您也可以修改昵稱，系統為您推薦數個霸氣側漏的名字，例如，龍傲天、葉良辰、軒轅……』

宿溪：「……不不不，本名就好。」

就在她說要，右上角她的金幣被扣了二，而左上角多出一個人物簡介。

宿溪呆了一秒……

這遊戲還能語音控制嗎？裡面有ＡＩ系統？類似 Siri 那種？

宿溪很快將注意力又放在小人身上。

遊戲主角小人叫做陸喚，底下有兩條線，上面一條是生命值，下面一條是體力值。

很明顯，遊戲小人的體力已經所剩無幾了，數值變成了蒼白的百分之十。

並且，隨著遊戲小人不停忙碌地幹活，體力值持續下降。

宿溪一開始還膽戰心驚，生怕下一秒他的體力就下降為零，然後就升天了，但沒想到，他的體力值雖然僅剩這麼多，卻頑強地撐了很久。

他還爬上屋簷去修補屋頂。

接著又出去了一趟，只是宿溪暫時無法解鎖其他區域，能看到的只有這一間小屋，於是也不知道他去哪裡了，但見他回來時，後背的衣服似乎破了些，多了兩道和手臂上有些相似的血痕。步履也更加蹣跚，總之顯得很狼狽。

宿溪大約能根據遊戲簡介猜到，這陸喚是寧王府的庶子，不受待見，遭人輕侮，自己的主線任務是和他一起成就帝王霸業。

但此時此刻他身上到底發生了什麼？這遊戲怎麼玩？宿溪卻仍摸不著頭腦。

遊戲裡的時間流動似乎比現實還快，一眨眼遊戲裡就天黑了。

宿溪見遊戲小人還在忙碌，而遊戲畫面哪裡都戳不動，不由得覺得有些無趣了，正好這時候護士喊她吃午飯，於是她丟了手機，一瘸一拐地去醫院餐廳了。

醫院的飯菜倒是很香，宿溪吃了兩碗飯，回來睡了午覺，醒來後看見手機還亮著，這才想起遊戲。

她本來已經覺得無聊了，打算刪掉這垃圾遊戲，可是卻突然一頓。

只見，遊戲裡已經是深夜了，白天一直忙碌的小人此時躺在那張硬板床上動也不動，單薄的被子阻擋不了寒風，門板被吹得呼嘯作響。

他怎麼不動？

宿溪戳了戳他，但他翻了個身，皮膚比白天更加蒼白幾分，看起來一點血色也沒有。

怎麼回事？

不是吧，什麼垃圾遊戲，主角睡大覺給我看？

但很快宿溪就發現是為什麼了，只見左上角的生命值竟然只剩下百分之三十的血紅色，而體力值從白天的百分之十徹底掉落至百分之一，接近於無。

宿溪頓時慌了。

遊戲小人生病了？發燒了？！

白天那麼累那麼折騰，渾身溼漉漉的還幹那麼多活，能不倒下嗎？

宿溪一下子覺得這垃圾遊戲竟然做得挺符合邏輯的，她眼睜睜看著左上角的生命值一點點變少，有點急，還沒開始玩呢，主角就要死了，這小皇子也太嬌弱了吧！

她忍不住左戳戳右戳戳，試圖看看有沒有隱藏的風寒藥之類的，可是在屋子裡翻箱倒櫃找了一圈，什麼也沒找到，倒是看到衣櫃裡兩件破舊的、洗得發白的單薄袍子。

這皇子也太——窮了。

宿溪沉默了下，點開地圖，試圖去別處找找，但和上午一樣，其他區域尚未解鎖，不過倒是有一處亮著燈光，應該是目前已經解鎖了的院子。

她迅速點開，發現這是一處小橋流水、假山曲廊、十分別致的富貴院子，與主角小人所住的柴房截然不同。院內燭光燈籠都很亮，有兩個下人的對話傳來。

「那狗東西，二少爺白天算是給了他一個教訓！他不是個病鬼嗎，那就讓他進冰冷刺骨的池子裡多泡泡，早點渡他去死，也算是積德！」

「我說，你可悠著點，這庶子雖然是庶子，但瞧他今天反抗管家鞭子那狠勁，只怕日後要翻身。」

「翻身，就他？呸，我看他這輩子都翻不了身了！」

大段大段的文字浮現在畫面上，宿溪看得臉色抽搐，什麼鬼，這是哪兩個背後嚼舌根的下人？原來主角今天渾身溼漉漉差點風寒，就是他們害的。

自己的遊戲小人要是升天了，也怪他們！

宿溪義憤填膺，想戳過去看看這是哪兩人，但區域尚未解鎖，她無法看見，只能悻悻地回了柴房。

聽見那兩人對主角的捉弄和輕慢後，宿溪再回去看見遊戲小人面白如紙地躺在床上，因為寒冷而蜷縮起四肢，縮在牆角，像是失去了意識，她心底便不由得對自己的遊戲小人產生了一點同情和愧疚。

照道理說，白天她應該好好看顧遊戲小人的，應該有什麼隱藏的方式阻止他繼續強撐著勞動，這樣現在也就不至於生病發燒了。

出於愧疚，宿溪繼續在屋子裡找藥。

但依然沒找到。

她忍不住又戳了戳小人。

就在這時，她的小人腦袋頂上冒出一個白色氣泡。

「水。」

陸喚張了張乾涸蒼白的嘴唇，因為發燒喉嚨裡火燒火燎。

他勉強睜開眼睛，手背按在眼眶上，片刻後，竭力支撐著自己坐了起來，下床時體力不支，一下子滾了下去。

宿溪試圖去扶，但是手指戳到小人的背，反而一下子把陸喚戳得趴下了。

她：「……」

宿溪不敢再動，而遊戲小人顯然不知道有外力，只以為是自己生病虛弱。

他爬了起來，踉蹌地走到窗臺邊。

畫面彈出：『是否要用三金幣換取水存放的位置？』

換你媽——宿溪簡直怒不可遏，滑掉這個畫面，她自己能找到。

水水水！趕緊倒水！她知道這是任務來了，趕緊在屋子裡找水，幸好她還記得白天陸喚打了水，果然，只見角落裡放著水桶，而窗臺邊放著的茶壺空空如也，她試著拖動水桶——

我靠，拖動了！

宿溪心中一喜，感覺自己快找到這遊戲的玩法了，於是她費力地將水桶拖到茶壺旁邊，往裡面灌水。

水灌入水壺的剎那，系統彈出訊息：『恭喜獲得五金幣獎勵，由於任務較為簡單，獲得零點點數獎勵。請繼續再接再厲，從技能、人際關係、外在、身體素質、主線等五大方面協助主角成就帝王之路，每得到十個獎勵點數可兌換一隻錦鯉。』

什麼獎勵？

錦鯉？

宿溪這時候還沒放在心上，以為只是遊戲胡謅。

她還在思考水的問題。

雖然是冷水，但應該是白日裡陸喚打來的泉水，可以喝，就是冰了些。

但讓生病的小人喝冰水，怎麼看怎麼可憐吧？

宿溪這邊琢磨著遊戲裡該怎麼燒熱水，陸喚卻怔然一愣。他拿起簡陋的茶壺，喝了兩口，緩解了喉嚨的火燒火燎之後，才慢慢地將茶壺放回原先的位置。

怎麼回事？

陸喚疑竇地盯著自己的茶壺。

他分明記得，自己因為陸文秀的刁難，從三里之外的山下打完水回來後，便渾身乏力，直接躺著休息了一下，之後並沒有往茶壺中注入水。

可現在，茶壺裡怎麼會有水？

不知道想到了什麼，陸喚臉色一瞬間變得難看起來，他蒼白著臉色，拎起茶壺便推開柴門往外走。

搖搖欲墜的柴門本來就擋不住什麼寒風，這下風雪頓時灌進屋內，將本就破舊的屋內床鋪上的稻草吹得四散。

他卻顧不上太多，硬撐著出去，拿著茶壺在院牆的一處停住腳步。

寒風將他單薄的衣衫吹得獵獵作響。

宿溪納悶地看著遊戲小人的反應，什麼情況，怎麼喝了口水突然跑到院子外面了？不冷嗎？

快回去行不行？！我好不容易幫你漲起來的體力值快被你折騰掉了啊喂！

只見遊戲小人伸手在雪地裡找了找，忽然找出幾隻看起來像是椿象的小蟲。

他將茶壺中的水倒在地上，將那幾隻蟲丟進去，然後去看那幾隻蟲子的反應。

只見那幾隻蟲子在水裡拚命掙扎，但很快地便游了出去，甩了甩身上的水，躲進了地下，並沒死。

遊戲小人雖然沒什麼動作，但宿溪能夠很明顯地感覺到他鬆了口氣。

他呼出的白氣凝結成霜，然後神色疲倦地抹了把臉，轉身回了柴房。

宿溪：「……」

宿溪明白了，遊戲小人是怕茶壺裡的水被人下了東西，他剛才腦子昏昏脹脹直接飲下了，等飲下之後才清醒過來、勃然變色，把幾隻小蟲丟進水裡，見蟲子沒死，他才放下心來。

——我靠，怎麼這麼聰明啊？！

宿溪一瞬間驚到頭皮發麻，她下載遊戲時還覺得這遊戲粗製濫造呢，但萬萬沒想到人物反應這麼生動的，完全不像是紙片人啊！

只見遊戲小人回到柴房之後，緊緊關上門。

他一張臉毫無血色，全是病容，他立在窗臺邊，將茶壺放了回去，並端詳了那茶壺片刻。

陸喚仍然頭重腳輕，腦子裡沉甸甸的，彷彿被火燒。

他的確覺得奇怪，他不曾往茶壺裡倒水，可為何茶壺裡會有水——莫非是昨日的忘記倒掉了？

大約是自己燒糊塗了。

不過往水裡下毒、下瀉藥捉弄自己的這種事情，那兩位可沒少做。

陸喚漆黑的眼裡劃過一絲不易察覺的冷戾，他皺了皺眉，扶著牆回到了床上。

見他終於重新躺回了床上，宿溪終於鬆了口氣，只要躺著，體力值就不會掉，還會回升。

但宿溪注視著螢幕裡蓋著單薄被子、蜷縮成一團的少年，倒產生了好奇以及些微的心酸感，到底是經歷了什麼，怎麼這麼警惕？

她下載遊戲本來只是為了打發時間，直接跳過了前面的開篇動畫，也就是人物幼年經歷。

但現在卻有些探索的欲望了，反正閒著也是閒著，宿溪趁著遊戲小人睡覺的時間，忍不住回頭點開了開篇動畫。

開篇並無遊戲小人的身世，想來他的身世應該是會在後面解密，但既然系統都說這遊戲小人的真實身分是皇子，那他肯定就是遺落在外的皇子了。只是不知道怎麼變成了寧王府的庶子。

動畫鏡頭切換得飛快，但宿溪依然從寥寥無幾的場景裡看出了這單薄少年充滿苦難的幼年。

寧王府院牆宮深，主母嘴上不說什麼，但以常年缺衣短食的方式來苛待陸喚。

半大的少年正在長身體，吃不飽、睡不暖，像在暗不見天日的陰溝裡東躲西藏，只能偷偷幫底下的下人幹一些苦活，來換取一些乾糧。

寧王府的二少爺陸文秀最為囂張惡毒，經常指使下人捉弄輕侮陸喚，陸喚稍有不慎，得罪了這人，便會得到十幾道鞭傷，以至於長年累月，他身上疤痕無數。

而寧王府的大少爺陸裕安表面正直仁義，實則虛偽假善，和寧王一樣，對這些事情睜一隻眼閉一隻眼。

除此之外，寧王府還有個姨娘軟弱無能，帶著一個女兒也同樣被欺負，反而還需要陸喚救助一二。

數個畫面飛逝而過，宿溪的遊戲小人不是渾身染血，就是死死咬牙撐住。

宿溪看得有些難受，都不忍心看下去了，可能是這遊戲做得太過逼真，讓她覺得像是真的存在這個流落寧王府、備受折磨，只等待有朝一日羽翼豐滿、登上呼風喚雨、生殺予奪的九五至尊之位的人物一樣。

不過幸好只是遊戲，宿溪又看了眼遊戲小人——柴門外寒風凜冽，幸好只是遊戲，否則真正的人處於這種惡劣的地方，肯定會活活冷死。

不過，自己還可以做些什麼？

宿溪看了看，加上剛才的獎勵，自己還有十三金幣。

系統立刻彈出來：『主角目前物資極度缺乏，建議妳可以先從改變他的物資條件開始哦。』

宿溪：「好吧好吧，小可憐稍微幫他改善一點也沒什麼。」

說完，立刻彈出商城。

擺在第一排的是各種錦衣玉袍，第一件是狐狸皮裘製成，金絲暗紋一看就非常華貴，下面價格是一萬三千金幣。

系統道：『換算成人民幣只要一百三十元哦。』

宿溪：「……」

「再見，就當我剛才沒說過那話，就讓小可憐繼續冷著吧。」

『……』系統像是有點無語，又將頁面往後滑給宿溪看。

最後面的一件名為「沒有破洞的普通暖和衣袍」價格是三十金幣。

『只要三十金幣哦，換算成人民幣也才三毛錢，這年頭買杯飲料都要十五塊呢。』

系統拚命暗示，但宿溪像是完全看不到它的暗示，無情地徑直將商城往下滑。

開玩笑，她的零用錢又不是大風颳來的，怎麼可以隨隨便便花在遊戲裡？這只是一個遊戲好不好，她可不會失去理智！

終於滑到最後，宿溪挑挑揀揀，從商城裡選擇了——

「用稻草修好漏風的柴門」和「將最單薄根本無用的被子換成非常單薄但還能勉強保暖的被子」兩項，前者消耗八金幣，後者消耗五金幣，加起來十三，剛好可以將註冊時系統送的金幣、以及剛剛倒水得到的獎勵金幣花乾淨。

系統似乎對宿溪的吝嗇無話可說，等她選擇後，就關上了商城。

遊戲裡的小人還在睡覺，對遊戲外的世界一無所知。

宿溪百無聊賴地瞧了一下他睡覺的樣子，有些好奇小人醒過來後的反應，畢竟這遊戲做得這麼逼真，他的反應肯定會很有趣。

但一時之間等不到小人醒過來，宿溪便無聊地關了手機，起身隨著護士去做腿部復健了。

而復健之後，宿溪的同班同學也放學了，帶上作業來探望她，一看見作業，宿溪哀嘆一聲，和幾個夥伴一起寫了一下作業，然後幾人一邊吃零食一邊聊天，說說笑笑，將遊戲暫時拋諸腦後了。

宿溪這邊吹著暖氣，戴著 AirPods 搖頭晃腦和同學聊八卦，破舊的柴屋裡卻是從天黑到天亮都天寒地凍。

陸喚因為風寒，這一覺睡得有些沉，等醒過來時，背上全是冰冷黏膩的汗水。

他閉著眼，抬手擦了擦額頭，感覺到沒有再發燒，終於鬆了口氣。他身子骨一向賤，再疼痛都是睡一覺就好了。

不過嘴裡還是發乾。

他硬撐著從硬板床上坐起來。

門外幾個下人見到辰時陸喚還沒出現，在門外不客氣地大聲議論：「還真把自己當少爺了，日上三竿了也不起。」

另一人道：「可惜有少爺的心思卻沒少爺的命。」

陸喚眼裡流露出厭煩與冷漠，並未理會，他掀開被子，正要下床，可手指觸摸到被子時，卻猛然一愣，眼裡劃過一絲不可思議——

這被子分明變厚了，像是有人連夜趁著他睡著了填充過一樣。

難不成是他的錯覺？

說起來昨夜的那壺茶水也是。

陸喚同時還感覺到有一絲不對勁，今日起來似乎沒那麼冷了，滲進來的寒風少了很多，他下意識朝門窗看去，卻見破舊的柴門不知道什麼時候竟然被緊密的稻草包裹住，這樣一來，能夠讓寒風鑽進來的縫隙便大大減少。

昨晚當真有人闖入自己房間？！陸喚心生警覺，立刻從床上跳下地面。

他自然不會覺得這寧王府中有誰會對自己施加善意。

他頭還有些暈，唇色也發白，但他勉力站穩，將被子從床上一把掀起，用力抖了抖。

他神情冷戾，試圖抖落出針之類的東西。

但是足足抖了片刻，什麼也沒落下來，反而是明顯被填充過的被子落下來幾片棉絮，雖然稱不上柔軟舒適，但到底是乾淨的，而且的確比先前暖和太多了。

怎會如此？

陸喚不由得有些怔愣。

他面色嚴肅，先在屋子裡細細查看一番，只見屋子裡空蕩蕩的，無論是門口還是窗邊，都沒有留下一個腳印，的確沒有被闖入過的痕跡。

何況，他一向警惕，即便是發燒昏睡，也不可能完全睡死過去，有人進來了而無從察覺。

柴門也是，填充的稻草結實而細密，瞧起來也再正常不過，完全沒發現有什麼故意惡作劇的東西，反而還真能阻擋幾分寒風。

這實在匪夷所思！

陸喚一時之間懷疑自己是否仍在發燒而產生了幻覺，可抬起手摸了摸額頭，額頭卻是冰涼一片。

又或者——是他昨夜實在燒糊塗了，半夢半醒之間爬下床將門修補了？他早就打算趁早將柴門上透風的縫隙補牢，只是近日太過疲憊，所以一時耽擱了而已。

可無論怎麼想，還是說不通。

陸喚盯了眼床褥，又盯了眼明顯被修補過的門，漆黑的眸子裡全是警惕戒備，不過暫時沒發現更多可疑的東西，他也只能暫時作罷。

但他走到衣櫥處，從破舊衣服的最底下翻出了一把用石頭磨成尖銳形狀的匕首，暗自放在了床底下的牆壁縫隙裡。

門外再次響起兩個下人的催促聲。

今日是寧王府子弟家眷去祠堂祭拜先祖之日，陸喚所居住的這破院子與下人為伍，一大清早鑽入耳中的全是殺雞宰羊的嘈雜之聲。

他雖然是庶子，但先祖祭祀卻不得不去，以免又留下話柄。

陸喚用冷水洗了把臉，風寒發燒的餘韻從腦門褪去少許後，才轉身出門。

一路上各種下人的目光，他早已習慣，便不躲不避。

寧王府祠堂的雪水結了冰，寒冷刺骨。

庶子不得入總府祠堂，於是他只能在大門外跪著。他只有為數不多的三兩件衣衫，都很單薄，不只打了補丁，還因為少年拔節生長的修長骨節而小了許多，袖口和腳踝處都露出他一截蒼白的肌膚，被地上的泥水與雪水沾溼，在寒風中被冷得發白。

過了足足半個時辰，兩抬朱漆銀頂的藍呢帷轎才姍姍來遲，在祠堂正殿處停下來。兩個比陸喚大幾歲的年輕人衣服華貴，踩著下人的背下來。

稍矮的那個是陸文秀，他朝陸喚看了眼，鼻子裡發出一聲輕哼。

昨天找了個理由教訓陸喚一番，以為他今天會躺在床上爬都爬不起來，結果沒想到這硬骨頭倒是硬朗得很，還是爬起來了。

他一下轎子見到陸喚那挺得筆直的脊背，便已十分不順眼。

而盯向陸喚，竟然見那少年雖然衣衫單薄，臉頰冷得發白，卻也抬著頭，一躲不躲地回視自己時，他立刻怒從心起，走過去就要接著昨天，繼續給這個三弟教訓。

但還未擼起袖子走過去，被大哥陸裕安按住了肩膀。

「文秀，這裡是祠堂。」陸裕安搖了搖頭，低聲呵斥：「不可胡來，有什麼事回去再做。」

陸文秀摔了袖子，狠狠瞪了陸喚一眼：「昨日放他回去，真是便宜了他。」

接著又跟來了一抬牡丹鳳轎，從上下來一位貴婦人，攏緊了身上的金釵狐裘，對陸裕安兄弟二人道：「還不快進去？」

待那兄弟二人進去之後，寧王夫人轉身進入偏殿之前，睨了祠堂外的陸喚一眼。

陸喚臉上沒什麼表情，只抬頭漠然地回視她一眼。

寧王夫人一向視陸喚為眼中釘，若是這眼中釘能拔掉，她早就拔掉了，可偏偏這十來歲的少年命硬得很、頑強得很，竟然還活到了現在。

兩個下人拎著食盒過來，發放食物給祠堂外的侍衛。

輪到陸喚時，寧王夫人抬手制止。

她對陸喚綿聲道：「外面天寒地凍，喚兒你不吃點，我擔心你餓壞了肚子，但祠堂祭拜之日，不能飲食，下人並非陸氏一族，可以不守規矩，但你與你兩位兄長卻要以身作則，所以還難為喚兒你且先忍一忍，回去了再吃。」

「你們兩個，把三少爺的飯菜送到他的住處。」

那兩個下人連忙點頭哈腰，掉了頭。

「我會讓廚房做一些你喜歡的。」寧王夫人還在外人面前維持著主母的虛假面目，但她面前的單薄少年顯然沒耐心與她虛與委蛇。

陸喚雖飢腸轆轆，可脊背挺拔，冷冰冰的臉上面無表情，一聲也懶得應一下。

什麼喜歡的？無非糠菜饅頭罷了。

寧王夫人面色稍僵，笑了笑，被丫鬟攙扶著進了偏殿，進去之後，臉上才立刻浮現幾分慍怒。

大雪旋轉飄落，轉眼就將祠堂外的深巷掩埋，陸喚跪在朱牆綠瓦外，身上、肩頭全堆滿了雪，成了小小的一座雪人。

祠堂裡時不時傳來歡笑聲。

祠堂外卻是深巷死寂幽冷。

少年一動不動地跪在原地，垂著眸，聽著耳邊呼嘯的凌厲寒風，感受著無窮無盡的刺骨寒冷。日復一日，十四年了，他心中爬上陰鬱與恨意。

宿溪和同學們一起做完作業，送走他們之後，宿爸爸宿媽媽也來了。一進病房，宿媽媽手裡的保溫桶裡烏骨雞湯的香味立刻四溢到整個房間。

宿溪一下子饞得要命，驚喜地叫道：「媽，妳怎麼知道我想喝妳燉的湯！」

宿媽媽將保溫桶放在床頭，把掉在垃圾桶旁邊的兩個零食袋子撿起來扔進垃圾桶，怒道：「不是讓妳別吃零食，吃了還怎麼喝得下我燉的湯？！」

宿溪吊著石膏腿，樂呵呵地移到床邊，迫不及待地盯著保溫桶：「我的胃夠大，還能喝得下！」

宿爸爸打掃病房，宿媽媽拉來一張椅子坐下，把雞湯舀到碗裡，遞給宿溪。

她還小心翼翼地拿了一張小桌子，放在床上，讓宿溪把雞湯碗放在上面免得燙手：

「那就全部喝完。」

喝完雞湯，又吃了點飯，宿溪打了個飽嗝，胃裡暖暖的。

宿爸爸宿媽媽又陪著她聊了一陣子，幫她收拾了下。

看著她躺下來睡覺，幫她蓋好被子，夫妻兩人才輕手輕腳離開病房。

宿溪是個夜貓子，這時間當然睡不著，突然聽到手機響了一下，她從枕頭底下掏出手機，才想起來自己差點忘了遊戲裡的小人。

她趕緊上線，一打開遊戲畫面，就彈出來好幾則訊息。

是她幾小時前兌換「修補柴門」和「單薄被子」所獲得的獎勵。

『恭喜物質基礎初步改善成功，獲得金幣獎勵加八，外在環境改善點數加一！』

外在環境改善點數？

是先前系統所說的累積十個點數可以兌換一隻錦鯉的東西？

宿溪手忙腳亂地關掉訊息，正要研究一下這什麼東西，就聽見一陣腳步聲。

此時她尚未解鎖其他區域，螢幕只能停留在遊戲小人的破舊柴房裡。

而柴房裡空蕩蕩的，被褥疊得整齊，遊戲裡已經過了一天，是傍晚了，不知道遊戲小人又出去幹什麼了。

不對——宿溪發現柴房裡好像多了一個簡樸的食盒，放在衣櫥上。

她伸手戳了戳。

這食盒並沒有淌著熱氣，一看就冷冰冰的讓人沒食欲，不知道裡面有什麼吃的。

柴門外那腳步聲越來越近，三秒之後，門被推開。

鬼鬼祟祟探入腦袋的卻不是宿溪的遊戲小人，而是兩個穿著粗布衣裳的下人，左邊腦袋上頂著一個「路甲」，右邊腦袋上頂著一個「路乙」。

宿溪：「……」

這遊戲取名是不是太隨意了？

路甲和路乙同樣也是卡通紙片人，但能很明顯地看出來身材不怎麼樣，手臂粗壯得跟蓮藕似的，頭大、腿還短。

這兩人是來偷東西？但遊戲小人的屋子裡都窮苦成這樣了，能偷走什麼？

宿溪正一頭霧水時，就見路甲直接走到那食盒旁邊，伸手將食盒拎下來，對路乙賊眉鼠眼地道：「既然是拜祭時的飯菜，還是夫人專門讓廚房送過來的，這小子應該吃得比我們好吧？」

路乙口水都要掉下來的飢餓樣子，說著兩人就把食盒打開了。

一打開，兩個紙片人傻眼了。

螢幕外的宿溪也傻眼了。

只見食盒裡哪有什麼好的，全都是一些剩飯剩菜，放在最上面幾根瘦不拉嘰的青菜沒了顏色，下面都是一些乾巴巴的米糠和饅頭。

宿溪還沒來得及對自己的遊戲小人心生憐憫，就見路甲伸手抓了一根青菜，放在嘴巴裡嚼了一嚼。

他差點難吃到吐出來：「真他媽難吃。」

見他這樣，路乙都不想偷吃了，悻然道：「本來以為能從這小子這裡撈到一點好吃的呢，誰知道拜祭這天他的伙食也這麼慘，比我們還過得窩囊。」

路甲道：「我們拎到廚房倒給豬吃算了，誰讓那小子今早對我們漠然不睬的，明顯是瞧不起我們當下人的，也算給他個教訓。」

路乙立刻拍手贊同：「成！」

宿溪瞪大眼睛，簡直怒不可遏，都不好吃成這樣了，還不讓她的遊戲小人留下？還要故意倒掉？

到底是多大仇多大怨？！

這兩個傻子！

她怒不可遏，本想把兩人面前的柴門狠狠關上的，但動作慢了一拍，還沒關上，兩人就已經消失在了屋內。

宿溪有點急，想轉動畫面追出去。

可畫面紋絲不動！

但系統立刻彈出訊息：『當前只解鎖了陸喚柴屋，若想解鎖廚房，累積點數必須在三個點以上。』

宿溪氣得毫不猶豫：「三元是吧，扣扣扣！」

系統：『……不是，點數不能用人民幣兌換，必須靠做任務積攢。』

『比如說。』系統彈出商城，向宿溪推銷「修補屋頂」的商品，道：『昨天主角修補屋頂時，還有最後一點縫隙沒完成，妳幫他完成，會得到改善外在基礎環境帶來的點數獎勵。』

「多少錢？」宿溪一看價格，二十金幣！兩毛錢，四捨五入可以買塊口香糖了。

宿溪有點猶豫。

系統：『……』見過小氣的沒見過這麼小氣的。

可那兩人在宿溪眼皮底下，偷走了宿溪的遊戲小人的飯菜，這和當著宿溪的面搶劫沒什麼兩樣，她心裡怒得不得了，也顧不上自己「絕不課金」的發誓了。

她眼睛一閉，狠狠心：「課課課！」

系統立刻喜笑顏開，從宿溪這裡扣了二十金幣，快速修補完屋頂。

『完成修補屋頂任務，恭喜獲得金幣獎勵加三，外在環境改善點數加二！』

右上角點數累積為三。

「呀嚓」一聲，廚房解鎖了。

宿溪迫不及待追去廚房。

只見那兩個做賊的下人悠悠哉哉地在廚房轉來轉去，此時寧王府的人可能都去什麼大型拜祭了，廚房裡沒人，外面也聽不到什麼聲音，以至於這兩人肆無忌憚。

路乙在角落裡翻找有沒有吃的。

而路甲在案板上將遊戲小人的食盒蓋子打開，然後轉身去拿餵豬的飼料，打算摻一摻。

他一轉身，宿溪冷笑著用手指在螢幕上一滑，便拎起蓋子，重新蓋回了食盒上。

路甲聽見聲音轉身，愣了一下。

這蓋子——他剛才不是打開了嗎？

他晃了晃腦袋，覺得有些錯愕，又走過去打開，然後轉身去拿飼料。

可是當他從高處抱著飼料，搖搖晃晃地走過來時，卻又見到這蓋子他媽的又闔上了！

「見鬼了吧？！」路甲手裡飼料差點砸到腳。

他匪夷所思地走近，伸出一隻手重重將蓋子掀開。

宿溪蹺著腿躺床上，和他槓上了，用一根手指頭狠狠把蓋子關上。

「啪嗒！」

路乙都被驚了一下：「怎麼了？」

路甲面色已經青白。

他戰戰兢兢地再一次將蓋子撥開。

可下一秒，蓋子就當著兩人的面，騰空而起，在空中轉了一圈，差點削到他們脖子，還跳了個八拍，最後啪嗒一下，紋絲密合蓋到食盒上！

兩人：？？？

打開，闔上。

打開，闔上。

移開，整個食盒一下子被空中無形的手拎起來，跳回原先的位置。

兩人：「……………」

飼料砸了一地，兩人面如土色，腦袋碰腦袋，撞了個暈頭轉向。

兩人從地上爬起來，匆匆朝廚房外跑去，邊跑邊鬼哭狼嚎：「媽啊！見鬼了啊！！！」

宿溪聽見兩人淒厲的叫聲，以及被外面的管家吼道：「發什麼失心瘋！」

她心裡才爽了。

嘻嘻嘻，讓你們偷我的東西。

系統又彈出訊息：『恭喜成功對主角的人際關係進行協助與處理，恭喜獲得金幣獎勵加三，人際關係點數加一！』

這樣也能賺取金幣？

宿溪頓時見錢眼開。

她在地圖上，見到那兩人無頭蒼蠅似的亂跑，居然一下子跑到了遊戲小人陸喚的柴屋院子裡，她頓時樂壞了，畫面跟著調過去。

那兩人氣喘吁吁，撐著膝蓋，面比紙白。

路甲哭喪著臉道：「剛廚房裡到底是什麼東西？」

路乙喘著粗氣，膽子快飛出來了：「我、我怎麼知道？」

而就在這時，他們忽然有種不詳的預感。宿溪曲起食指扣在拇指上，對著路甲的屁股狠狠一踹，力道太大，路甲立刻飛了出去，砸在院牆上，一個人坑。

路乙驚呆了，還沒來得及思考發生了什麼恐怖的事情，臉上就挨了一巴掌。

而宿溪踹完兩人、搧完巴掌之後，響起金幣落入口袋中的聲音。

金幣加二、加二。

宿溪：真的有金幣拿？

她摩拳擦掌，啪啪又是兩腳。

只見螢幕上飛快彈出個不停加二加二加二加二……

宿溪兩眼被金錢符號充滿，玩得不亦樂乎，對系統道：「這個環節設計得不錯，跟瑪莉歐頂磚塊似的，一直頂一直有錢出來。」

系統：『……』

螢幕上閃過一行，『請不要貪得無厭』，接著，就不再掉落金幣了。

宿溪看了眼右上角，見金幣累積二十三，點數累積四，有些意猶未盡地撇了撇嘴角。

而那兩人奄奄一息地在地上嚎哭了一下，過沒多久，被另外幾個以為他們瘋了的下人拖著帶走了。

寧王府很大，寧王府之外想必還有更大的京城，但現在宿溪能解鎖的只有遊戲小人的柴屋和廚房這兩個小角落。

這兩個地方很快空下來，不再有人，她便覺得有些無聊了。

不知道遊戲小人幹什麼去了，什麼時候回來。

宿溪忽然想到他的食盒還落在廚房，於是快速切畫面到廚房。

可是看到食盒中那面黃肌瘦的青菜，宿溪都有點想吐，她看了眼自己床頭邊香噴噴的雞湯，深深覺得這青菜米糠怎麼能是人吃的東西呢？

系統察覺她的心思，及時狡猾地跳出來：『請問需要從商城裡花五金幣購買食物嗎？』

「不不不。」宿溪仍秉持著絕不課金的原則，說：「我先在廚房裡找找有沒有吃的。」

話音落下，她就在蓋著的灶裡找到了一道香噴噴熱乎乎的梅菜扣肉。

宿溪：「看，這不就省錢了？」

系統：『……』

算妳狠。

宿溪將食盒中的飯菜倒進廚房院子右邊的豬圈裡，然後將那香噴噴的不知道是誰藏在這裡的梅菜扣肉撈起來，取而代之放進食盒裡，再拿回去，放回遊戲小人屋內的衣櫥上。

拍了拍手，她十分滿意。

遊戲中的時間過得飛快，宿溪這邊才一個白天的時間，這遊戲裡好像就已經到了第三天晚上了。

霜寒降下，月色升起，遊戲小人才回來。

宿溪第一反應是抬頭去看左上角的生命值，只見生命值仍在百分之三十，體力值又是瀕臨於無的百分之五。

宿溪皺眉。

他又去做什麼了？怎麼膝蓋髒兮兮的，袍子下面全都溼透了，而且臉色也冷得蒼白？

當然，因為宿溪小氣，沒有兌換遊戲小人的長相的緣故，現在遊戲小人在她這裡還是個Q版的短手短腿的紙片人形象。

不過他外形雖Q，但走路的步子卻非常穩重沉甸，神情也冰冷冷的，有種令人恍惚的反差萌。

他走進來後，似乎嗅到空氣中味道不太對勁，鼻尖動了動，眉宇擰了起來，朝衣櫥看去。

宿溪觀察著他，見到遊戲小人面部細微的表情，心中有些恍惚——

這遊戲也做得太生動了吧？她幾乎快沒把這遊戲小人當紙片人了。

陸喚神情冷冷的，走到衣櫥旁，將食盒拿下來。

今天的食盒似乎氣味有點不對，重量也比平日裡重，不過他並未在意。

他隨手掀開食盒的蓋子，打算隨便倒到外面的哪個草叢裡時，神情卻頓時愕然。

食盒裡放著一道梅菜扣肉，晶瑩油亮，香氣撲鼻。

下面還有潔白的米飯，聞起來就讓人食指大動。

陸喚瞳孔凝住。

匪夷所思的事情再次發生了。

廚房拿給自己的飯菜一向是糠菜饅頭，今日怎會在那女人的特地授意之下，還送來了熱氣騰騰的飯菜？

他到底是燒糊塗了，還是在做夢？

第二章　幫主角找靠山

陸喚自小到大，在寧王府的處境一直很艱難。

若只是因為庶子的緣故，恐怕還不至於如此遭人欺凌。京城但凡是達官顯赫的府邸，大多都會有幾個姨娘幾個庶子，但那些人至少可以吃飽穿暖，不至於如他這般遭受針對。

五歲那年，他才從下人口中得知，寧王待他刻薄，不允許他出這道府門，且縱容寧王夫人與兩個嫡子對他惡劣，還有別的緣故。

聽說，他的生辰八字與當今東宮那位相沖。

陸喚沒見過自己的母親，對自己的身世也並不清楚，自然也不知道自己是什麼時間出生的，萬萬沒想到就因為生辰八字撞了當今陛下的忌諱，擾了寧王的官運，而被丟棄在這院牆高深的寧王府中陰冷潮溼的柴房度過了十四年。

陸文秀不過是個沒長腦子的蠢貨，不足為懼，他真正提防的是笑裡藏刀的寧王夫人。

廚房也全是寧王夫人的爪牙，這些年來故意對他殘羹冷炙相待，逢年過節更是奚落般的減少份量，故意餓著他。

而今日送來的飯菜卻突然一變，居然變成了正常的熱菜熱飯！

在陸喚眼中，自然是事出反常必有妖了。

宿溪趴在床上，手掌托腮盯著螢幕，就等著遊戲小人見到熱氣騰騰、美味的梅菜扣肉，興高采烈地開始動筷子。

就連她都快被那道梅菜扣肉饞得流口水，可遊戲小人怎麼還立在原地皺眉盯著？

而且臉色還越來越冰冷了？

想什麼呢，動筷子啊！

宿溪剛要戳他一下，讓他快點吃，就見遊戲小人從他卡通風格的衣袖裡掏出了一個東西，捏在兩指之間，軟糯Q彈的包子臉異常嚴肅。

宿溪：？

不是，你不吃飯掏出一根針幹什麼？

這遊戲小人真的很不按常理出牌。

下一秒，就見遊戲小人微微俯身，將銀針探入食盒當中，刺進梅菜扣肉當中。

然後拿起來，用清水涮洗兩下，注視著銀針的顏色變化。

似乎是見銀針顏色居然沒有變黑，他眉心擰成一個川字，有些詫異。

接著，他又將銀針仔細刺入米飯當中，觀察銀針。

可仍沒有變黑，他更納悶了。

不過遊戲小人仍沒有放鬆警惕，他反覆多次往食盒中刺入銀針，極其謹慎和警惕。

宿溪張著嘴巴，都愣了。

崽崽這是懷疑飯菜裡有毒？

不是吧，戒備心居然這麼重？這遊戲未免真實得太過頭了吧？！

你說別的遊戲，《旅行青蛙》之類的，幫遊戲小青蛙買了好吃好喝的，牠們不都興高采烈衝過去大吃一頓嗎，怎麼到了這個遊戲裡，這麼的——

宿溪被遊戲小人的反應弄得有點風中凌亂。

就在她以為不過是遊戲程式設計比較嚴謹，等遊戲小人用銀針測試過沒有毒之後，他就會開始吃時，卻見遊戲小人突然面如冰霜地拎起那食盒，朝著柴門外的馬廄走去，看起來像是想找個僻靜的地方倒掉。

宿溪：？？？

她如遭雷擊。

我他媽好不容易弄來，你就這樣倒了？

飯菜裡竟然沒有毒或者瀉藥，陸喚心頭的確也有些詫異，但廚房陡然送來這麼一道熱氣騰騰的飯菜，必定有異常。

一定是那女人或是陸文秀又有別的心機。

他寧願餓著，也不會動筷子。

他拎著食盒走到門邊，欲要拉開柴門。

宿溪見狀，趕緊用手指把螢幕上的卡通風格柴門死死按著：崽，浪費糧食可恥。

柴門發出咯吱咯吱的受力不均的聲響，門框竟然好像是莫名卡在了牆壁縫隙裡，陸喚居然一下子沒拉動。

他眼中劃過一絲匪夷所思。

風把門嵌入牆內了？

陸喚站穩，扣住門框，猛然用力，他風寒分明還沒全好，可力道竟然大得很，螢幕外的宿溪居然沒能按住！

柴門都快被兩人一裡一外弄壞了！

宿溪迫不得已移開手指頭，陸喚這才開了門，拎著食盒走出去。

還不忘回頭莫名奇妙地看了門一眼，不過這柴門年久失修，有些異常也算不得奇怪。

「……」

於是，宿溪眼睜睜地看著陸喚拎著食盒，走到馬廄處，用鏟子挖了個坑。

她正頭疼自己的遊戲小人太過警惕，這樣不吃不喝自己還怎麼養他嘛，就聽見遠遠幾道凌亂兇悍的腳步聲，其中夾雜叫囂著「給我找小偷」的聲音。

她聽到了，陸喚自然也聽到了。

他神情一變，似乎陡然意識到什麼，漆黑的眸子劃過一絲陰鬱，手中動作更加的快。但是還未來得及將食盒裡的飯菜倒進去，那幾個人便氣勢洶洶地衝進來了。

在那些人衝進來之前，他只來得及匆匆將食盒蓋子蓋上，扔在馬廄角落。冷著臉轉過身，對視過去。

陸文秀趾高氣揚地站在最前面，身後跟著路甲和路乙，廚房總管和一大堆人。

嘩啦啦的螢幕突然熱鬧起來，聚集了一群人。

畫面如下。

人人人人人人人人人人人人
人人人人人人人人人人人人人　人
人人人人人人人人人人人人

只見陸文秀穿著紅色大氅，矮得像花生米的卡通風格小人囂張跋扈地走到陸喚面前。

本來是十分盛氣凌人的走姿，但因為卡通畫風過醜，被宿溪立在那裡沉穩如水、身形頎長出眾、一動不動的遊戲小人一襯托，看起來就像畫壞了的草稿。

「本少爺今早吩咐廚房想吃梅菜扣肉，廚房特意做好了，卻不知道是被哪個饞嘴的賊偷了！」陸文秀斜著眼睛嚷嚷道：「至於嗎，是餓死鬼投胎嗎，連一道菜也要偷，若是被揪出了那人是誰，就等著被全寧王府恥笑吧！」

宿溪愕然睜大眼睛。

屁！死花生米睜眼說瞎話的本事倒是大！

梅菜扣肉是你的個鬼！

她當時分明是見廚房能吃的都被吃完了，只有梅菜扣肉沒人要，以為是剩下的，才弄來給崽崽的。

現在陸文秀帶著一群人來，分明就是沒事找事，藉機發揮，為了報復之前的事情找理由！

但無論如何，宿溪也意識到了自己好心辦了壞事。

只見陸文秀一群人盛氣凌人，而她的遊戲小人孤身一人。

他髒兮兮的袍子上還有未乾的雪水，被寒風捲起，猶如隨時會被扯碎，他漆黑的眸子裡隱隱有幾分憤怒，身側的拳頭也不易察覺地握起，但仍按捺住沒有動。

宿溪感覺心尖突然被扎了一刀，竟然對一個遊戲人物產生了愧疚的情緒。

路甲捂著屁股，跟著幫腔道：「對，而且當時我二人將食盒落在廚房了，怎麼現在跑到你這裡來了？肯定是你自己取來的，見到二少爺的菜，犯了饞偷走了。」

路乙也揉著青腫了的臉，牙齒漏風道：「二少爺，現在您的美味佳餚指不定已經進了他的肚子。」

陸喚冷冷道：「究竟是怎麼回事你們自己心裡清楚。」

果然如他所料，事出反常必有妖，廚房怎麼會突然送來一道熱氣騰騰的飯菜，原來是陸文秀要在這件事情上做文章。

前幾日朝廷考官來查，他雖然是庶子，但也被召過去一起參加，結果勝了陸文秀與陸裕安兩人，陸文秀顏面掃地，這之後便想盡辦法找碴。

前日還沒鬧夠，今日竟然又想出了一招栽贓嫁禍！

宿溪見到遊戲小人難看的臉色，也同時想到，剛才要不是自己擋著門不讓遊戲小人出來把飯菜倒掉，這時候這道惹禍的梅菜扣肉早就被倒進隔壁馬廄了，陸文秀這些傻子找不到證據，還怎麼冤枉人？

就因為她——

可是，這遊戲真是變化多端，誰能想得到啊？

到底哪個垃圾程式設計師寫出來的？！

宿溪有點急，手肘撐在床上有點痠痛，也不敢移開視線，上午她還說不會沉迷遊戲，這時的她完全宛如網癮少女！

「哼，你敢不敢打開你身後的食盒讓我們二少爺看看。」廚房總管道：「若是在你這裡找到了，你就必須承認你是個偷東西的賊！」

廚房總管無比確定，那道菜肯定是陸喚偷走的，因為在廚房發現梅菜扣肉不見了，而地上撒了一地的糠菜饅頭，不是陸喚調換了那能是誰？

而即便陸喚沒有偷，是哪個下人偷的，梅菜扣肉不見了，也能推卸責任到他身上，就說是他吃了。

反正，陸二少就只是想找個理由教訓眼中釘陸喚，並不在乎梅菜扣肉真的去了哪裡。

陸文秀讚賞地看了廚房總管一眼，他幫自己找了個好理由。

而陸喚神情難看，臉色沉鬱，漆黑瞳孔裡浮動著幾絲冷鷙。

他已足夠警惕，但卻不知道怎麼近來匪夷所思的事情頻繁發生，今日到底是自己燒糊塗了，動作慢了一步？還是放鬆了警惕，竟然中了陸文秀的圈套？

見他這副神情，陸文秀越發覺得那道梅菜扣肉就在他身後的食盒裡。

現在自己只需要親手過去將食盒掀開，便能讓陸喚這個不肯跪下的庶子變成小偷，折辱他的名聲！

陸文秀心情大悅，得意洋洋地勾勾手指頭，讓路甲將陸裕安和寧王府其他下人全都叫過來。

這熱鬧嘛，當然是要越多人看越好玩。

沒過多久，陸裕安還真被請來了，跟在後面的還有一大堆下人，整個寧王府的下人幾乎都跑過來看熱鬧。他們平時不敢正大光明看熱鬧，這次可是二少爺特意吩咐他們過來的。

陸裕安比陸文秀還年長幾歲，看起來沉穩許多，擰著眉，說著場面話：「究竟怎麼回事？寧王府中偷竊一事可不是小事，文秀你可有什麼真憑實據？」

後面一群下人竊竊私語，對陸喚指指點點。

一個下人湊過來，在陸文秀耳邊對他小聲道：「少爺，那道梅菜扣肉肯定在他身後的食盒裡，我方才聞到味道了，您只管揭穿。」

陸文秀得意極了，對陸裕安道：「我自然有證據。」

接著，他對身後的一眾下人道：「你們可都睜大眼睛看看，到底誰是寧王府中連本少爺的一道菜都要偷的人！如此偷吃行徑，連乞丐都不如！若是實在飢餓，可以求本少嘛，何必偷呢？」

他字字惡意，瞥向陸喚。

「把他身後的食盒打開！」

寒風凜冽，陸喚漆黑眼底像是結了一層冰霜，他死死盯著陸文秀，抿著唇一言不發。

劍拔弩張，氣氛繃得不行。

陸文秀哼笑一聲，推開廚房總管，親自走到那食盒前，將食盒拎起當著眾人的面晃了一圈，動作故意放得極慢，然後將手按在上面。

而與此同時——

宿溪動了一下螢幕。

「嘩——」陸文秀故弄玄虛得不行，吊足了陸裕安和所有下人胃口，才陡然掀開食盒蓋子。

他面露得意，惡聲惡氣道：「怎麼，這可是當場抓獲啊！」

空氣卻一片死寂。

食盒內，哪裡有他所說的美味佳餚，分明是——

冷掉了的米糠饅頭！

方才對陸文秀信誓旦旦說食盒裡有梅菜扣肉的下人悚然失驚——怎麼回事？！見鬼了？！

剛剛明明有的，為什麼突然被換成了米糠饅頭了？！

被叫過來看熱鬧的不只是寧王府的下人，還有一些食客和暫居的文人，雖然他們都知道庶子與嫡子尊卑有別，寧王府中的庶子過得不會太好，可現在這情況……

這也太慘了吧。

平白無故被誣賴？

而且誣賴他的二少爺陸文秀好像還是個蠢貨。

真是尷尬。他們都恨不得替陸文秀找個地洞鑽進去。

一時之間極其寂靜。

陸文秀面前的一眾下人與廚房總管等人瞪大眼睛，面面相覷，鴉雀無聲。

陸裕安神情漸漸變得難看，盯向陸文秀，宛如看著一個智障，呵斥道：「文秀，你又在胡鬧什麼？」

陸文秀莫名奇妙，這才意識到了什麼，他放下食盒看了一眼，頓時臉色漲紅。

不、不是，怎麼回事？剛才自己的下人分明說這裡面有梅菜扣肉的香氣，可現在裡面怎麼變成乾巴巴的米糠饅頭了？！

當著這麼多人的面，自己上躥下跳、口口聲聲說陸喚偷了自己的菜，結果現在根本沒偷？

還被眾人看到廚房如此苛待陸喚？！

陸文秀只覺得自己一下子變成了小丑。

他惱羞成怒，脖頸漲紅，臉色一陣青一陣白，忍不住惡狠狠地踹了旁邊的廚房管家和那個告知自己確認梅菜扣肉在陸喚食盒裡的下人兩腳。

「你們是傻子嗎？沒經查證的事情告訴本少爺幹嘛？」

廚房和那下人傻眼，爭辯道：「我們明明——」

「明你個頭！」陸文秀顏面掃地，氣得冒火，又一人踹了一腳。

眾下人尷尬無比，不敢說話。

場面一度十分令人腳趾蜷縮。

陸喚見到食盒當中的米糠之後，瞳孔也不動聲色地猛縮了下，驚詫至極，只是他沒表現出來分毫。

而就在這時，廚房傳來一陣劈裡啪啦的聲音，有個下人捧著那盤梅菜扣肉出來，訕訕地跑過來，對廚房總管道：「總管，找、找到了，在你放材料的壁櫥裡。」

廚房總管驚愕之際：「怎麼可能？」

剛才他搜遍了廚房，分明沒找到，才確定是被人偷走了的啊。

簡直見鬼！

難不成是他老眼昏花？剛才沒看到？！

話音還未落下，陸文秀就氣急敗壞地給了他一個耳光：「給我滾！」

周圍被叫過來看熱鬧的食客文人用難以言說的目光看著陸文秀，目光透著想笑又不敢笑的尷尬。

陸文秀自然能感覺到，臉上宛如被搧了一個巴掌，火辣辣的。

陸裕安臉色越來越鐵青：「好了，別胡鬧了，到底成何體統！」

「都散了！」陸裕安甩袖就走。

陸文秀氣得臉紅脖子粗，回頭惡狠狠地指了指陸喚，然後狠狠踹了總管一腳，打算撤了。

「走！」

可就在這時，他不知道被什麼絆了一下，頓時尖叫一聲，腳底板衝出去，接著，當著所有人的面摔了個狗吃屎。

「啊啊啊！」他整張臉一下子砸進院門口的泥土裡面，抬起頭來時，鼻孔裡全都是泥巴！

有下人忍不住捂住了嘴。

陸文秀鼻青臉腫，氣急敗壞，爬起來對著廚房管家和自己的下人就是幾個耳光。

「沒長眼睛嗎，敢絆倒我？」

他的心腹的臉都被他搧腫了，憤憤不敢言。

而螢幕外，宿溪幸災樂禍地收回手指，搓了搓，順便從床頭拿來一包洋芋片撕開。

這就是壞人自有壞人磨。

宿溪只不過是想替遊戲小人出一口惡氣，卻沒想到系統飛快地彈出訊息。

『恭喜協助主角處理人際關係，金幣加八，加二，加二，加二，人際關係點數加三……』

『點數已經達到七點，可以選擇寧王府內一個新的角落解鎖。』

媽耶，一下子就七點了！

接著，地圖就出現在了宿溪面前。

螢幕上獎勵的訊息彈個不停，宿溪都看不見遊戲小人，於是匆匆將訊息滑掉，道：

「先不急著解鎖區域，我需要考慮一下解鎖哪裡。」

系統：『好。』

訊息被清空後，只見螢幕上擠擠攘攘的下人們都已經散了。最後走的兩個穿粗布衣裳的少女甚至回頭同情地看了她的遊戲小人一眼，眼中寫著——二少爺居然蠢到栽贓嫁禍都栽贓不成功，也是為難三少爺了。

人群散後，空蕩蕩的柴院只有寒風呼嘯。

這場鬧劇以極其詭異的方式結束。

陸喚走過去，彎下腰，撿起砸在地上的食盒端詳，眉心擰成川字。

「……」

別說陸文秀等人震驚了，就連他也匪夷所思，明明親眼看到了食盒裡有熱氣騰騰的梅菜扣肉，可怎麼一瞬間忽然又變回了冷冰冰的米糠饅頭？

如果說茶壺一事是他燒糊塗了。

柴門和被褥一事是他夢中所為。

那麼難不成現在這麼詭異的事情，也是他眼睛花了嗎？

這簡直已經超過了常人所能理解的範圍，不由得讓人懷疑自己精神失常。

陸喚忽然想起什麼，定了定神，緩緩走到屋簷下，朝著屋頂漏了的那一塊看去，方才進屋後沒有細瞧，這時便見到屋頂剩下的那一小塊竟然也不知何時被修補完成了。

「……」

陸喚面色一瞬間變得更加難看與古怪。

而宿溪只見遊戲小人腦袋上頂著白色氣泡，上面有一串刪節號。

他仰著頭彷彿在思考人生。

宿溪「唔嚓唔嚓」嚼著洋芋片，瞧著遊戲小人皺起來的嚴肅冷厲的卡通包子臉，簡直樂不可支，越來越覺得她的遊戲小人好萌。

不過，寧王府要想栽贓嫁禍，成本是不是太低了點？僅憑幾個下人的指證，那位二少爺就能不分青紅皂白地帶著一大群人闖進柴院？實在過分！

這樣的事情先前肯定經常發生。而這次陸文秀在她的遊戲小人這裡吃了大虧，被當場打臉，肯定也更加記恨在心，接下來還不知道要怎麼找她的遊戲小人麻煩。

宿溪看著遊戲小人髒汙的膝蓋，就知道今天傍晚自己沒上線時，肯定發生了一些不太愉快的劇情，他說不定被罰跪過。

可是自己又不可能一天二十四小時上線玩遊戲！

所以有沒有什麼辦法，至少讓陸文秀和那些下人不能隨意進入這柴院？否則栽贓嫁禍的事情肯定會再次發生。

宿溪想著，主動打開了商城，想看看有沒有什麼能購買的。

根據她的想法，系統立刻彈出來一個商品清單視窗。

最上面從左到右的是：「暗中保護的絕世高手」、「暗中保護的武林高手」、「暗中保護的錦衣衛」、「暗中保護的高手侍衛」、「暗中保護的普通侍衛」、「暗中保護的手無縛雞之力的菜雞」。

宿溪眼睛一亮，興奮搓手手。

這個好啊，買一個給她的遊戲小人，陸文秀再敢來挑釁，就直接把他打趴下。

但當宿溪看了下面的價格一眼後——

「……」

她差點沒暈過去。

「什麼鬼，定價怎麼這麼高？絕世高手是一千萬金幣，就連手無縛雞之力的菜雞也要十萬金幣？！」

絕世高手換算成人民幣就是十萬塊，宿溪當然不可能為一個遊戲課金十萬塊人民幣。

而即便是手無縛雞之力的菜雞，也要一千塊人民幣——這他媽買了有什麼用？都說了是菜雞了，放在遊戲小人身邊拖後腿？

「無良商家，收費標準簡直喪心病狂。」宿溪怒道。

系統冷漠無情：『買不起就閉嘴。』

宿溪：「……」

接下來還有一些防身用的銀色長劍、毒藥之類的東西可以買給遊戲小人，但價格都是宿溪碰不起的。

當然，就算不考慮價格，她覺得暫時也用不上這些。

按照遊戲小人目前的處境，身邊突然多出來一個侍衛，或者手上突然多出來一包毒藥，是想被送去大理寺調查嗎？

宿溪將視窗往下拉，發現技能兌換欄還有一些「上知天文下知地理」、「琴技」、「劍法」、「騎射」、「畫技」之類的技能。

應該是可以透過課金，提高遊戲小人這方面的技能。

但目前，這些技能全都是灰色的、鎖住的。應該是目前的劇情和世界觀未進展到那一步，暫時兌換不了。

宿溪只好作罷。

系統提示道：『妳需要幫主角找一個靠山。』

宿溪頓時有所領悟。

目前寧王府外的劇情還未解鎖，沒有人知道遊戲小人的真實身分是皇子，也還未上升到權鬥層面。

現在她的遊戲小人就只是一個在寧王府中生存艱難、日子水深火熱的庶子，想避免陸文秀和寧王夫人一而再再而三的欺侮，的確需要一個比寧王夫人更厲害的靠山。

想到這裡，螢幕上彈出一則訊息。

『請接收主線任務（初級）：獲得寧王府老夫人的賞識。』

之前的人物介紹中並未提過這位老夫人，而至今為止的劇情中，老夫人也沒有露過面。宿溪有些摸不著頭腦，該怎麼幫助遊戲小人獲得老夫人的賞識。連她的喜好、身分、背景自己都不知道，簡直無從下手。

宿溪點開寧王府的地圖，發現老夫人所居住的梅安苑位於正殿後方，後山旁邊，整個院子居然有寧王府三分之一的大小，幾百個崽崽的柴院大小！光從居住面積來看，都能知道這老夫人是個人物了！

宿溪摩拳擦掌問：「能解鎖老夫人的梅安苑嗎？」

系統道：『解鎖老夫人的梅安苑需要累積三十個點數以上，而妳目前累積點數只有七。』

宿溪偃旗息鼓：「……」

好吧。

宿溪暫時想不到要怎麼完成這個主線任務，正要切換螢幕，去看看遊戲小人在做什麼，手機忽然跳出一個來電，上面顯示著「姑姑」。

她趕緊將遊戲關掉，接通了電話。

「喂，姑姑。」宿溪縮在被窩裡，腳有些冷，不由得團成一團。

她以為是自己骨折住院，姑姑特地打電話來關心的，於是還沒等姑姑說話，就趕緊笑哈哈道：「姑姑，我腿沒事，就是運動會時扭了一下，醫生說再養一陣子就能回去上課了。」

可誰知那邊躊躇了一下，道：『溪溪啊，妳沒事姑姑也就放心了，不過妳有空能不能幫姑姑催催妳爸媽，讓他們盡早把十萬塊還我，這都快過年了，姑姑也急著幫妳表弟交新學期的學費……』

「十萬？」宿溪愣了，爸媽什麼時候跟姑姑借錢？她怎麼完全不知道？

『對，本來是說好讓妳爸媽明年開春再還的，但姑姑這裡不是也有急事要用錢嘛。』姑姑的語氣一陣尷尬。

宿溪也有些難堪，畢竟被催債也不是什麼光榮的事。她咬了咬嘴唇，道：「好，放心吧姑姑，我問問。」

掛掉電話，宿溪握著手機呆了一下。

爸媽所在的工廠出了什麼問題嗎，怎麼突然借錢？

宿溪家裡雖然稱不上富裕，但也算衣食無憂了，從小到大父母並沒有讓她為錢的事情操過心，給的零用錢雖然不是同學中最多的，但也絕對不少。各種輔導班、才藝班也都讓她愛上什麼上什麼。

因此宿溪陡然聽到爸媽找姑姑借錢，不由得有些心慌起來，怕出了什麼事。

她也藏不住事，趕緊打了電話給老爸。

『妳怎麼這麼晚還沒睡？』老爸起身道：『妳媽都睡了。』

宿溪道：「剛剛姑姑打電話給我，讓我催促你們年底之前還錢。」

宿溪爸爸頓時皺眉：『這事她跟我們說就好了，怎麼還去找妳一個小孩子？』

宿溪問：「爸，我怎麼都不知道你們借錢了？」

宿溪爸爸猶豫了下，才解釋一番。

其實也不是什麼大事，也就是年底工廠出了點問題，有筆款項周轉不開。

夫妻兩人和朋友一起開廠，那朋友掏得多，宿溪爸媽算是半個合夥人半個打工的關係。本來爸媽手上有十幾萬的存款，但上個月很倒楣的遇到儀器折損，是老爸的責任，於是掏了八萬賠償出去。

然後這個月宿溪又骨折住院，雖然醫藥費能報銷，但住院費加起來也花了快一萬了。

事情都堆在一起發生了，手頭一下子變得很緊，於是臨時找姑姑借了十萬塊錢來周轉。

『本來妳姑姑答應，等到今年年底過去，明年開春我和妳媽的薪水和分紅發下來了，我們就立刻還她錢的，可誰知道她剛借給我們還不到半個月，就開始催債了。』宿爸爸為難地嘆了口氣。

欠債還錢，的確是天經地義。但他們一家手頭還算寬綽時，幾萬幾萬的借給姑姑一家，從來沒催過。

宿溪頓時有點愧疚，還很擔憂，不知道該說什麼。

因為她的倒楣體質，從小到大三天兩頭往醫院跑，這次住院還做了一大堆檢查。

她以為爸媽還有存款，所以沒怎麼在意，可沒想到，爸媽這時也是年底比較困難的時候。

『妳也別擔心了，誰家沒有難關過呢，等明年開春就好了。』宿爸爸咳嗽兩聲。

宿溪有點急：「爸，你是不是又沒披外套就在客廳打電話？等下感冒了怎麼辦？」

宿爸爸安慰她，道：『妳也是，快點睡，別想了，妳姑姑那裡我去周旋一下，大不了多還點利息。』

『實在不行，我先去找朋友借先還給妳姑姑，明年開春再還給朋友。溪溪，這不是妳該擔心的事。』

姑姑大約是借錢給他們家後，就後悔了，覺得利息少了划不來，所以才催債。

宿溪「嗯」了一聲，掛了電話，攏緊被子，但仍然心事重重。

她能想像得到，要是這筆錢沒還，過年時姑姑肯定會逢人就說，他們家欠了她好大一筆錢。

姑姑可不會給她爸媽留面子。

可是宿爸爸又要去哪裡找朋友借這麼大一筆錢呢？

唉。

想到這些，宿溪覺得要是自己沒住院，至少爸媽也不會這麼捉襟見肘了。

自己閒著也是閒著，不然找班上同學，幫他們寫作業，多少賺點？

可是那也太杯水車薪了。

這下，她半點玩遊戲的心思都沒有了，把手機扔在枕頭底下開了飛航模式，心事重重地直接睡覺。

而與此同時，陸喚將食盒收拾好後，神情冷肅地回到了屋內。

陸文秀今晚發生了這一件事，羞憤欲絕，短時間內應該是不會來尋他的麻煩了。

周圍鬧哄哄的下人也安靜下來，終於夜深人靜。

屋外飄著大雪，陸喚一如既往地將衣袍擰乾懸掛起來，然後吹熄了燭光，躺上床蓋上被子。只是他伸手摸了摸，將放在牆壁縫隙中的匕首捏在了掌心裡，壓在身下，比以往更加警惕。

從這個位置剛好能看到被修補過的屋頂。

那處因為被大風颳走了一些瓦片，積雪又過重，所以壓塌了一小塊。陸喚前兩日從外面找了些稻草和石塊回來修補，但他清清楚楚記得，當天晚上因為發燒無力，並沒有修補完，還留了些縫隙，打算等天氣晴了再爬上去補完，可現在——

那一處竟然半點縫隙也沒有，遠遠要比他修補得更加乾脆俐落！

不是錯覺。

連日以來發生的種種奇怪的事情，都不是錯覺。

以至於現在，屋頂被修補過了、柴門被稻草填充過了、被子變厚了，屋子外面寒風呼嘯，而屋子裡面竟然出現一絲久違的暖和。

——到底是怎麼回事？

陸喚神情冰冷，他自然不信怪力亂神，他認為必定是有人在搞鬼。

但寧王府中不只是下人無數，就連食客文人、擅長武功的侍衛，都有幾百人，要想猜到是何人所為，並不是件易事。

陸喚暫時無法分辨對方到底是善意還是惡意。雖然就目前一連串奇怪的事情而言，對方似乎還未幹出對他不利的事，但無論如何，陸喚不可能掉以輕心。

他在寧王府待了十四年，最清楚不過的就是不要寄希望於任何善意，那根本不存在。

鵝毛般的大雪落滿了柴院，食盒中的米糠饅頭沒被動過。

萬籟俱寂。

漆黑中，陸喚蹙著眉，緊緊捏著匕首，閉上眼睛，半睡半醒，一整夜都未放鬆警覺。

翌日陸喚照常在雞鳴之前起床，風寒已經撐了三日，總算徹底從他身上根除，頭重腳輕的感覺終於消失。

雖然臉色仍有些發白，但陸喚重重吐了口濁氣，起身去山下挑水。

他臨走時不動聲色地將柴門和窗戶都留了一點點只有他能察覺的縫隙。

並在屋頂和柴院各處、床邊都灑了幾顆豆子，亦是只有他自己才能察覺的細微痕跡。

若是又有人偷偷潛入，他就能發現，甚至能粗略知道對方腳的尺寸。

不知道是誰，做出這些又有什麼目的。

或許又是新的陷阱。

陸喚漆黑的眼裡浮現一絲冷意，他必須盡早把人揪出來。

大約是被陸文秀狠狠教訓了一頓，路甲走路時一直捂著屁股，走得磕磕絆絆的，而路乙一直捂著臉，拿開手時還能看到清晰的紅色巴掌印。

這兩人向來喜歡找陸喚麻煩，但是被教訓之後反而安分不少，不敢去陸喚的柴房和廚房，一湊近就像見了鬼一樣，露出驚恐萬分的神情，加快步子離開。

陸喚沒有時間去管他們身上發生了什麼，他在寧王府和下人一起幹活，挑水劈柴的事情都要做，直到日落西山，才回到自己的柴院。

他回到柴院，放下柴垛，先去各處查看。

然而，今日屋子裡卻空蕩蕩的，並無異常，沒有多出什麼來，也沒有什麼東西被移動或是被修補過。

自己特地布下的一些痕跡，也沒有被動過。

是發現了自己有所布置，所以對方才沒有輕舉妄動？

還是只是因為，今日沒有舉動？

陸喚自然沒有放鬆警惕，接連三日都布下了痕跡。

但是，接下來的三日和這日一樣，再沒有什麼異常。

陸喚稍稍鬆了口氣。

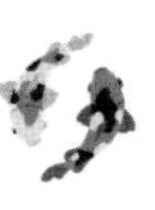

而宿溪這邊因為姑姑的一通電話愁得要命，哪裡還顧得上遊戲的事情。她打電話給幾個平時玩得比較好的朋友，問她們知不知道哪裡有代寫作業賺生活費的打工。

『妳幹嘛，怎麼突然缺錢？』顧沁下課期間溜到走廊上和宿溪視訊：『我哥的培訓學校需要家教老師，但是要上門做家教，妳的腿現在也移動不了啊。』

宿溪問：「有沒有那種線上的？」

一旁的霍涇川從走廊上路過，笑嘻嘻地將腦袋湊過來，道：『宿溪溪，妳能靠顏值為什麼要靠才華？追妳的人都快排到對面高中了，不如我幫妳去校園論壇發篇文章，五百塊錢約會一次，錢嘛，很快就賺來了。』

這哥們一向不正經，宿溪回了句「滾」。

掛掉電話，宿溪愁眉苦臉，將臉埋進枕頭裡。

對於高二的學生來講，錢還真不是那麼好賺的。十萬塊的大數目，宿溪倒也沒指望自己能幫爸媽分擔多少，但她瞧著自己腿上的石膏，總覺得自己是個「敗家女」，三天兩頭進醫院。

雖然不知道宿溪為什麼借錢，但顧沁和霍涇川覺得她家裡可能遇到什麼麻煩了，她不說，他們也不好多問，但既然是從小玩到大的朋友，哪能坐視不理？於是又叫了幾個玩得好的朋友過來。

顧沁道：「我們商量商量，幫宿溪湊點？能湊多少湊多少唄。」

這邊，宿溪還不知道朋友們在商量借錢給自己。

因為宿爸爸宿媽媽有點忙，所以今天沒來，她獨自拄著拐杖，一蹦一跳去醫院餐廳吃飯，然後孤零零地回到病房寫作業。

寫完作業，她視線忍不住瞟了手機上的遊戲APP一眼。

一整天沒上線了，也不知道她的遊戲小人怎麼樣了，有沒有挨餓受凍，她居然有點淡淡的思念。可是，她沒錢課金，還是好好學習天天向上吧。

宿溪晃了晃腦袋，竭力把想打開遊戲的衝動拋諸腦後，拿起課本繼續看。遊戲而已，不能沉迷。

但就在這時，系統從螢幕彈出一則訊息。

『妳現在去買張彩券。』

宿溪瞥了手機一眼，有些莫名奇妙：「買彩券？我買彩券幹什麼？」

系統道：『點數累積到十，可以兌換第一隻錦鯉，妳就快累積到了，確定要現在功虧一簣？』

「我不信。」宿溪才不信什麼錦鯉不錦鯉的，系統的嘴，騙人的鬼，肯定是遊戲策劃弄出來的噱頭。

而且彩券這東西，哪裡是想中就能中的？那機率，比她考上清華北大還低！

與其寄希望於買彩券中獎，還不如寄希望於他們家突然被拆遷。

系統突然彈出來了句：『試一下妳又不會死，窮人都是妳這種想法。』

宿溪：「……」

我靠，有話好好說，破系統不要精準人身攻擊行不行！

大約是一整天沒上線，的確有點心癢癢，宿溪還是沒能控制住自己，打開了熟悉的《帝王之路：病嬌皇子獨寵你》APP，並順便在護士小姐姐進來時，眨眨眼睛拜託她去樓下便利商店幫自己買一點水果和一張彩券。

宿溪頭髮烏黑，皮膚雪白，長相乖糯沒有攻擊性，就連護士姐姐也扛不住。

護士姐姐人很好，很快就幫忙買回來了。

一張兩塊錢的彩券拿到手，宿溪抱著反正試一下又不會死的想法，隨手塞進了褲子口袋，然後啃著蘋果，進入遊戲畫面。

遊戲裡這時又是白天了，天上飄著雪，柴屋空蕩蕩的，她的遊戲小人又不在。

宿溪有點惆悵，該死的寧王府，怎麼整天壓迫她的小人，她好不容易上線了遊戲小人居然不在。而其他地方尚未解鎖，宿溪不知道遊戲小人在哪裡，自然也沒辦法找過去。

右上角金幣數三十七，點數七。

宿溪托著腮琢磨了下。

按照系統所說，可以從技能、人際關係、外型與環境、身體素質、主線這五個方面獲取點數。

現在第一個主線任務「獲得寧王府老夫人賞識」八字還沒有一撇，技能尚未解鎖，她當然只能從改善遊戲小人所居住的環境著手。

宿溪點開柴屋內，再次意識到這屋內實在簡陋。雖說門和屋頂被修補好了，不再漏風了，但這空蕩蕩的屋內，桌椅瓢盆什麼都沒有，床鋪硬邦邦的，一看就很冷——

就連廚房都有炭火，她的遊戲小人屋內居然沒有！

小白菜命真苦。

宿溪心酸不已，想也沒想，點開商城，滑到基礎物品那一欄，打算挑一盆炭火出來。沒想到系統商城的商品非常豐富，就連炭火也有好多種，一排貨架上七八十種。

冷淡的系統一見到她開始採購就興奮，立刻熱絡地推薦：『親，看看這個鎏金異獸紋銅爐呢，只要九十九萬九千九百九十九個金幣——』

訊息還沒彈完，被宿溪冷漠無情地滑走：「給我走開。」

她直接拉到最後，選了個最普通的「一盆木炭」，耗費八個金幣。

挑選完炭火，宿溪的指頭在螢幕上面上下移動，將炭火放在了較為通風的角落，這樣比較暖和還不容易一氧化碳中毒。當然移動完她才反應過來，這是遊戲世界，不存在一氧化碳的吧！自己是不是太入戲了！

屋子裡還缺少桌子、椅子、茶杯。

宿溪買了商城裡最便宜的一套，雖然是簡陋的木條拼接成的桌子，但能用就好，相信崽崽不會介意。

這樣瘋狂消費，右上角的金幣很快就只剩下七個了。

宿溪簡直心疼，辛酸地在商城裡翻翻找找，看看還有沒有什麼便宜貨能撿回去。

她手指忽然一頓，發現了一雙乾淨簡單的黑色長靴——剛好七個金幣。

剛好，宿溪心中一喜，她昨晚就注意到她的遊戲小人不知道在哪裡跪了一整天，靴子都磨破了。穿破了的靴子想必很冷，正好換雙新的。

宿溪喜滋滋地將所有金幣花了一乾二淨，然後將靴子整齊擺在屋內床鋪旁。

這樣一來，屋子裡添了桌椅和炭盆，竟然看起來有幾分人氣了。

宿溪興高采烈地問：「我對環境進行了改善，你看看可以加幾個點數？」

系統彈出：『恭喜改善外在基礎環境成功，獲得金幣獎勵加三，點數獎勵加一。』

宿溪：「？？？為什麼才一個點數獎勵？」

系統道：『因為對妳的行為判定為不勞而獲，任務太簡單，只是簡單粗暴地花金幣，不足以獲取更多點數。而且改善環境本身獲得點數就不多，要想獲得更多點數，請嘗試從人際關係和主線任務下手』

宿溪：「……」

正當宿溪心中瘋狂罵髒話時，外面傳來腳步聲，那腳步聲在門口時，略微一頓。

陸喚注意看了眼門外的痕跡，發現自己的布置依然沒有被動過，今日應該也沒有什麼異常的情況發生。

因此，他走到院子角落，將背著的簍子放下，推開門，走了進去。

然而，當他漫不經心的視線落入屋內時，他瞳孔卻猛然凝住。

門窗分明沒被人動過，也就意味著沒人從門窗處進來，可——

為何屋內會憑空多出這麼多東西？！

多出了能夠置物的桌子，茶壺從窗臺被移到了上面。

多出了能夠坐下來的椅子，被擦得乾乾淨淨。

角落裡還多了一盆炭火，雖然用的不是什麼貴重爐子，但的確令整個屋內都暖和起來。

陸喚一身風雪，衣袍都裹著一些寒霜，修長乾淨的手腕肌膚被冷得發白，可熱氣撲面而來，竟然融化了他衣角的寒冷，並溫柔地纏繞著他失去知覺的肌膚。

他極少取暖。

因此這絲絲暖意落於他眼角眉梢時，陌生得令他眉梢都神經質地跳了跳。

陸喚一時之間不知該如何思考，臉色仍冷，而床邊一雙黑色長靴上撞入他視線時，他更是驚愕。

他擰眉快步走過去，拿起黑色長靴，只見，針腳密密麻麻做工粗糙。

但的確是一雙乾淨的、新的、裡面沒藏著針或是其他東西的靴子。

第三章　任務完成二分之一

八歲那年，陸裕安的生辰宴庶子不得入內，陸喚只在烏青的院牆外面，蹲在結了冰的稻草堆上，和下人一起領取一些打賞。

當時雪下得很大，他的手冷得通紅，像是腫脹的胡蘿蔔。

他從主宅回來時，曾見到過四姨娘縫製靴子給陸裕安的場景。

四姨娘算是府中為數不多待陸喚還算有幾分照顧的人，只是她也自身難保，大多時候只能跟在主母身後做牛做馬、曲意逢迎。

她正披著大氅坐在湖心亭中，一針一線抱著懷中的靴子縫製。

遠遠的，八歲的陸喚視線一直忍不住落在那雙靴子上。

只見四姨娘細緻地用三塊上好的皮包裹住靴底、靴面前部、靴後，並在靴面正中用紅線條繡上金雀，然後，她用一些從寧王夫人那裡討來的金色羽線，捆紮成金雀的羽毛，令那靴子看起來無比精美。

那靴子裹著獸皮，鞋底厚實，一看就很暖和。

八歲的陸喚還很小，眼巴巴看著，下意識蜷縮了一下草鞋裡冷得沒有知覺的腳趾頭。

可他身後的下人立刻不耐煩，推了他一把，催促他快點往前走。

陸喚踉踉蹌蹌往前，卻仍情不自禁地繼續朝湖心亭那邊看去。

就見四姨娘又拿起另外一雙鞋子。

她繡工極好，縫製好靴子給陸裕安之後，還剩下一些皮革材料，被寧王夫人允許用那些剩下的皮幫她未出生的孩子做一雙繡花鞋。

這時候，她臉上神情不再緊張、生怕出錯，而是充滿了柔和慈愛。

她期待生個女兒，於是將那鞋子繡得小巧精緻，彷彿在想像著她的孩兒穿著她做的鞋子，一年一年長大。

陸裕安乃寧王府嫡子，出生便應有盡有，不稀罕那一雙金雀長靴。

而四姨娘的女兒雖同樣是庶女，日子過得簡陋，但無論如何有四姨娘相護。

可對於陸喚而言，卻從未收到過長靴。

自然也從未有這麼一個人，等待著他一年一年長大。

此刻，他盯著手中匪夷所思出現在此的笨重長靴，眼眸晦暗，手指不由自主地蜷緊。

鞋面上粗糙磨礪的質感傳上他的指腹，讓他心中湧起一種難以形容的感覺。

可隨後他立刻鬆開來，冷冷地將長靴扔回地面上，臉色冷戾地打量整間屋子。

門窗都沒被動過，那麼，那人到底是如何潛入他屋內的？

到底是誰，想幹什麼？

陸喚心中前所未有地警惕，他眼神宛如一隻被動了巢穴的、狠戾的幼狼，充斥著懷疑與不安，他回想起前幾日那道同樣突兀且熱氣騰騰的梅菜扣肉，想必是同一個人所為——可對方到底意欲何為？

陸喚當然不會以為突然有人對自己暗中相助。

這天底下可沒有無緣無故的雪中送炭，或是好心的善意。倒是想盡辦法的欺凌、陷害、剝奪，應有盡有。

又是什麼陷阱嗎？

陸喚下意識地摸向了自己隨身攜帶的匕首。

可他立在屋內，屋內卻靜謐一片，外面只聽得到大雪紛紛落下的聲音，裡面只聽得到炭火輕微劈裡啪啦的聲音，沒有別人，這裡只有他。

緊繃了片刻之後，陸喚也沒有鬆懈下來，他擰著眉，臉色仍舊很難看。

他又環視屋內多出來的東西一眼，他暫時搞不清楚潛入自己屋內的人是誰，也搞不清對方目的是什麼，於是只能按兵不動，以不變應萬變。

這樣想著，陸喚冷著臉色，將那雙長靴扔進衣櫥裡面，便轉身出門，趁著太陽還沒完全下山之前，去燒水回來。

而螢幕外的宿溪卻對他一連串的反應完全摸不著頭腦——

先前送熱飯熱菜給崽崽，他警惕萬分地查看是否有毒也就罷了，為什麼現在課金幫他布置房間，他看起來也很不高興？這桌子椅子靴子總不可能有毒吧？

還把她送他的長靴直接扔進了衣櫥角落？！

不是，七個金幣呢，你不多看看？

不穿著在雪地裡踩兩腳踩個「謝謝金主爸爸」？

這遊戲幫主角設置的脾氣真古怪。

宿溪有點不能理解，正要調轉畫面，看她的遊戲小人怎麼又出門了，是去哪裡了，就見他已經回來了，還扛著一個木桶，木桶裡的水飄著熱氣。

他面色平淡地進來，用腳後跟將柴門關上，放下木桶，將布巾放在木桶邊沿上。

他將束髮的那根淺色布條摘下來，烏黑如瀑布的長髮落下，然後就開始——

就開始脫衣服？？？

宿溪：？

等等，不是，遊戲小人還要洗澡嗎？

崽崽雖然在螢幕裡還只是個卡通奶團子的形象，但好歹是個男性少年角色，意識到這一點，宿溪臉色莫名一紅。

就在她臉色漲紅時，螢幕突然一黑——

宿溪：？？？

「你幹嘛？」宿溪氣得差點捶桌子，狂按手機解鎖鍵，手機倒是亮了，但遊戲畫面就是黑的。

系統彈出：『遊戲主角洗澡乃課金場景，需要一千金幣才能觀看。』

宿溪：「……」

我他媽褲子都脫了你和我說這個？

宿溪漠然臉：「要花錢？那算了。」

系統：『……』

畫面黑了足足半個小時。

宿溪也不知道為什麼她的遊戲小人洗個澡要洗那麼久。

別問，問就是潔癖。

她等了一陣子，還沒見到螢幕亮起來，就趁著這段時間，也去洗漱一番。

宿溪一邊刷牙一邊盤算著，不然早點出院好了，她的腿雖然骨折了，但是已經固定好了，借助拐杖一蹦一跳也能走動，一直住院也不是辦法。課業落後是小事，關鍵是燒錢。

等她拖拖拉拉洗好回來，遊戲畫面已經亮起來了，不過看遊戲裡的時間，似乎已經到了半夜。

宿溪以為遊戲小人應該已經睡了，打算關掉遊戲。

可就在這時，她微微一愣。

屋子裡的燭火已經熄滅了，只從窗戶那裡透進來一點雪地裡反射的月光，遊戲小人躺在床上，閉著眼睛，闔黑的眼睫在蒼白的肌膚上落下一層烏青的陰影，可是靠牆的左手卻緊緊抓著什麼東西。

若不是宿溪用這個視角看他，絕對發現不了他渾身緊繃警惕。

他抓著什麼？

宿溪嘗試轉動畫面，放大他左手那處。

只見，那是一把匕首。

「他怎麼了？」宿溪愕然，又觀察了他十幾分鐘，卻見他一直抓著那把匕首，也一直沒睡著。

他整夜都處於防禦狀態，像在警惕什麼人貿然闖入屋內一樣。

宿溪看了看他，又看了看屋內多出來的桌子椅子和炭盆，突然意識到——遊戲小人難不成認為屋內潛入了賊，平白無故送這些東西給他是要害他？！

這倒也是，換了她家裡莫名奇妙多出來許多東西，她也會嚇得報警。

可是，不是，這——

這不是只是一個遊戲嗎？

這是一個遊戲人物該有的思考嗎？對於新出現的道具不是應該想也不想地直接使用嗎？

宿溪再次被這個遊戲裡面的主角近乎真實人類有血有肉的思考驚呆了。

她恍惚了一陣，只能歸結於這遊戲策劃太神。

但既然崽崽都對她送這送那警惕萬分了，她要是再送，崽崽只怕更加抵觸。

宿溪想了想，動了動水壺，想著有沒有可能在地面上用水跡寫字，寫出「我沒有惡意」幾個字。

但系統道：『妳點數不夠，目前無法透過此方式進行交流。』

居然真的可以這樣交流？宿溪一喜，問：「需要多少點才可以？」

系統：『至少一百點以上。』

宿溪被冷冰冰的一盆水澆滅：「好吧，遙遙無期。」

宿溪暫時斷了這個念頭，替她的遊戲小人把門窗掩了掩，確定沒有風滲進去之後，就關掉遊戲下線了。

睡前她把剛買的彩券拿出來看了看，居然剛好是三天後開獎的彩券。

雖然打從心底不相信系統所說的什麼錦鯉之類的屁話，但宿溪還是沒有把彩券扔掉，反而鄭重其事地夾進書裡。反正三天後，就能知道到底是什麼情況了。

而這三天裡，她得盡快把點數提升到十點以上。

宿溪睡了一覺，醒來睜開眼的第一件事，就是迷迷糊糊地摸出手機，打開遊戲畫面。

一打開畫面，發現柴院裡兩個下人說廚房缺水，催促她的遊戲小人快點去提水。

遊戲裡的時間是下午，沒下雪了，但地面結冰，仍然很滑。遊戲小人似乎剛忙完回來，衣衫單薄，被風捲起，但他白皙的額頭上卻仍冒著一層細細的汗水。

他冷漠地看了那兩個下人一眼，並沒多說什麼，拎著兩個水桶朝水井那邊去了。

他一轉身，宿溪就見那兩個下人臉上露出不懷好意的笑容，直覺是不是陸文秀那狗雜種安分了幾天，又讓人來刁難她的遊戲小人了。

而就在這時，畫面上突然彈出來一則訊息：『提示，進入主線任務：獲得寧王府老夫人的賞識，請迅速做好攻略準備。』

宿溪：我靠？！這麼突然。

『任務獎勵為五十個金幣，六個點數。』

我靠靠靠這麼多？！

宿溪兩隻眼睛看到金幣，頓時一個激靈清醒了。

她抹了把臉，趕緊單腳跳下床，一手舉著手機，一手刷牙，對系統激動地道：「他提著水桶往哪裡去了？」

系統道：『水井那邊。』

宿溪含了口水，含糊不清道：「快快快，幫我把水井那一塊的區域解鎖。」

地圖上頓時又多了一塊地方被點亮。

幸好之前宿溪留著點數，沒急著隨便解鎖哪個角落，不然今天就沒辦法跟過去。

畫面切換到水井區域，只見是寧王府西邊一條溪流順延而下挖的水井，從水井裡取水挑到廚房距離不算遠，但是此時此刻，水井那裡竟然放了上百個水桶。

密密麻麻，令人頭皮發麻。

陸文秀上次失了顏面，怎麼想都滿肚子怒火，這次索性不玩栽贓嫁禍那一招，直接故意刁難。

兩個下人幫他搬了把籐椅放在溪邊，他大咧咧地跨腿坐在籐椅上，身邊牽著一個約莫三四歲的小女孩——那是四姨娘的庶女。

那小女孩驚恐萬分地睜大眼睛，想哭不敢哭，已經尿褲子了。

遠處的陸喚走過去，冷冷地將水桶扔在地上。

陸文秀知道四姨娘平日裡對陸喚還算有幾分照顧，陸喚對四姨娘僅剩下的一個女兒不會見死不救，因此今日特地讓人把四姨娘調開，把她女兒抱來了。

他得意地看著陸喚，道：「你今天要是不搬完這一百桶水，我就把四妹推下去，這大冬天的，掉進冰水裡，保不齊會凍出個風寒什麼的。」

一圈下人圍攏站在一起等著看笑話，還有下人雞賊地替陸文秀拿來了小火爐和狐狸皮裘大氅，討好地替他披上，逢迎地笑道：「二少爺，這一百桶水搬到廚房可有點費力，現在已經晌午了，只怕搬到月上梢頭也搬不完。」

陸文秀更加得意了：「那就給我搬到明天，什麼時候搬完，什麼時候才可以帶四妹離開！」

聽到這話，他身邊的小女孩回頭看了眼薄薄一層的冰面，嚇得腿都軟了，咧開嘴要嚎啕大哭，但是被陸文秀身邊的一個下人一把捂住。

陸文秀呵斥道：「不准哭！吵死了，哭什麼，好歹也是寧王府的庶女，這點膽量都沒有？」

小女孩被捂得臉色發白，快要窒息，只勉強來得及喊了句「娘，救——」

聲音戛然而止，被陸文秀的下人拎著衣服，半個身子懸空在河面。

陸文秀這才回頭，挑著眉，蹺著腿，笑嘻嘻地對陸喚道：「怎麼樣？反正你不是力氣大嗎，上次在朝廷考官面前露了一手，挽弓厲害得很，想必一百桶水對我們三少爺來說完全是小事一樁吧。」

陸喚冷冰冰地盯著他，漆黑的眼底一片陰影，冷漠的表情令人心底生寒。

陸喚雖然不答話，但陸文秀知道，他肯定會去提，因此陸文秀得意洋洋地往後一靠，等著看好戲。

果不其然，陸喚朝庶妹看了眼，一言不發地走到一百個水桶旁邊。

一百個水桶林立，每個水桶有一人合抱那麼粗。

寧王府的水桶都沒這麼大，這是陸文秀特地讓下人弄來的大水桶，一個足足有半個水缸大小，倘若裝滿了水，就連兩個下人都只是勉強能拿得動。

這十幾年來，寧王府幫陸文秀、陸裕安兩兄弟請了教四書五經和劍法的老師，陸文秀遊手好閒，什麼也沒學到，卻沒料到被偷偷爬上院牆的小陸喚偷學到了，要不是上次朝廷考官來查，陸文秀竟然還不知道陸喚這小子有兩把刷子。

他自己不學，但是見陸喚會騎射、寫文章，心裡卻十分嫉妒，於是越發刁難他。

他知道陸喚力氣還算大，拎起一隻裝滿水的大水桶雖然會吃力，但咬咬牙也能搬到廚房那邊去。

但是不停地來回搬運一百趟，他就不信累不死陸喚！

只怕到第三趟，陸喚就該趴下了！

眾人瞧著陸喚站到第一個水桶旁邊，也看熱鬧似的，等著陸喚露出痛苦的表情。

可是——

只見陸喚單手拎起一個水桶，像是根本感覺不到有什麼重量似的，拎著在手心裡上下提了提。

眾人：？

他皺了皺眉，另一隻手又直接再拎起了一個，似乎仍然感覺不到什麼重量。

眾人：？？

他穩穩當當地拎著左右兩個水桶，面無表情地轉身就走。

眾人：？？？？

接著，他衣袂輕飄，健步如飛地朝著廚房去了。

我靠，等等？

方才還嘈雜的水井邊頓時死寂一片。

眾人盯著陸喚，目瞪口呆，不是，這水桶難道沒裝滿嗎？分明裝滿了啊？！

方才他們兩個下人還嘗試過，一定要兩個力氣大的壯漢才能抱起一桶水。

可陸喚怎麼這麼輕鬆？

陸文秀氣得直接站了起來，呵斥道：「你們到底有沒有給本少爺裝滿水？」

「裝滿了啊，少爺您看。」兩個下人嚇得跪下。

陸文秀臉色鐵青，但同時也驚疑不定。

什麼情況，陸喚剛才那麼輕鬆的樣子到底是裝出來的，還是真的輕鬆？這麼重的水，他怎麼會那麼舉重若輕？

眾人還沒狐疑完，只見陸喚就已經送完了兩桶水，他走回水桶旁邊。

這次，他似乎覺得還是不夠重，左手兩桶，右手兩桶，一次性拎起了四桶水，朝著廚房那邊走去。

眾人：「……………」

四桶水，只怕要八個壯漢同時拎，就這麼一滴不灑地被他拎著，輕得像是沒有任何重量一樣。

下人們驚奇得像幾十截木頭一樣，齊刷刷地張大嘴巴。

「三少爺怎麼那麼輕鬆？」

「上次朝廷考官來，的確誇他拉弓如神。」

有幾個並非陸文秀院子裡的小丫鬟甚至忍不住悄悄地臉紅，小聲說著悄悄話。

陸喚來回幾趟，一眨眼竟然已經搬了二十桶！

根本不需要幾柱香的時間，就可以完全搬完了，這和先前陸文秀打算刁難他，讓他搬到明日清晨的打算完全不符！

就連溪邊四姨娘家的庶女都停止了抽噎，睜大眼睛看著陸喚。

陸喚眨眼又回來了。

陸喚心中也感覺匪夷所思，忍不住低頭看了自己手中的水桶，明明裝滿了水，但是為何他感覺不到絲毫的重量，就像是底下有東西在托著一樣。

只是他不能表現出來，快速地又拎起了四桶水。

而陸文秀從完全呆住的狀態中反應過來，頓時怒從心起，臉色一陣青一陣白，氣急敗壞地走過去道：「這水桶肯定有問題！陸喚，你別給我耍什麼花招！」

說完，他便從陸喚手中搶過一桶——

可陸喚手裡的水桶一到了他手裡，卻一下子重若千鈞！他一隻手根本拎不住，整個水桶都砸到他腳面上！

眾人：「……」

水從水桶裡潑了出來，潑了一大半他還提不起來，從手背到手臂到太陽穴的青筋暴起，咬牙切齒，齜牙咧嘴，也沒辦法提起來分毫。

那個水桶像是被一隻腳死死踩在上面一樣，快將他的腳背壓斷了。

眾人：「…………呃。」

對比實在慘烈，被陸文秀尷尬得頭皮發麻。

「啊啊啊痛痛痛！」陸文秀忍不住了，嚎叫聲頓時宛如殺豬，「愣著幹什麼，快點把水桶給本少爺拎起來！」

幾個下人跑過來，顫顫巍巍地幫他把水桶拎走。

他一屁股摔坐在地上，氣若遊絲。

真的好痛，那桶裡面裝的不是水，是鉛鐵吧。

而此時此刻，溪邊上方的長廊上立著兩個雍容華貴的人，寧王夫人陪著老夫人出來賞梅，不料卻見到了這一幕。

老夫人：「……」

寧王夫人：「…………」

老夫人不忍直視地怒道：「丟人現眼的東西！連一個水桶都提不起來，說出去寧王府是要讓別人笑掉大牙嗎？！」

寧王夫人尷尬地看了老夫人一眼，試圖辯解道：「文秀前幾日生了病，今日許是還沒好，所以沒什麼力氣。」

老夫人氣得心臟病都快犯了，又唾罵了句：「丟人現眼！氣死我了！」

寧王府是武將世家，世世代代就沒有不擅長騎射的。即便從當今的寧王開始在朝廷任了文職，也不意味著徹底放下騎射。

就是老夫人自己，年輕時也是能舞刀弄槍的。

可這陸文秀卻——廢物！

老夫人此時此刻的確氣昏了頭，萬萬沒想到陸文秀居然能草包成這樣！連一個水桶都提不起來，還怎麼上戰場？！

況且寧王還特意請了禁軍教頭來教他和陸裕安，怎麼會教出這個手無縛雞之力的廢物？！

老夫人近些年隱居梅安苑，極少出來，而每逢壽宴出來，陸裕安和陸文秀這兩兄弟都會表演刀劍逗她開心，她還道陸文秀雖然不及陸裕安，可好歹也算是有點出息，不至於太敗壞寧王府的顏面。

可現在偶然撞見溪邊這一幕，才知道她被騙了！

每次壽宴，陸文秀表演的那些花拳繡腿，全都是臨時抱佛腳，根本沒點真本事。否則，現在又怎麼會拎個水桶都氣若遊絲、面色慘白得跟個廢人一樣？

老夫人臉色難看至極，將懷裡的金爐子往身後的丫鬟手裡一放，快步朝那邊走過去，寧王夫人面色也不大好，盯著陸喚看了眼，皺了皺眉，也急匆匆跟著走過去。

身後一群丫鬟蜂擁。

溪邊眾人沒意料到老夫人居然會出現在此，紛紛嚇了一跳。

下人們跪了一地：「老夫人。」

陸文秀捂著腳吃痛不止，但見老夫人來了，瞳孔一縮，也趕緊爬起來：「奶、奶奶。」

不中用的東西。老夫人上下掃了他一眼，見他雙腿都在抖，心中十分看不上。

老夫人厭煩地轉過頭，視線落在一旁沉默行禮的陸喚身上。

反而是陸喚，讓她有些詫異。

嫡子才能繼承家業，因此禁軍教頭來教，便只有陸裕安與陸文秀能參學。可他們學了這麼多年，卻連個什麼也沒有的庶子都比不上。

老夫人的臉色與神情，寧王夫人和陸文秀自然也看在眼中。

寧王夫人神色難看，而陸文秀頓時便幾分委屈幾分慌張地看了自己的母親一眼，同時又忍不住狠狠瞥了陸喚一眼——若不是他，自己又怎麼會一而再再而三出醜？

「奶奶，我們是在和三弟四妹做遊戲。」陸文秀道，身後的手急促地擺了擺，讓人把庶女放開。

老夫人才不管陸文秀是否在欺凌兩個庶子，她厭煩道：「遊戲做夠了，便回去念書吧，一群人圍在溪邊吵吵鬧鬧，成何體統？！」

陸文秀急切應道：「我這就回靜室念書。」

說完，他招招手，讓跟著自己來的下人趕緊跟著自己走。

陸文秀此次就是為了刁難陸喚，因此叫來了一大群人，方才老夫人來了，這一大群人跪了一地，又不敢離開，因此這時全都站起來朝長廊那邊走，竟然有些擁擠。

陸文秀瞥了陸喚一眼，腦子裡突然冒出個念頭。

方才那一幕肯定讓老夫人瞧見了，陸喚害自己在老夫人眼裡變成了廢物，真是該死，自己不扳回一城，難不成還真要讓他獲得老夫人的賞識？

他臉上浮現出一絲毒辣，對身邊的心腹耳語兩句。

這一切都發生在短短時間內，螢幕裡的一干人等無從察覺，而螢幕外的宿溪卻放下了牙刷，無語地看著螢幕上彈出的那行陸文秀對心腹的悄悄話：「你想辦法推一把陸喚，讓他推老夫人進溪裡，我倒是要看看，他犯了這麼大錯誤，老夫人還能對他青眼有加不成？」

不是——

秀兒，You are being watched，說悄悄話也沒用啊。

正當宿溪緊盯螢幕時，溪邊的亂象發生在一瞬間！

陸喚正要越過幾個下人，去溪邊將四姨娘家的庶女牽走，而老夫人與寧王夫人就站在溪邊。

忽然一個賊眉鼠眼的下人，在陸喚經過老夫人時，突然伸出了手——

陸喚一向警覺，自然不可能沒意識到，他聽見來自背後的細微風動，眸子一動，便閃開了身。

這下人一愣，眼瞧著自己沒害成陸喚，就要推到老夫人了，於是迅速縮手。

可就在這時！

不知為何，他的手腕像是憑空被一道力量捏住了一樣，然後死命拽著他往另一個方向。

這下人臉色剎那變白，什麼鬼？！

手手手，他的手怎麼不聽使喚了？！

他拚命想將手縮回來，可那道詭異的力量比他的大多了，死命地拽著他，讓他的手一下子推向陸文秀的肩膀。

而陸文秀正扭頭打算看好戲，卻陡然被右斜方的手一推，他站立不穩，下盤虛浮，下意識抓住了身邊老夫人的衣領——

接著，他抓著老夫人掉進了冰冷的溪水裡。

「…………」

「撲通！」薄薄冰面破裂，驚起的雪水冰冷澈骨，濺起在溪邊眾人身上。

眾人：「…………………」

！！！

畫面停滯了一秒，然後伴隨著寧王夫人的尖叫，亂成一團。

寧王夫人和幾個丫鬟慌亂叫喊著趕緊救人：「救人！全都愣著幹什麼？！」

而下人們大驚失色之餘，卻紛紛遲疑了下，此時沒有會武功的護衛在，這麼冷的天，跳進去就免不了風寒，他們又不是世子也不是老夫人，又沒有火爐取暖、太醫救治，跳下去把人救起來自己就會死。

刺骨的溪裡，陸文秀驚慌失措、臉上剎那冷得毫無血色，拚命掙扎，卻差點溺水。

反而是老夫人有點底子在，冷靜地攀住一塊石頭，試圖站起來，但還沒站穩，便被陸文秀這個蠢貨拚命折騰，差點再次被拽下水。

老夫人嘴唇冷得發烏：「……」

螢幕外的宿溪盯著她的遊戲小人，不知道為什麼，這大好的機會，她的遊戲小人卻也冷眼旁觀了幾秒鐘，他抱著三歲庶女立在一邊，臉上神情冷冰冰的，彷彿作壁上觀。

他頭頂白色氣泡還出現個字：呵。

宿溪：「…………」

崽崽你這是見死不救！

正當宿溪猶豫著要不要推動任務，把崽崽也推下去，強迫他救人時，他才終於動了。

他放下庶女，躍入溪內。

片刻後，老夫人與陸文秀都被救起來了。

陸喚也一身溼透，烏黑的髮緊貼著單薄的衣衫，嘴唇冷得發白，踏上岸來。

老夫人與陸文秀那邊都有下人和寧王夫人趕緊圍過去，遞上大氅和火爐，幫他們擦乾身上的冰水，而他身邊卻孤零零的沒一個人在身邊。

他面無表情，看不出是什麼情緒，垂下眸子將衣袍的水擰乾。

那邊，老夫人從徹骨寒冷中緩過神來，渾身發著哆嗦，對著身邊也哆嗦個不停的陸文秀直接一巴掌搧過去，勃然大怒道：「蠢貨！廢物！你給我去閉門思過一個月，不許出來！」

陸文秀本來就冷得快失去知覺，又被搧了一巴掌，差點倒在地上沒起來，他發著抖跪在地上，哭著求饒道：「奶奶，我不是，我沒有，我——」

他忽然惡狠狠地瞪向心腹，氣急敗壞道：「是他推我！你他媽剛才推我幹嘛？！」那心腹已經被剛才撞鬼事件嚇破了膽，哪裡還顧得上陸文秀在說什麼，他臉色發白地跪在地上。

寧王夫人臉色難看，也急忙讓人把那心腹帶過來，道：「你好好說說，方才是怎麼回事？」

可老夫人全然沒心思理會陸文秀的狡辯，在她心裡已經認定了這個嫡子是個沒用的廢物。

她看向一邊角落的陸喚，視線定了定。

方才自己墜入水中，這個庶孫竟然是第一個緊張地跳下去把自己救上來的人。

老夫人沉了口氣，忽然對陸喚招了招手，道：「你過來。」

陸喚將衣袍角擰得差不多不再淌水，但渾身仍然溼透，他亦嘴唇發白，但和哭爹喊娘趴在地上的陸文秀比，氣度是一個天上一個地下。

他沉默著朝老夫人走過去。

而直到這個時候，也沒人遞一塊擦拭的乾布巾給他。

宿溪見老夫人這個態度，知道自己大約是初步完成了「得到老夫人賞識」的任務。

……可是她瞧著溪邊這亂糟糟的一幕，心裡卻不怎麼開心。

她放下牙刷，看著渾身溼漉漉的崽崽一步一個水腳印地朝廊下走去，心裡竟然對一個遊戲人物多了幾分心疼的情緒。

宿溪手指動了動，忍不住用大拇指去揉了下螢幕上溼漉漉的、從髮絲到腳都散發著冰冷寒氣的崽崽。

分明只是一個遊戲，可她卻忍不住與遊戲角色共鳴。

甚至產生了想要快點完成更多任務，幫助崽崽早日登上九五至尊之位，這樣就再也沒人會忽視他的想法。

而宿溪不知道的是，陸喚正要抬腳踏上長廊的那一瞬間，他腳步頓了頓，莫名忍不住抬頭。

他方才感覺到被冰水浸溼的身上好像溫暖了一瞬，宛如披上了一件柔軟的大氅，是這世間從未給過他的溫柔——

不過那感覺稍縱即逝。

陸喚只是皺了皺眉，便繼續朝老夫人那邊走過去。

老夫人身後六個丫鬟團團轉，兩個忙著幫老夫人擦乾頭髮，兩個匆匆拿來棉被蓋在老夫人身上，兩個用布巾裹著熱鵝卵石幫老夫人按揉手臂，這才令老夫人冷得發白發紫的臉色稍稍好轉。

她緩了口寒氣，抬眼看向陸喚：「你救了我，可有什麼想要的？」

老夫人這話一問，寧王夫人臉色便不大好。

今日她邀請老夫人出來賞梅，本意是討好老夫人，可誰知跟撞了鬼一樣，竟然發生這種意外！文秀遭到老夫人厭惡與遷怒也就罷了，竟然還讓陸喚占了便宜，得了老夫人青睞！

老夫人在寧王府中說一不二，就連寧王都有些畏懼他這位武將世家的母親，若是讓陸喚得到了老夫人的賞識，那以後自己的日子還能順心嗎？

可有什麼想要的——他一個庶子還能有什麼想要的？自然是想要與兩個嫡子平起平坐了！

寧王夫人心中惱怒，卻不敢表現出來分毫，只關切地立在老夫人身邊，對陸喚柔聲道：「既然老夫人想賞賜你，你便大膽地說吧。」

而老夫人心中自然也有所考量。

她雖然不常出梅安苑，但看人一向很準。

寧王府這三個孩子當中，陸裕安雖然還算成熟穩重、但實在是過於平庸，毫無亮點銳氣！而陸文秀就不必說了，今日看來完全就是個廢物！

偌大寧王府，竟然只有這個庶子能力出眾，遠遠勝過那兩位。

況且今日他還跳下那寒冷刺骨的冰水中救了自己，於情於理，自己都應該給他嘉獎。

只是，老夫人心裡也很清楚，嫡庶有別，陸喚提出別的錢財要求也就罷了，若是想和兩個嫡兄平起平坐，那便未免太過貪心了。

她正這麼想著，便聽陸喚開了口。

「陸喚喜靜不喜鬧，希望我的住處今後不可有人隨意進出，望老夫人答應。」

寧王夫人與老婦人俱是訝然——

老夫人愕然：「就這？」

少年的嗓音清冷，沒什麼情緒：「就這。」

一旁跪在地上的陸文秀則臉色一下子青一下子白，陸喚他什麼意思，喜靜不喜鬧，是在暗諷前幾日自己率領眾人鬧哄哄地去栽贓他嗎？難不成他要趁機當著老夫人的面算這筆帳？！

老夫人萬萬沒想到陸喚的請求如此簡單，就只是想要一處安靜的住所嗎？

但隨即想到，陸喚所居住的柴院確實與下人們的住所混雜在一起，魚龍混雜，難免吵鬧。

即便是庶子，被如此苛待，也實在是過分了。這些事情一向由總管處理，而總管背後有誰指使亦一目了然。

先前老夫人根本無心管這些閒碎的事情，從來都和寧王一樣，睜一隻眼閉一隻眼罷了，以至於此時才陡然意識到自己這庶孫在府中生存處境之艱難。

能不艱難嗎。她今日剛出梅安苑，就有所耳聞了，前幾日陸文秀跑到陸喚那裡去，胡亂栽贓陷害，卻陷害不成，鬧出了個大笑話。

想必陸喚提出這個要求，也是因為煩透他這嫡二哥的百般找碴。

老夫人一時之間心情略微複雜。

自己已經給了這庶子要什麼給什麼的賞賜承諾，他卻只提出了這個微不足道的要求，當真什麼也不貪圖嗎？

老夫人思量片刻，便對身邊的嬤嬤吩咐道：「去對總管說，我給了陸喚一片宅院的賞賜，讓住在他周圍的那些下人統統搬走，今後任何人不得隨意靠近他的住處！若是膽敢違背，便自行去領罰！除此之外，每月加三兩銀子給喚兒。」

寧王夫人和陸文秀臉色都有些難看。

就連四姨娘都沒有一整片宅院，都是和一些丫鬟共住，現如今，倒是陸喚先有一整片宅院了。

還有每月加三兩銀子，雖說不多，可至少也足夠他打點一些下人了，比起他先前處處受到苛待的情況，可是好了很多。

而周遭跪在地上的下人也是眼觀鼻鼻觀心，心裡也有了計較。

先前他們紛紛輕侮陸喚，是因為整個寧王府不會有人在意陸喚死活。可現在，陸喚救了老夫人，恐怕日後不能再輕慢待他。

這天，好像變了一些。

「至於你。」老夫人轉頭看向陸文秀，臉上嫌惡毫不掩飾，「你還不滾回去給我閉門思過一個月？！還跪在這裡礙眼幹什麼？」

陸文秀又氣又委屈，還想爭辯，道：「奶奶，妳怎麼可以給陸喚一座宅院，就連我都——」

話還沒說完，老夫人氣得又是一腳踹了過去，孬種，廢物，不先瞧瞧他自己都幹出了什麼事，居然還不識趣地在自己面前嫉妒陸喚．

「若不是陸喚，我這把老骨頭今日就被你這個沒用的東西拖累得交代在溪水裡了，你還抱怨什麼，沒罰你去祠堂跪下就是好的了！」

寧王夫人生怕自己這蠢兒子再說出什麼話激怒老夫人，連忙攔住，對兩個丫鬟道：

「還不快帶二少爺回去閉門思過？！」

陸文秀被兩個下人帶走之前，咬牙切齒地瞪了陸喚一眼。

陸喚亦抬頭直視著他，一雙眼睛冷冷的。

老夫人不再多說，急著回去取暖，寧王夫人和一群人簇擁著她離開，廊下人群終於散了。

陸喚烏黑的頭髮上還在淌水，他轉身牽著庶女，將她先送回四姨娘那裡。

而宿溪這邊，系統彈出一則訊息。

『恭喜：主線任務（獲得寧王府老夫人的賞識）已完成二分之一，主角得到賞地一塊，獎勵金幣加二十五，點數加三。』

見到任務初步完成，宿溪這才鬆了一口氣。

雖然不知道為什麼這個主線任務只完成了二分之一，但想來應該是後面還有什麼地方會與老夫人有關聯。

系統道：『點數累積十一，可以再解鎖一個地方，妳要解鎖哪裡？』

宿溪毫不猶豫，當然是解鎖老夫人賞賜給陸喚的那塊地了。

雖然得來的過程有點曲折和辛苦，但是崽崽終於是有一座宅院的人了，再也不是只擁有一個小柴屋的崽崽了。

宿溪為遊戲小人有點激動，我們有地有宅院，離稱霸紫禁城還遠嗎？！

外面的護士敲了敲門，宿溪用毛巾擦乾淨臉，一蹦一跳地去病房門口接過護士送來的早餐，笑咪咪地說了聲謝謝。

護士小姐姐納悶：「什麼事一大早這麼高興？」

宿溪笑了笑，拎著早餐回到床邊。

她吃了幾口早餐，調轉遊戲螢幕，先津津有味地打開地圖，看了看老夫人賞賜的這塊地的全貌。

雖說是一座宅院，但自然比不過寧王夫人和陸裕安他們居住的雅梅軒、雅心安那麼雍容華貴，到處都是曲折遊廊、蔥蘢花木，僅僅就是一塊什麼也沒有的光禿禿的空地而已。

可是——

好大啊！

宿溪心情雀躍，好大一塊空地！

大空地上只有幾間大的柴院，除此之外，就是一片竹林，此時落滿了積雪。

但宿溪依然很高興，這麼大一塊地，雖然簡陋了些，但如果再沒有下人和陸文秀衝進來打攪的話，她隨便幫崽崽開開荒、養點雞鴨魚、種點白菜馬鈴薯什麼的，崽崽都可以過上很好的日子了！

最起碼，不會再缺衣縮食。

一切都有了新希望啊有沒有！

而很顯然，螢幕裡的遊戲小人也是這樣想的，雖然渾身溼透，但漆黑的眸子透亮，回去的步伐都輕鬆了許多。

柴院周圍原本住著的那些下人此刻正在被管家驅散走，走之前，小聲地議論紛紛，回憶自己先前有沒有得罪過這位三少爺。

甚至有幾個雞賊的下人在商量要不要上去道歉，否則風水輪流轉，到時候這個庶子真的成了老夫人眼前的紅人，那他們這些故意針對過他的人豈不是沒有活路？

不過陸喚對這些一概置之不理。

他回到柴院，便去燒水，渾身冰冷徹骨，若是不早點讓身子回溫，只怕會風寒。

拎起水桶時，他回想起方才在溪邊那一幕，忍不住皺了皺眉，當時混亂，他也沒看清那下人是如何讓陸文秀將老夫人帶下溪水中的。

雖說陸文秀是搬起石頭砸自己的腳，可近日陸文秀的運氣未免也太差了些。

難不成又是和上次飯菜事件一樣，有人在幫助自己？

這個念頭一閃而逝，隨即就令陸喚心中產生了一些細微的、飄忽不定的情緒——

他察覺到自己的情緒，臉色立刻一沉。

暗中幫助自己？自己這種像是有些渴望的念頭未免太過可笑。

自己身上並沒有什麼利益可圖，又怎麼會有人不求回報地相助？

他幼時倒是還對人殘存著一點信任，幫助過一個下人，可接下來那下人便立刻倒戈，害他被寧王夫人抓住把柄，毒打了一頓。那幾日他奄奄一息，鮮血淋漓，身邊人來人往，卻沒有人扶他一把，他身上留下的一些疤痕至今未癒。

從出生到現在，若不是他命硬，恐怕早就死千百回了。

人命卑賤、命如螻蟻。

在這寧王府中，他的生存比旁人艱難一百倍、一萬倍。

他深知，這世界上唯一能相信的只有自己。

至於一直在暗處的那人——

陸喚視線落在角落裡那盆仍然未熄滅的炭火上，手指神經質地蜷了蜷。

他竭力去忽視那點可憐的溫暖，那點落在自己冷得發僵的肌膚上、悄然順著血液蔓延上心臟的細微感覺，他冷漠而嘲諷地移開了視線。

在暗處便在暗處，總會露出馬腳，被自己揪出來。

雖然暫時不知道對方目的為何，但總會被自己知道。

相信這世上會有人對自己好，是陸喚寧死也不會去做的事情。

第四章　接收主線任務二

那些下人完全搬走之後，整片地方立刻清靜下來。

這幾乎是這十幾年來陸喚所處的最寧靜的時刻，天地之間只有雪落下的聲音。

他不由得深吸一口氣，眉宇間放鬆了許多。

陸喚換上一身乾爽的衣袍後，也沒有休息片刻，從柴院角落找了把鋤頭，先圍著老夫人賞給他的整片地方轉了一圈，考察片刻後，最後在竹林後方的一塊空地上停住了腳步。

這裡積雪鬆軟，隱隱冒出一些嫩芽和竹筍，說明適於種植。

現在是冬天，沒辦法種些什麼，但是可以先開荒……

陸喚動作很快，不到一個時辰，就將土地先翻了一遍。

然後去另外幾間下人撤走後空出的柴院，將那些院子裡的籬笆圍欄暴力地拆掉，扛著籬笆圍欄來到開荒處紮下去。

每隔幾日翻一翻土地，來年會更適宜種植。

種出來的菜可以自己吃，也可以賣——無論如何，今後的生計不成問題了，自食其力比先前處處受掣肘要好得多。

做完這個，他又熟練地把剩下的籬笆捆紮起來，在自己的柴院外繞成一圈，做成了個小型的雞舍，並且就地取材，從另外幾間柴屋中東拆西拆，拆來了很多木頭，鋪上稻草，不假思索地做成了冬天母雞防寒的窩。

宿溪在螢幕外為他應援，快，買母雞回來，是時候多吃點雞蛋補補了。

不遠處就是下人的小廚房，之前是一些值夜的下人晚上用來煮宵夜的，老夫人將這塊宅院賞賜給他之後，那些廚房的人也不得不搬走了。

這小廚房雖然簡陋，比不上寧王府的廚房大，但是灶台柴火什麼的卻也一應俱全。

陸喚額頭上一層汗水，但片刻不歇，又拿著工具去收拾簡陋的小廚房。

飛快地做完這些，天都快黑了，但他還沒停下來，一鼓作氣地拿著銀子，健步如飛地朝寧王府的偏門走去。

顯然是打算拿著剛到手的三兩銀子，上街市買一些工具和雞鴨之類的。

而螢幕外的宿溪咬著包子，看得津津有味！

自己吃早餐的時間，卡通風格的崽崽在畫面上不停地到處跑動，一下這裡一下那裡，雙手不停地勞作。

籬笆圍欄跟城牆一樣飛快地就紮起來了，地也翻得更加鬆軟了，雪地裡到處都是崽崽走來走去的腳印。

宿溪簡直嘆為觀止！

——嗚嗚她家崽崽怎麼這麼棒！不只勤勞，行動力還極強，活幹得飛快話還不多，這麼會生活！

還看什麼李子柒直播，以後就看崽崽種田好了！

宿溪倒是想跟過去，看看寧王府外的古代街市是怎樣的，她好奇得要命，不知道會不會有雜耍小販、糖人挑燈之類的。

但是因為暫時無法解鎖，所以只能目送遊戲小人消失在這片地方之外。

「每次積累的點數都只能解鎖一個地方，到底什麼時候才能全部解鎖嘛？！」宿溪被留在空蕩蕩的空地畫面，意猶未盡地用紙巾擦了擦手。

系統道：『請努力完成主線任務，隨著任務難度的增大，獎勵點數也會隨之增多。』

宿溪隨口問：「下一個主線任務是什麼？」

系統彈出：『請接收主線任務二（初級）：幫助主角使糧食產量達到兩千公斤，並順利結識京城首富萬三錢，得到萬三錢的支持。』

『難度四顆星，金幣獎勵為一百，點數獎勵為八。』

不是——

什麼鬼？？？宿溪作為一個數學十分不好的文組生，迅速打開瀏覽器搜尋兩千公斤到底是多少產量。

看了眼，差點沒暈過去。

「遊戲小人就一個人，你讓他一個人在這種破土地種田種到兩千公斤產量？那要種到什麼時候？還當不當皇帝了？」

系統機械地道：『所以難度是四顆星。』

「而且遊戲背景是古代吧，沒有挖土機沒有任何現代設施，就連肥料都沒有發現太多種類，別的商賈一畝產量能達到幾百公斤，就已經驚動京城了，你要求我達到兩千公斤產量？！」

系統複誦道：『所以難度是四顆星。』

宿溪懷疑地問：「難度評級總共多少，不會是十顆星吧？」

系統沉默了一下道：『總共是一百顆星。』

宿溪：「…………………？？？」

這遊戲真他媽變態，這才第二個主線任務，宿溪完全想像不到後面還有什麼任務在等著自己。

不過她開始躍躍欲試。

很顯然寧王府中全員惡人，就只有老夫人能成為崽崽的依靠。

但老夫人這人性格淡漠，頂多是給崽崽一些幫助和好處，不可能徹底站在崽崽這一邊、維護崽崽。

若崽崽想強大起來，還得借助寧王府外面的人——或者說，逐漸招兵買馬，培養自己的勢力。

再簡單點來說，就是收小弟。

試問若是萬三錢成了崽崽的小弟，寧王府這群人臉色會如何？

宿溪看了下萬三錢的資料，發現這位京城首富混得很不錯，和京城的宰相、禮部尚書、刑部侍郎等各個層級的官員都有所來往。

傳言中他比國庫還要富裕，富可敵國。

有錢能使鬼推磨，在遊戲裡也是一樣。

所以下一步目標是：幫崽崽種出古代沒有的新型水稻之類的？風靡全京城？

系統：『……』少女好想法。

不過現在還不急，要一步步慢慢來。

只怕寧王府中接下來不會風平浪靜，陸文秀雖然要閉門思過一個月，但寧王夫人可是還在想辦法整遊戲小人。

自己還得防著點。

宿溪正百無聊賴地等著遊戲小人從外面回來，病房門忽然被推開。她的好朋友兼隔壁桌顧沁探進腦袋，笑嘻嘻地晃了晃手中的零食袋子：「宿溪溪，我們來看妳了！」

宿溪驚喜地道：「你們怎麼來了？」

在醫院一直打遊戲，雖然崽崽很可愛，但還是快憋出病來了，需要見見活人。

「想妳了唄，今天數學考試了，難度特別高，班導師今天還念叨著讓我們把試卷帶給妳。」顧沁道，走進來在床邊坐下，將零食袋子攤開放在宿溪面前，道：「帶了洋芋片給妳。」

宿溪毫不客氣，拆開洋芋片包裝：「謝了啊。」

霍涇川跟著顧沁走進來，手裡捏著一個小錢包。

宿溪問：「那什麼？」

「妳上次打電話不是說缺錢？」霍涇川揚眉道：「哥們幾個用零用錢湊了湊，但是湊不到多少，也就一千多，看看能不能解決妳的燃眉之急。」

他和顧沁還以為宿溪又倒楣了，撞壞了哪裡的商品或是玻璃展架之類的需要賠錢。畢竟這種倒楣事，宿溪經常發生。

他和顧沁從小見證了宿溪倒楣到大，從一開始的匪夷所思到現在都很淡定。

「你們——」宿溪看了看顧沁，又看了看霍涇川，吸了下鼻尖，半晌說不出話來。她沒想到，自己就是打電話提了句缺錢，兩個好朋友立刻幫自己湊錢了。

一千多塊對高中生來說可不是小數目。

這兩人八成是從家裡偷偷拿了些，然後搜刮了些其他同學的飯錢。

「又不是不讓妳還，等妳腿好了週末再去打工還給我們。」顧沁道。

「對。」霍涇川嘴賤道：「或者妳乾脆去追理組班的那個富二代校草尹耀，追上了還怕缺錢用？」

宿溪好不容易積攢的鼻尖酸酸、心頭感動，頓時破功。

她砸過去一包果凍：「閉嘴。」

宿溪捏著小錢包裡的一千多塊，卻並沒打算要。

主要是就算接受了，這一千多塊也是杯水車薪啊，現在家裡可是欠了十萬塊。

等等——

宿溪陡然想起一件事，她差點都忘了，她前幾天是不是買了彩券，今天不就是開獎的日子嗎？

宿溪忽然從床上單腳跳下來，對顧沁道：「顧沁，妳扶我下樓，我三天前買了張彩券，今天開獎，我要去兌獎。」

「什麼鬼？」顧沁被逗樂了，推了宿溪腦門一下：「妳是不是住院住傻了，誰買彩券都可能中獎，就妳這衰神附體的體質？絕對不可能。」

宿溪心裡也不信，但是她總覺得這遊戲有點玄妙，這兩天她問了護士小姐姐要不要玩這個遊戲，但是那些護士小姐打開手機，在 app store 裡根本找不到這個遊戲，換句話說，只有她手機裡出現了。

這代表什麼？這太邪乎了。

而且，寧可信其有不可信其無，窮鬼要抓住每一線希望。

她拉著顧沁的手臂，一蹦一跳下樓了。

霍涇川也跟著下樓，他手裡還抓著一包小浣熊脆麵，跟看傻子似的看著宿溪，但既然宿溪來興致了，非要鬧，他就陪著宿溪鬧：「別跳了，我背妳吧。」

兩個女生一個男生離開住院部，走到醫院大門口外的彩券行裡。

裡面一群人緊張地盯著螢幕，等著開獎。

霍涇川背著宿溪擠了進去，宿溪掏出前幾天自己買的那串號碼，遞給彩券行老闆。

她一方面覺得自己腦子有病，居然相信一個遊戲系統的話，但一方面心臟又快跳出了嗓子眼。

她十分緊張地叫了聲：「老闆，看看這串號碼。」

老闆指了下牆上的螢幕：「等一下中獎號碼就會出來。」

他眼神從眼鏡下面，漫不經心地瞟了宿溪一眼，接過彩券，念叨著：「一看就是第一次買彩券的吧，緊張成這樣？手心裡全是汗？」

「老闆告訴妳啊，平常心，這中獎機率太低了，可不要把自己的零用錢全賠進去——」

話說到這裡，突然戛然而止。

老闆瞳孔猛縮，呆若木雞，死死盯著螢幕上那串數字，又低頭看了眼宿溪給他的彩券紙，跟被雷劈了一樣。

他又去看螢幕上的數字：「我靠，妳——小女孩妳——」

「啪嗒。」霍涇川手裡的小浣熊脆麵掉在地上，灑了一地。

他剛才隨意瞥了眼，將彩券號碼記下來了。

這他媽，宿溪溪的彩券數字和螢幕上的頭獎中獎數字一模一樣啊！

頭獎是——三百萬？？？

他眼珠子瞪得快掉了下來。

這世界瘋了……宿溪買彩券都能中獎……她是積攢了十六年的霉運一次性否極泰來吧？

彩券行裡的人都意識到什麼，一片愕然，看向宿溪。

宿溪立在地上，快站立不穩，血液直往腦袋上湧。

她沒看錯吧……還是在做夢？

三百萬？？？？

啊啊啊三百萬！！！她這輩子都沒見過這麼多錢！這怎麼花得完？！

她風中凌亂，腦子裡閃過的第一個念頭居然是——等等，她是不是能為崽崽課金了？！

發問：彩券中獎幾百萬是什麼感覺？

宿溪：就是很暈，就是覺得在做夢，全家人都覺得在做夢！而且不可思議的是，中獎的運氣居然是玩一款遊戲玩來的，簡直太玄妙了！

宿溪作為一個高二學生，一輩子都沒見過三百萬那麼多錢，更不知道怎麼去兌獎、怎麼繳稅，於是只好抖著手打電話給宿爸爸宿媽媽。

而在宿爸爸宿媽媽呆若木雞、震驚激動到語無倫次之後，總算能稍微理智冷靜一點，去處理彩券的事情。

彩券繳稅後，落到宿家的銀行帳戶金額總共是兩百四十萬。

這筆錢對於宿家而言，不僅僅是一筆意外橫財，更是一筆解決燃眉之急的救急錢了。

宿爸爸宿媽媽激動之後，迅速分配了這筆錢，兵分兩路，由宿爸爸拿了十萬塊零五千去找姑姑，一鼓作氣地還了姑姑錢，並且將借據拿了回來！

宿溪的姑姑簡直驚愕至極——前幾天不是還在說能不能寬限幾日嗎，怎麼一下子就還清了？！

十萬塊可不是小數目，宿溪爸媽是從哪裡湊的？而且還多還了五千塊利息？

難不成是工廠突然有了起色，賺了一筆？

宿爸爸還錢時什麼也沒說，但宿溪姑姑面上卻訕訕。

畢竟，她錢才借出去不到半個月，就一直催著宿溪家還。

本來她覺得宿溪家根本還不了，故意催一催，見宿爸爸宿媽媽愁眉苦臉到處籌錢的樣子，她有種暗暗的爽感，快過年了也有談資。

但萬萬沒想到，宿溪家卻說還就還了！

還有二十萬交給宿媽媽拿去工廠救急，解決工廠囤貨過多、資金無法周轉的問題。

而剩下的兩百一十萬中，宿爸爸與宿媽媽直接存了兩百萬，打算下週就去買房。

他們一家三口現在住的是一間近二十一坪兩房兩廳的小戶型，有些吵鬧不說，離宿溪的學校還有些遠，每天早上宿溪乘坐公車都要四十幾分鐘。

宿溪無法多睡一下，夫妻兩個心裡很不好受。

他們拚命賺錢，早就想換一套離宿溪學校近的大房子了——可沒想到，宿溪的運氣居然否極泰來，一下子中了這麼大一筆獎！

宿爸爸宿媽媽從醫院裡出去，互相攙扶著，激動到快要爆炸，商量著把現在這間賣了，房價七萬一坪，能賣到一百四十萬，再從兩百萬存款中拿出一百六十萬，加在一起直接去買大學旁邊三百萬四十坪的三房兩廳！

那樣還能弄一間書房給宿溪！

剩下的四十萬便存下來，以備不時之需。

夫妻兩個寧願多存款，也不肯多花，只拿了十萬出來，作為目前的家庭可流動資金。

精打細算下來，落到宿溪手上、作為她買到彩券的獎勵，竟然只有五千塊。

宿溪：「……………」

爸，媽，這是不是有點太苛待我了。

不過宿溪倒也不貪心，知道這筆錢交給爸媽再合適不過，他們比自己會理財。而她自己的小錢包突然多出來一筆五千塊的橫財，對高二學生來說，已經是小富婆一個了。

知足常樂，宿溪激動地搓著手打開遊戲。

突如其來的彩券事件讓她和全家人都處於做夢似的恍惚當中，以至於整整一天，她都沒空登入遊戲。等她稍微平靜下來，再登入遊戲時，遊戲裡已經過了三天時間。

宿溪打開遊戲時，還激動難忍，對著螢幕道：「崽，從今以後你就是我的親崽，系統爸爸，從今以後你就是我的親爸爸！」

系統：『……不要如此沒見過世面的樣子。』

——少女，三百萬算什麼，妳在做的可是扶持一位皇子登上九五至尊之位的大事情！

螢幕裡遊戲小人還沒回來。

這三天，他又做了更多的事情。柴院外面又多了幾道用籬笆圍起來的柵欄，裡面已經多了一隻昂首挺胸、英姿勃勃的大公雞，和三隻還算肥碩、羽毛豐厚的母雞。

雞們正在院子裡走來走去，雪地裡留下密密麻麻的小腳印。

崽崽顯然很聰明很會挑，這幾隻母雞一看就很能生。

而院牆外面有幾個草編袋子，不知道裡面是什麼，似乎是一些種子、蘿蔔、馬鈴薯、糧食和肥料之類的。

還多了一些生活用的工具。

先前遊戲小人在寧王府處境艱難。時常受到陸文秀和寧王夫人想盡辦法的刁難、受到下人們的故意苛待也就罷了，更艱難的是冬日寒冷至極，所居住的柴院環境惡劣，以及缺衣少食，衣裳單薄打滿了補丁，廚房送來的糧食不是米糠就是乾巴巴的饅頭。

而現在，短短三日內，他讓這環境煥然一新——

小廚房已經清掃乾淨，堆滿了他拾來的柴火，還放了一些蔬菜原材料，吃的今後完全不愁了。

衣櫥裡掛了兩件動物毛皮，似乎是打算留著縫製衣服，雖然看起來有些粗糙簡陋，應該是只用了幾文錢換來的，但是比單薄衣衫更能抵禦風寒。除此之外，柴屋也再次修葺過，牢固結實了很多。竹林裡挖出來了一個池塘，似乎是等著積雪消融後養魚。

宿溪在畫面上劃來劃去，都不大認識了。

這是先前那一片荒蕪的空地嗎？

她嘆為觀止，無法想像一個人怎麼可以在短短三天之間內完成這麼多事情！

而且三兩銀子怎麼可以做到這麼多？

不過顯而易見，崽崽花得很省、很精打細算，幾乎每一文錢都花在了刀刃上，哪怕一個銅板也沒有浪費。

但是宿溪將畫面轉到水井和廚房那邊去，見到一些下人身上穿的衣服都比崽崽好——

至少沒有打補丁，更別說管家級別以上的下人，都能穿上非常暖和的夾袍外氅。

她心中便不是滋味。

三兩銀子，能買什麼鬼，老夫人未免也太小氣了些。

雖說上次送木炭盆和桌椅嚇到了崽崽，但宿溪現在有錢了，就十分控制不住自己想買的心。

別人都有，她的錦鯉王親親小崽不能沒有。

系統迅速幫她打開商城：『請。』

宿溪猶如打開了購物軟體，看到什麼都想買。

首先，養一隻可愛的崽崽就是要買衣服給他——貨架上的錦衣玉裘簡直太多了，有用狐、虎、豹、熊、羊、鹿、貂製成的，各種款式，無論是大氅還是披風，長袍還是獵裝，全都應有盡有，甚至還有大紅色的成年男子婚服。

宿溪看得直流口水，悄悄將幾款婚服收藏起來，心想著等崽崽長大成人，到時候讓他選秀成婚時穿。

而現在——她先挑了三件一看就非常暖和的狐裘，雪白色的。

崽崽穿雪白色最好看了，一定非常英姿颯爽，買買買！

買了這三件也才花了三十幾塊人民幣！

好便宜！

宿溪腰桿子筆直，和先前的吝嗇樣判若兩人！

衣服買完，宿溪自然而然地將螢幕滑到男子頭飾上，有玉冠、玉釵等物，但是考慮到崽崽根本不會佩戴，她也理智地沒有買。

總之，現在有錢了，想買什麼就買什麼。

於是宿溪打量了柴院一圈，見到什麼不足，就幫遊戲小人補充什麼進去。

三隻母雞怎麼夠？即便一隻隔一天生一個雞蛋，也太少了，於是宿溪瘋狂下單，往雞舍裡又扔了二十幾隻母雞進去。

除此之外，她還買了更多的糧食種子，一袋一袋整整齊齊排列在崽崽屋外。

似乎還少點什麼——

宿溪左思右想，在院子裡放置了一座假山、一個葡萄藤架、一方石凳石桌，這樣一來，總算是有點生活氣息，不比陸文秀他們的雕梁畫棟差多少。

宿溪做完這一切，心中美滋滋。

到了吃晚飯的時間，見遊戲小人還沒回來，她便先下線去吃晚飯了。

這三天對於陸喚而言，是較為罕見的清靜時光。

下人們搬走之後，他一個人占據這片地方，馬不停蹄地修整這片地方，想著至少能溫飽，在寧王府中站穩腳跟。

他有計畫地將一文錢掰成三文錢花，因為看到了希望，所以並不覺得辛苦。

除此之外，柴院外他布置的一些痕跡和陷阱這三天仍然沒有被動過，而屋子裡也沒再莫名奇妙地多出什麼東西，這讓他鬆了一口氣。

最好是不要有人突然來接近他。

不過，大約是三日前從冰冷的溪水中上來後，沒有及時取暖，渾身在冬日寒冷的空氣中冷得僵硬，一路吹冷風從溪邊走回到住處，這三日他一直覺得身子有些沉重。

本來就算受了風寒，捂著被子睡一覺應當全好了。

但不知道是不是這三日他披星戴月、辛苦勞作、積累成病的原因，這時他扛著一捆柴火回來，竟然覺得腳步發軟，渾身有些寒顫。

陸喚咬了咬牙，竭力撐住，推開了柴門。

他剛要將背上的柴火放下，視線就陡然凝住——

只見院子裡的四隻雞憑空變成了二十六隻！吵哄哄一片，快要擠出本就不大的籬笆圍欄！

除此之外，整個院子變得不像是他的院子了，不知道是誰送來了糧食，還送來了葡萄藤架和假山！

又來？又有人偷偷溜進來了？

陸喚心頭重重一跳，臉色陡然變得難看，扔下柴垛，快步走到屋子裡巡視一圈，走過去打開衣櫥，只見衣櫥裡多出來一片新的衣袍，一看就華貴至極。

若是前幾日他還能不動聲色，等著暗處那人自己露出馬腳，被自己揪出到底有何目的，那麼今日整個院子面目全非，他實在忍不住了。

他分明只是寧王府的一個庶子，毫無利用價值，卻一而再再而三地送這些東西給他——難道那人不知道若是被寧王府的人發現有人在幫助他，也會一起被寧王夫人毒害嗎？難道不怕嗎？

到底為什麼？到底圖謀什麼？

更何況，每次都趁他不在時悄悄潛入，還不知道是用何種辦法潛進來的，難不成是高手不成？難不成並非寧王府的人？可是寧王府外，又有誰會知道寧王府中有自己這個卑賤的庶子呢？

這種被侵入巢穴的感覺，讓陸喚心頭憤怒而緊繃，也讓他忽視了心底掀起的那一絲，連他自己也未曾察覺到的異樣漣漪。

他鐵青著臉，漆黑的眸子裡滿是不信任與防禦。

他踏出屋外，攥緊拳頭，對著空蕩蕩的柴院喊道：「你到底是誰？」

「為什麼三番兩次送東西予我？」

「你到底有什麼目的？」

——若不是為了害我，若真是想幫我，又為何一直不現身，只在背後偷偷做事？

——可難不成，當真沒有惡意嗎？

可是在陸喚聲音落下後，整個柴院仍是寂靜無比，甚至能夠聽見雪花落下的聲音。

他在原地站了半晌，吸了口氣，或許是血液上湧，讓他連日以來得了風寒的身體快要撐不住，一陣頭重腳輕，面色隱隱發白。

他退回屋內，重重將門關上。

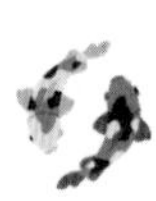

宿溪手機沒電了，並不知道在自己吃飯的這段時間裡發生了什麼，她在醫院餐廳飛快地吃完飯，才在護士的幫助下，快速回到病房裡。

一回到病房，就趕緊掏出手機充電。

護士小姐姐見狀，搖了搖頭，又是一個網癮少女。

而宿溪只顧著開機登入遊戲，她想要見到遊戲小人的心情不知從什麼時候開始，比先前更加迫切。

當然，最重要的一點是——她有錢了，她可以課金看看她家崽崽不是卡通畫風的時候到底長什麼樣了。

但她沒想到的是，她一上線，就見到柴院外寂靜一片。

畫面切入屋內，只見床上的崽崽縮在牆角，小小一團。

他卡通風格的手蓋在額頭上，泛著一層細細密密的冷汗。

露出來的臉蛋蒼白無比，毫無血色，嘴唇乾燥起皮，分明是一副病容。

怎麼回事？！

這比第一次見面還燒得厲害，像失去意識，已經暈了過去。

連被子都掉落在地上！

畫面不斷彈出幾則訊息——

『玩家您好，恭喜解鎖主角第一次重病狀態！』

『您的主角目前狀況十分不妙！生命值百分之三十，體力值零！床都下不了！是由於感染風寒後這三天沒有得到任何休息，導致的昏迷性虛弱！』

『注意——寧王府中目前有幾個下人剛好感染了瘟疫，被辭退回到鄉下去了！若是您處理不當的話，極有可能令您的主角在虛弱狀態下也被感染瘟疫！』

『目前您的主角還是安全狀態！但一旦生命值低至百分之五，就會自動進入病入膏肓狀態！到時候就會無力回天！』

『對了，是否要了解古代風寒、瘟疫的死亡率？』

『是、否。』

垃圾遊戲彈出「無力回天」四個大字一下子閃瞎了宿溪的眼，她原本就很擔憂，被垃圾遊戲這麼一搞更加緊張了，心臟怦怦直跳，生怕下一秒養了這麼多天的崽就升天了！

誰不知道古代醫療不發達，風寒很容易死人啊！

她趕緊滑開「是否」的選項，跟無頭蒼蠅一樣在屋內亂翻了一下，但是顯然，屋內不可能有任何藥。

她將屋內畫面放大，然後伸手戳了戳床上的小小一團。

昏迷中的崽崽面色蒼白，毫無意識，軟綿綿的，動也不動。

宿溪的手指頭戳在他被子上，不知道戳到了他哪裡，可能是腰的位置，他難受地發出一聲輕哼，雙眼緊緊閉著，眉心蹙了起來。

放大一看，漆黑眼睫上還掛著隱隱的可憐兮兮的水光，他燒糊塗了。

左上角的生命值猶如沙漏，不停地降低，就這麼一下，已經降至百分之二十八了！

宿溪抬頭看了眼，嚇了一跳，趕緊強迫自己冷靜下來，想想怎麼辦。

她先把地上的被子拎起來，沿著螢幕滑動蓋到崽崽身上去。

但是陸喚渾身發燒，猶如處於火爐當中，身上猛然被蓋上了被子，更加覺得火燒火燎，於是緊緊閉著眼，難受地皺眉翻了個身——

頭頂冒出個白色泡泡：「熱。」

宿溪剛要把畫面切到廚房去，就見被子又被床上的崽崽踢掉了。

她迫不得已又把畫面轉回來，兩根手指頭捏著小小一張被子，重新蓋了回去，這次還用手指頭按住四個角。

陸喚處於昏沉睡夢當中，只覺得有什麼東西壓在自己身上，呼吸越來越燙、越來越急促，狠狠擰起眉頭，又想將被子重重踢掉。

宿溪見到的就是小小一團的崽崽拚命踢被子。

頭頂緩緩冒出個無精打采的泡泡：「不要。」

「……」嬌弱的小皇子怎麼這麼任性？！

宿溪抬眼一看生命值都降至百分之二十五了，她心臟都跳到喉嚨了，顧不上和遊戲小人鬥爭了，直接拎起屋子裡兩張椅子和兩塊墊腳的磚頭，分別重重壓在四個被角。

這樣一來，虛弱的崽崽抬了抬手，抬了抬腿，卻無論如何都掀不掉被子了。

宿溪沒照顧過生病的人，迅速打開瀏覽器搜尋「小孩子發燒到三十九度九怎麼辦」，搜尋到後，馬不停蹄地拿起兩塊布巾，切換到院子裡。

她取了院子裡的兩塊積雪，用布巾包著，切回屋內，將自製的退熱貼貼在崽崽的小額頭上。

冰涼刺骨的雪派上用場，遊戲小人睫毛輕輕顫抖了一下，似乎發燒灼熱的感覺有所緩解，眉宇緩緩鬆開一些。

宿溪又從外面捏了幾團柔軟的雪，塞進遊戲小人的手心裡。

她這麼做果然有效果，左上角的生命值上漲了百分之一。

還遠遠不夠。

病成這樣，肯定要請大夫。

宿溪下意識打開地圖，想把畫面切換到寧王府外的集市上，但是根本換不了，這才想起來，自己目前點數只有十一，還沒辦法解鎖集市，那怎麼請大夫？！

系統道：『目前無法解鎖集市，無法解鎖大夫，想要解鎖下一個區域，需要點數累積到十五。』

他媽的，太嚴格了吧！

宿溪吸了口氣，打開商城畫面，飛快地找出「藥物」那一欄——

幸好商城應有盡有。

古代治療風寒的藥全是一包包的草藥，旁邊還附贈了煎藥的瓦罐之類的，可是——

宿溪不忍直視道：「這一包藥煎好，至少要半個時辰吧，他撐得住嗎？！沒有感冒藥或退燒藥嗎？」

系統：『古代怎麼可能有這些東西？！』

宿溪也顧不上吐槽了，飛快地買藥結帳，飛快地衝去廚房，飛快地課金燒起柴火，然後飛快地將草藥倒進瓦罐裡，手指俐落得一氣呵成！

這期間又不停切畫面，繼續幫崽崽換布巾退燒。

不過藥煮好的時間倒是比她想像得更快，她在廚房翻箱倒櫃地找出一個碗和湯匙，盛了一大碗黏糊糊黑色的湯藥。

這熬出來的湯藥光是隔著螢幕，都能感覺到苦澀的味道。

宿溪最怕喝藥，忍不住皺起眉頭。

但是接下來最為艱巨的是，到底怎麼把這藥灌進昏迷不醒的崽崽嘴裡。

宿溪剛捧著藥碗進入屋內，系統就嘀嘀地提示生命值只剩百分之十五了！

她捧著手機緊張得出了一身汗，迅速單手捏住床上遊戲小人的上半身，一下子就將崽崽拎起來。

失去了意識的陸喚：「……」

但是崽崽臉色虛弱、嘴唇蒼白、東倒西歪，因為宿溪過於粗魯，差點跌下床。

宿溪趕緊用左手握成一個弧度，貼在螢幕上，讓螢幕裡的遊戲小人靠在了自己掌心，如此一來，遊戲小人總算是被扶著坐了起來。

他烏黑的長髮傾瀉下來，腦袋虛弱地靠在宿溪手指尖上，小得可憐，腰肢也盈盈一握。

宿溪鬆了口氣，將碗放在旁邊的桌子上，用另一隻手按住湯匙，舀起湯藥，小心翼翼地朝崽崽的嘴巴湊過去。

雖然撬開崽崽的嘴巴有些艱難，但宿溪還是費力地一口一口灌進去了。一碗苦不堪言的湯藥就這麼喝完，臉色蒼白的崽崽被折騰得臉色更加慘澹了。

而螢幕外的宿溪也累個半死。

她肩酸脖子疼，手一鬆，一不小心崽崽就重重倒回了床上。

他腦袋砸到有些硬邦邦的枕頭上，發出一聲輕響。

宿溪頓時心疼……啊啊啊我不是故意的！

不過經過這麼一番折騰，似乎是湯藥起了作用，左上角幾乎快跌至百分之八的生命值逐漸有了回漲的跡象。

宿溪又拿起布巾換了一次，繼續貼在崽崽的額頭和掌心上。

畫面彈出：『恭喜您的主角已恢復安全狀態！』

宿溪見到生命值終於漲回到百分之三十五，這才重重地鬆了口氣，心中的大石頭落地。

不得不說玩這個遊戲真的很累，但是看到小小床上的小小崽呼吸終於均勻了一點，眉心終於展開了一點，看起來似乎沒那麼難受了，臉色也稍微好一些了，帶給宿溪的成就感和滿足感還是非常大的——

任憑誰親手養大一隻可愛的小生物，一天一天相伴，看著他成長，也會對這個遊戲中的崽崽產生出一些感情。

儘管崽崽不是活生生的人，但仍然希望他過得更好，希望他無病無災，希望他不再受人欺負。

宿溪又從商城中多買了幾包藥，放在了床頭旁邊，等到時候崽崽自己醒過來，可以自行煎藥喝。

而就在這時，宿溪忽然瞥到崽崽長袖下的手臂……

她第一天打開遊戲時，就發覺遊戲小人的手臂上似乎有受傷的痕跡，但當時無法拉近距離，看不清楚。

此刻她放大視角，小心翼翼掀起被子，將崽崽的手臂拉出來。

幫他捲起袖子，才發現……他手臂上竟然有無數條鞭傷痕跡！

已經是陳年舊傷了，在白皙的皮膚上留下了淺淺的印記，但是仍可以想像得出當時皮開肉綻、痛得宛如被撒鹽的場景！

宿溪倒吸一口氣，猶豫著要不要再看看崽崽的身上——

反正崽崽的衣服應該被汗水浸溼了，也必須換一件。

思索了片刻，她還是輕手輕腳將被子掀開，小心翼翼地解開崽崽衣袍的釦子。

隨著她的動作，遊戲小人難受地蹙了蹙眉，長髮如瀑布般落在肩頭。

果然不出她所料，崽崽背上全是鞭傷！

縱橫錯亂、觸目驚心。

怎麼會這樣……宿溪心裡有點憤怒，心尖上還有點酸楚。

明知道這是遊戲，明知道只是一個常年被輕侮欺負的庶子設定，但她還是止不住的心口一疼。

一回生二回熟，這次她不再笨手笨腳了，直接將崽崽扶起來，然後從商城裡買了些祛疤膏，一一塗在遊戲小人身上的那些鞭傷上。

好在這些傷痕都是他小時候留下的，這些年隨著他長大，應該沒再給寧王府那些人欺負他的機會了。

塗完藥之後，宿溪幫他換了一件外袍，至於褲子，覺得太麻煩便沒換。

而且她總覺得這遊戲小人的反應太過真實，等一下自己扒了他褲子，他說不定會有很大反應。外袍是不得不換，因為溼透了，不換一件乾淨的等一下風寒加重了不好。

做完這些，宿溪才徹底鬆了口氣，揉了揉眼睛，睏得手機砸在臉上，睡著了。

而這一夜對於陸喚而言格外的漫長，他渾身沉重疲憊無比，渾身浸在滾燙的熱水中，上下浮沉，直到額頭和掌心似乎被貼了什麼冰涼之物之後，才稍微疏解了痛楚。

他拚命想要醒過來，但由於風寒太重，眼皮一直掙扎不開。

於是直到第二日，院中的公雞打鳴，他才猛然從夢中驚醒。

睜開眼後，陸喚仍覺得渾身沉重。

他睜著眼盯著帷幔片刻，下意識想伸手摸摸額頭是否還發燙。

可就在這時，他一抬手才發現，身上的被子極其沉重，彷彿被什麼壓住一樣……

而隨著他的動作，被子上壓著的椅子滾落在地上，發出「砰」的聲響。

陸喚微微抬頭，心頭重重一跳，面色劇變——

他穿的衣服被換過了！

雖然燒糊塗了，但他也記得，他昨夜陷入昏睡之前，便已經出了一身冷汗，燥熱黏膩十分難受，可因為發燒昏迷的緣故，身子沉重、神智不清，無法起來更換。

可現在，他穿著的分明是一身乾爽的衣物！

衣釦被扣得整齊熨貼，而原先的那件衣袍被扔在了床腳。

……不只如此，陸喚驚疑不定的視線落在了自己的枕邊，有兩塊冷冰冰的布巾被折疊成了布條，上面還有水漬，似乎是融化後的雪。

陸喚下意識摸了摸自己額頭，竟然已經退燒了！

如果說此時此刻陸喚還未意識到發生何事的話，待他的視線移至床頭邊的湯藥碗上時，他的瞳孔陡然一縮，猶如看到了什麼驚愕之事，半晌沒能反應過來——

一個空碗。

空氣中還散發著苦澀的藥的味道，包括他的唇齒之間，也殘留了藥香。

這是？

他喝完剩下的湯藥？

昨夜竟然有人闖入，強行把藥餵服給他？！

陸喚心中警鈴大作，下意識便掀開被子，跳下床去，因為還未完全恢復精神，有些站不穩，扶著床頭才勉強立住。可是他警惕地屏住呼吸，查看自己身上一圈，卻發現——毫無被下毒的痕跡？！也根本沒有任何不適的跡象。

反而已經退了燒，比起昨夜渾身也覺得爽快了很多。

陸喚又轉身，俯下身去查看那幾包還沒拆開的藥包，似乎是特意留下來，讓他服用直到風寒徹底痊癒的。

他一包一包打開，嗅了嗅，用手指抓取其中藥材看了看，卻只見全都是滋補溫養或者治療風寒的藥物，並沒有一味不好的藥。

「……」

怎麼會……

有人闖入，卻不是為了害他，而是特意來送藥——甚至還照顧了他一夜嗎？

陸喚震驚至極，抓著藥包，手指不由自主攥緊，腦子有些空白地立在屋內。

垂眸朝床邊的地上灑下的一些藥物殘渣看去，他心中輕輕一顫，不知道該做何反應。不知過了多久。

清晨的第一縷陽光從柴屋的窗戶照進來，落在他濃黑的睫毛和略微蒼白的臉色上，這一剎那，他一貫冷漠的面上難得出現了幾分不屬於他的茫然。

陸喚今日本來還有很多事情要忙碌。

三兩銀子並不多，能購買一些東西，但並沒有辦法維持長久的生計。

他昨日從集市上買了一些韭菜根和早春櫛瓜，這些是冬季農作物，只要精心栽種，便能盡快收成。除此之外，母雞下的蛋也能賣到好價錢。

這片地既然已經屬於他，他便要好好利用，趁著寧王夫人沒有下一步動作之前，維持自己衣食的同時，賺取一些銀兩。

如今京城限制雜耍舞劍，陸喚不可能透過此方式賺銀，更何況他是寧王府庶子，被允許進出的次數也並不多，每次進出都被當成賊一樣防著。

因此他思來想去，便只有多種植一些東西，賄賂側門的看門侍衛，讓其幫忙悄悄賣掉來換取銀兩。

有了銀子，陸喚才能改變自己目前的困境——

陸裕安與陸文秀是嫡子，平日可以與皇子們一起在太學院上學、在馬場習武，這種含著金湯匙出生的條件，這兩人卻不知道珍惜，尤其是陸文秀，整日偷雞摸狗地曠課。

而庶子出生的陸喚，卻從小到大困於柴院一隅，出寧王府的機會都不多，更別說有自己的老師。

禁軍教頭被請到寧王府來時，他雖然在院牆外跟著偷學了一二，已會騎射和四書五經，但他知道這遠遠不夠。

他的野心與抱負不僅如此！

他深知必須讀書知理，才能達兼天下。他需要銀子去買書、買彎弓長箭。

甚至，如若有了更多銀兩的話，就可以偷偷溜出去找私塾，遠離寧王府。

可現在——

那個突然出現在他身邊的人，顯然打亂了他的計畫。

陸喚立在屋簷下，看著滿院子撲騰不已的公雞母雞，又看著被昨夜的雪蓋住的葡萄藤架、靠在牆根旁邊各種農作物的種子。

他走過去將飼料灑在籬笆內，二十六隻雞頓時興奮地圍了過來，在地上一啄一啄。

陸喚走到母雞窩邊一看，不知道是不是因為雞實在太多，昨夜居然已經有母雞開始下蛋了，他伸手一摸，摸出了兩顆熱乎乎的雞蛋。

對於從小被寧王夫人苛待、幾乎沒吃過熱飯熱菜的陸喚而言，一顆雞蛋顯然是逢年過節時，才能從好心的四姨娘那裡得到的美食了。

可此時在那人的幫助下，自己手中竟然捏著兩顆圓潤光滑的雞蛋了。

陸喚心中不由得湧起一種難以形容的心情，臉上的表情也有些複雜……

難不成那人當真並無惡意？

如果真的有惡意的話，那人在柴院內來去自如，昨夜自己又發燒昏迷，那人大可以一把匕首捅下來，自己毫無反抗的餘地！

其實不只是昨夜，其他時間，那人也完全可以對自己下手，而那人卻一直按捺不動，只是送來各種自己需要的東西！

可是，若不是有所圖謀的話，那人三番兩次送東西來，目的到底是為何呢？難不成真的是想要幫助自己，好心地對自己雪中送炭？

可是——怎麼會？！

他從出生開始，便沒感受過這種善意，寧王府中沒人會幫自己一把，不阿諛奉承地隨著陸文秀踩自己一腳就算好的了，即便是四姨娘，也只是明哲保身的對自己投來憐憫的眼神。寧王府內沒有，寧王府外更沒有！

怎麼會突然有人一次一次地不現身，卻對他濟困解危？！

……他想不出來誰會這樣待他好。

陸喚盯著手中的雞蛋，掌心彷彿還有攥過布巾退燒後餘下的冰雪感，他心中泛起的漣漪越來越大。

倘若真的有這麼一個人……

倘若真的有，他心裡竟然隱隱有些緊張，心臟怦怦直跳——以及，喉間澀然，出現了幾分連他自己也察覺不到的隱祕的希冀。

可陸喚立刻覺得自己的想法荒唐，甚至可笑。

倘若不是呢？倘若那人雖然並無加害他的意思，也並非設下陷阱等他跳，但卻也沒有他所以為的關心他之意，而僅僅只是把他這個院牆之內的庶子當成什麼好玩又可憐的玩物，要弄於股掌之間呢？

畢竟，他身世明瞭，的確是寧王和外面妓女所生，不可能有什麼隱祕的身世，也就不可能有別的親人暗中幫助自己。

那麼，除了那種無聊的把戲、施捨性的捉弄——

陸喚實在想不出來，有誰會毫無目的地對像自己這樣的庶子好。

思及此，頭頂一盆諷刺的冷水頓時澆了下來。

陸喚抿了抿唇，竭力遏止住自己的那些胡思亂想，將所有的期待和渴望先掐滅。

他眼神變得冷靜下來。

無論如何，先以不變應萬變。

第五章　接收主線任務三

這一日，他餵完所有的雞，取走雞蛋，便開始種植購買來的冬季農作物。

先前沒有動過那人送來的衣物和東西，是因為懷疑那人居心叵測，但經過昨夜風寒，陸喚雖然仍不知對方目的為何，但多多少少卸下了一些防備，暫時認定對方並無惡意。

於是他便將對方放在牆根處的農作物分了分。

將現成的馬鈴薯、胡蘿蔔等物分成二十三袋，全都搬去了廚房，將其他的種子繼續留在原地，能夠種下的當日種下，暫時無法種下的，便在柴院隔壁收拾出一間屋子當作庫房，用一些辦法存儲起來。

做完這些，陸喚去了廚房。

陸喚劈柴挑水全都會做，烹飪煮麵自然也擅長，否則這些年在這偌大的寧王府中，怕是無法生存。

他點了灶火，挽起袖子，露出乾淨修長的小臂，將胡蘿蔔和馬鈴薯切碎，和入麵粉，然後攤開在鍋內。白色熱氣騰騰，火光昏黃之中，很快一張麵餅便做好了。

他食指大動，眼眸也不禁亮晶晶了幾分。

這還是這些年來，他第一次吃到熱乎乎的東西，而非冷掉的殘羹冷炙。

陸喚幾口嚥下麵餅，隨便果腹之後，又切了更多的胡蘿蔔和馬鈴薯泥，將柴火燒得更旺。

他又做了一張更大、聞起來更香、更誘人的麵餅，卻沒吃，而是裝在一個碟子裡，放在灶臺上，藉著灶火餘下的暖氣熱著。

他停下動作，不確定地看向廚房外面。

已經入夜了，天上飄著雪花，萬籟俱寂。

那人……今晚會來嗎？

他將做好的麵餅留在這裡，那人能看到嗎？會喜歡嗎？

陸喚有幾分緊張。

可是他隨即又想到，如果那人真的只是玩弄性地對自己施捨……

見到自己眼巴巴地做好麵餅待人來，那人會不會笑話自己，是個得了點善意就不顧一切抓住的可憐蟲？

陸喚心中一刺，手指不由自主地蜷緊，看向做好的麵餅，臉上情緒有些亂糟糟。

片刻之後，他皺著眉將已經做好的麵餅弄亂，扔進灶火裡，並將裝過麵餅的碟子清洗乾淨，沒有留下任何痕跡。

宿溪昨晚玩遊戲玩到有點晚，第二天日上三竿才醒，而她和遊戲裡有時差，因此她上線時，遊戲裡已經過了兩天一夜了。

宿溪登入遊戲，又是晚上，她第一個反應就是先把畫面切換到屋內，看看前天晚上還在發燒的崽崽情況如何。只見左上角體力值已經恢復了百分之八十，說明崽崽風寒基本上好了，再多休養幾日，就可以活蹦亂跳了。

自己昨晚手忙腳亂不是沒用的，宿溪十分有成就感地微微一笑，去看床上的崽崽。

遊戲裡正是子時，外面月亮高懸，寂靜一片，本以為遊戲小人應該正處於熟睡當中，但沒想到她看見他在床上翻來覆去，睜著眼，似乎心緒煩亂，睡不著覺。

卡通風的小短腿曲起，將被子拱成一個小山。

眉宇蹙起，包子臉也皺著，讓人十分想戳一下。

……怎麼了？

是為種植農作物和母雞下蛋的事情煩心嗎？

他既然醒著，宿溪不敢在屋內亂來，怕一不小心戳到他，他會以為有鬼而嚇個半死。

因此，宿溪把畫面切換到屋外，在柴院附近看了一圈，不由得吃了一驚——

崽崽未免也太勤快了吧！

雖然還生著病，但昨天應該也勞作了！

柴院外居然已經種滿了一排排的韭菜苗和早春櫛瓜種子，還有些別的農作物，排列整齊，井然有序！

宿溪還以為玩這種遊戲，一切農作物種植都要靠自己這個玩家，沒想到崽崽這麼上進，自己根本幫不到什麼忙嘛！

不過，有個很困難的問題是，現在是冬天，天寒地凍，即便種植的是冬季農作物，但短期時間內也沒辦法有任何收成。

而且冬季氣溫低，晝短夜長，母雞產蛋量也會很低，甚至是停滯。

主線任務二恐怕很難完成。

「主線任務有完成時限嗎？」宿溪問。

『那倒沒有，主線任務可以同時進行，都沒有時限。但完成的主線任務越多，獲取的點數就越多，等點數到了一百，就可以和遊戲主角溝通，妳難道不想嗎？！』

宿溪當然想啊，這可是課金都課不來的場景！

她頓時有了幹勁！

她先將畫面切換到柴院旁邊的雞舍，盯著一群躲到最裡面，互相依偎取暖的雞們，其中一隻雞的雞冠都冷到裂開了，雖然不至於生病死掉，但是這天氣肯定會對雞蛋產量有影響。她思索了一下。

然後打開瀏覽器搜尋：「冬天怎麼養雞？」

……宿溪懷疑到時候爸媽看到自己手機的搜尋紀錄，神情會非常古怪。

網路上的資訊還算可靠，給出了一系列解決辦法，但是很多溫控箱、日照燈之類的辦法，在遊戲裡面的古代根本就沒辦法做到。

宿溪臨機應變，先從商城裡買了木杆、樹條、板皮之類的材料，然後按照圖紙，用手指頭在螢幕上拼拼湊湊，過程跟拼積木一樣還挺有趣，她一下子就入迷了。

等拼好之後，再鋪上油氈紙，最後，再買生石灰倒在上面，可以防鼠防蟲。

——這樣一來，一個很大的防寒棚就做好了！

先前崽崽用籬笆圍欄圍的雞舍對於古人來講已經足夠完美和心靈手巧，但是宿溪利用最好的材料，按照圖紙做成的防寒棚顯然現代化了許多！

她做好之後，無聲無息地將防寒棚立在原先崽崽做的籬笆圍欄裡。

那些母雞們似乎感覺到溫度漸漸發生變化，沒那麼冷了，有幾隻抖了抖羽毛，站起來找飼料吃，還有兩隻也舒展開來，往裡面鑽了鑽，似乎覺得可以下蛋了。

不只如此，宿溪還喪心病狂、急功近利地在商城裡搜索了一圈母雞催產素，瘋狂地撒在飼料上方，讓這些母雞們全都吃掉，反正商城裡的東西不可能沒用！

等安排好雞舍，宿溪又動動手指頭，將崽崽種好的地全都翻了一遍，同樣的也撒下一些從商城購買的促進生長的東西。

如此一來，總算是大功告成！

一下子花了兩百多金幣，不過換算成人民幣，也只有兩塊錢，現在的宿溪財大氣粗，課金課得絲毫不心疼。

她做完這些，右上角多出一個小小的收成欄。

上面顯示：『目前已收成：雞蛋二／五百，糧食零／兩千公斤。』

任務二的進度緩慢。

不過宿溪並不著急，她見遊戲裡崽崽大半夜翻來覆去，好像剛睡著，便先去吃早餐，等吃完早餐，遊戲裡還沒天亮，她又上線玩了一下，東晃西晃，發現廚房裡有生過火的痕跡——

哇，崽崽是做了什麼吃的嗎？

她饞了。

宿溪翻找了下灶台，有些感興趣，她玩這個遊戲以來，就沒見過崽崽吃東西，肚子整天扁扁的很可憐，但是想來他在寧王府中生存這麼多年，應該會做飯？只是不知道做出來的味道如何。

不過宿溪找了一下，除了灰之外，什麼也沒找到，只好作罷。

其他區域尚未解鎖，她打開溪邊，溪邊沒人，她只能回到柴院。

屋內，床上的小小一團安安靜靜地沉睡，眉宇仍蹙著。

宿溪輕手輕腳打開衣櫥，見自己扔在裡面的幾件雪白色的袍子根本就沒有被動過！而先前遊戲小人自己從外面街市買回來的兩件劣質獸皮倒是被動過——

宿溪放大一看，發現其中一件邊緣有些小孔，像是崽崽想縫到現在的衣服上，但是不擅長針繡，笨手笨腳戳破了衣服，也沒縫上去，於是只好又把線拆掉了。

宿溪趕緊拎起床上遊戲小人的手指頭，放大看了眼。

他軟乎乎的小手上果然有針刺的小小血洞的痕跡。

宿溪忍不住「噗嗤」一笑。

我靠，笨不笨啊——還以為崽崽是萬能的呢。

雖然每天晚上睡覺去了沒上線，但是一上線就能找到蛛絲馬跡，發現崽崽在自己沒上線時都幹了什麼。

宿溪想像一下卡通風格的遊戲小人坐在床上，嚴肅地盯著手中的衣服試圖穿針，但是一針一線還是搞砸了的場面，她就樂壞了，覺得特別好玩。

她迅速打開商城，花了二十個金幣購買了「針線活」。

過沒多久，兩件劣質的獸皮就縫製到了崽崽先前的衣服上，誰叫崽崽不肯穿新衣服。獸皮雖然劣質了點，但還算是防寒防凍。

宿溪放心了，暫時先放下遊戲去寫作業，讓系統有事「叮咚」自己。

天還未亮，陸喚便醒了，昨夜睡得不是很好，他睜開眼，沒什麼表情地盯著帷帳。

自從那人那夜送來風寒的藥包之後，整整兩日沒有出現了，今天已經是第三天。空無一人的院子自始至終空蕩蕩，只有大雪落下的聲音，寂寥得只有他一人。

他出去時不斷回望，回來時，遠遠地還走在竹林裡，便豎起耳朵聽這邊的動靜。

但是都很安靜，唯有漫天的風與雪。

他昨日和前日都格外注意柴院裡的東西，甚至是一花一草。

但是沒有什麼東西被動過——

換句話說，那人的確沒再潛進來。

照理說，這場突然闖入他死氣沉沉的日子的意外陡然消失，他應該和先前警惕萬分時那樣鬆了一口氣才對，甚至慶幸才對，可不知為何，他心裡卻……不是滋味。

就好像已經掀起的漣漪，便再也無法平靜。

陸喚臉上劃過些許複雜煩躁的情緒，他起了身，一如既往地更衣。

本打算去雞舍那邊看看，但是剛打開屋門，便聽見老夫人那邊有下人來喚：「三少爺，老夫人讓你去一趟正院。」

先前下人們看碟下菜，從不會稱一聲「三少爺」，但自從發生溪邊那件事之後，下人們見寧王府有最大話語權的老夫人對陸喚有幾分青睞，便紛紛不敢再用先前的欺負態度對待他，雖然也不至於有多好，但到底是收斂了幾分。

陸喚凝眉。

老夫人那邊來催，不知道是不是和他心中所想的事情相關。

半月後在秋燕山上有一場世子們之間的圍獵。

二皇子也會參加，寧王府站隊站的就是二皇子，只是近些年來寧王府勢力衰敗，入不了二皇子的眼。

所以寧王和老夫人一直想辦法將陸裕安和陸文秀兩兄弟往二皇子身邊湊，還將兩人送入了太學院，只可惜陸裕安資質平庸，陸文秀又太蠢，二皇子不屑與其往來。

先前還動過收養義女，將其往二皇子枕邊送的心思，但可惜寧王夫人善妒，還沒把義女送到二皇子身邊，便以為那義女和寧王有一腿，先將那義女害死了。

陸喚對寧王府中這些彎繞一清二楚，只是不曾參與，明哲保身。

而現在陸文秀被關禁閉，老夫人應當是動了別的心思。

他權當不知道，面上半分不顯，徑直跟著那下人朝正院去，因為老夫人叫人叫得匆忙，他沒來得及去雞舍和廚房那邊看一眼。

走之前，順勢帶上兩包風寒的藥，待回來之前，去一趟四姨娘那裡給她。

而宿溪寫完作業再次上線時，就見柴院內崽崽已經不在了，不知道去做什麼了。

而畫面上突然彈出一個任務：『請接收主線任務三：請於秋燕山圍獵中，結交二皇子！並順利進入太學院。』

『難度六顆星，金幣獎勵為兩百，點數獎勵為十二。』

宿溪頓時愣了，一頭問號，她去寫作業的時間裡，崽崽到底在幹什麼，怎麼一下子多出個任務？！

這些主線任務自然是主角接觸到相關的資訊才能觸發。她這裡彈出了任務，就說明主角內心有這個算計和想法，或者是下一步想去做的事。

宿溪打開地圖，看了眼崽崽的位置，見崽崽正在老夫人的梅安苑裡，足足有半個時辰沒有移動——

在交談什麼？

雖然不知道交談了什麼，但宿溪大致能猜得到。

系統解釋道：『上次的事情過後，老夫人看不順眼陸文秀，覺得他成不了大事，有意把主角送往二皇子跟前，希望主角有能力獲得二皇子賞識，成為二皇子的伴讀。』

二皇子雖然不是東宮，但也相當有勢力，一旦成為伴讀，至少是侍郎之職。到那時，即便是庶子出身，也不容小覷。

寧王夫人也不敢輕舉妄動、加以謀害。

除此之外，也有機會進入太學院。

宿溪整理衣櫥時，除了破舊的衣服，見到的全是書，便知道，崽崽恐怕是不在意結交不結交什麼二皇子，而是十分想要進入太學院上學！

他只有十四歲，衣櫥裡放的四書五經都已經翻爛了，去寧王府外普通的私塾根本學不到什麼，想學到更多東西，只能進入所有皇子都會進入的太學院，學習經世治國之道。

何況之前宿溪還在背景介紹中，看到太學院有位相當有名的太傅。

所以與其說這個任務是結交二皇子，不如說是藉由二皇子進入太學院。

雖然這遊戲最終目的是扶持主角登上帝位，但之前崽崽一直不顯山露水，宿溪差點忘了他的抱負，現在主線任務一步步朝著目標接近，宿溪才隱隱看到崽崽的野心來。

有野心是好事啊！

「那登基了是不是就可以開始選妃了？！」

系統：『……』

宿溪想到那麼多民間美女放在自己這個太后面前，被挑起下巴，眸光盈盈如秋波，等待被自己挑選的那一幕，頓時激動起來，也急著增加點數。

昨天晚上她修葺了雞舍、翻過了土地，算是改善了外在環境，系統加了兩個點數給她，現在點數已經有十三——

但是距離解鎖下一個區域還是遙遙無期啊！

不行，崽崽在搞事業，媽怎麼可以鬆懈？

趁著這段時間，宿溪瘋狂地在遊戲小人的這片宅子裡找還能改善的地方，見通往外面的那片竹林東倒西歪，她乾脆一鼓作氣地將歪掉的竹子全都扶正，手指點得快廢掉了，總算又多了一個點數！

接著，她又跑到廚房，將所有的柴垛、凌亂的鍋碗瓢盆全都洗涮一遍——

幾乎是能做的活全做了！

點數才慢悠悠地加到了十五。

終於可以再解鎖一個區域了，宿溪癱軟在床上鬆了口氣，立刻問系統：「他現在在哪裡？」

系統：『已經從老夫人的梅安苑離開了，此時在四姨娘的院子裡。』

宿溪立刻讓系統解鎖四姨娘的院子。

四姨娘的院子很小，一解鎖，旁邊下人的院子，以及其他姨娘的院子也解鎖了。

這對宿溪而言是個陌生的地方，青灰色的磚石路上鋪著雪，不過比起崽崽的院子還好一點，還有下人將雪掃到一邊，免得人滑倒，可見，寧王對待他這個四姨娘要比對待崽崽好多了。

崽崽見到有多餘的風寒藥，擔心當日四姨娘的庶女感染風寒，將藥送來。

可這四姨娘卻始終明哲保身，見不到對崽崽有幾分好。

宿溪心中立刻有點忿忿，不過知道這是遊戲設定，很快將不平壓了下去。

她在四姨娘的院子中滑動畫面，沿著長廊往前，很快，視野中就出現了一個小小的穿著舊袍的白色身影。

正是崽崽，他立在長廊那裡，似乎已經送完藥了，打算往回走。

但是不知為何，在長廊盡頭那裡，稍稍駐足了腳步。

在看什麼？

宿溪順著他的視線切換視角，只見屋簷下有個嬤嬤，正捧著一碗做好的桂花糕，讓另外一個看起來十一二歲模樣的小丫鬟吃。

那嬤嬤滿臉慈愛地摸了摸小丫鬟的頭，低聲道：「慢慢吃，今日妳生辰，不急。」

畫面上慢悠悠浮現二人的名字。

嬤嬤甲，丫鬟甲。

宿溪：「………」

這遊戲取名字能不能不要這麼隨心所欲、喪心病狂？！

但是宿溪理解了，這嬤嬤和這丫鬟應該是母女，嬤嬤在寧王夫人身邊當值，上次在溪邊看到了。

而這小丫鬟被送到四姨娘身邊來，八成是被寧王夫人派來盯著四姨娘的。

但是無論夫人和姨娘之間如何勾心鬥角，她母親也還記得小丫鬟的生辰，冒著危險跑過來送一口熱的。

宿溪再朝長廊下的崽崽看去，卻只見那一道白色舊袍的身影不知何時已經離開了。

宿溪：？

宿溪突然問：「主角生辰是哪天？」

系統打開背景介紹再讓她看了一遍——

赫然就是今天！

她這個豬腦子看背景動畫時根本沒記住！

文字背景介紹說：『庶子陸喚出生時日與當今東宮太子為同一天，時辰卻相沖，出生那一刻，寧王在宮中衝撞了皇帝，差點被罷黜官職，自那以後，寧王認定陸喚擋了他的官路，對其異常冷淡，將其難產的母親草草安葬了事，且不允許寧王府中有人記住陸喚的生辰。』

怪不得宿溪剛剛發現院牆外一片喜慶，張燈結綵，甚至隱隱傳來奏樂之聲，原來是當今東宮太子生辰，全京城慶祝。宮內大擺筵席，街市上也熱鬧非凡。

而相同的這一天，崽崽的柴院卻冷清寂寥，他獨自一人走出來的腳印都被風雪覆蓋。

宿溪心中有些酸脹，不是滋味，忽然想到什麼，她飛快地將畫面切回到柴院！

她問系統：「崽崽還有多久回來？！」

系統估算了下：『已經走到溪邊了，還有三分鐘的腳程。』

夠了！

宿溪飛快地點開商城，飛快地挑選。

商城裡面生日禮物特別多——全是一些古代平民的禮物，兔子燈籠、糖人、字畫什麼的，但是宿溪沒時間挑選了。

她找了半天，找到了長壽麵那一欄。

然後仔細挑選出一碗看起來最熱氣騰騰的長壽麵。

她動作迅速地將那碗麵放在廚房的灶臺上，麵一落入灶臺上，白色霧氣便升騰而起，被灶臺裡隱隱的火光映照著，顯得格外好吃。

宿溪還在麵裡放了顆溏心蛋。

而就在這時，竹林那邊響起了腳步聲。

宿溪怕遊戲小人回來後直接去睡了，沒來廚房，就看不到這碗麵。

她一緊張，又抓緊最後的時間，切到廚房外，在廚房屋簷上掛了一盞搖搖欲墜的兔子燈。

陸喚一路回來，穿過竹林，自然也聽見了寧王府外整個京城熱鬧的盛況，他抿著嘴唇，臉上說不清是什麼表情。事實上，每年今日對他而言，都不過如此，他也習慣了。

只是，那人……已經連續三日沒再出現了。

……是不會再出現了嗎？

還是說，果然如之前所料，偶爾送點東西過來，不過是對方的一時興起？雖然對自己並無加害之心，但也只是在捉弄自己，又或者是短暫而稍縱即逝的同情？否則，自己區區一個庶子，讓對方大費周折，不是很奇怪嗎？

陸喚垂著眸，心中劃過一絲諷刺。

他攥了攥拳，竭力讓自己不再去想，無論對方如何，他置之不理便可，切不可動搖心緒，如此便中了對方下懷。

他隨即加快步子，朝柴院那邊走去。

可是就在他路過廚房時，他陡然意識到什麼，不經意間抬了頭。

那一瞬，雪花緩緩落在他肩膀上，他腳步立刻頓住，眼神亦怔住，盯住那一處屋簷。

身後一片清冷竹林，一串獨自走來的腳印，眼前柴屋三間，與平時似乎並無不同，唯獨多了——一盞明黃色的兔子燈。

那燈被風颳得搖搖晃晃，細碎飄搖的光亮穿透黑夜與大雪，落入他漆黑眼底。

「……」

這是？

他呼吸漏了一下，方才心煩意亂的一顆心，因這彷彿迎他回家般的搖曳燭光，而重重跳了一下。

接著，「撲通」、「撲通」越跳越快。

他疾步朝廚房內走去——

空無一人。

寂靜無比。

陸喚眸子裡劃過一絲不易察覺的失落。

直到他轉過身，看到灶臺上的那一碗熱氣騰騰的長壽麵。

生辰對於陸喚而言，不過是無數個冷清寂寥的日子之一，並無任何特殊。

寧王府中沒有一個人會記得，就連四姨娘也沒放在心上過。今日陸喚去送藥，四姨娘拉著庶女淚水漣漣，連聲道謝，但是並未想起今日是陸喚的生辰。她想不起也很正常，寧王早就勒令全府禁提陸喚的生辰八字，即便她想起了，也不能為陸喚做什麼。

於是，陸喚也當沒有這一天。

若不是每逢這一天京城裡必定張燈結綵為東宮慶祝的話，他自己恐怕也早就不記得了。

生辰這二字，是陸喚從書卷中識得的，以及從東宮太子的壽慶和陸裕安的生辰宴中得知。

每年陸裕安的生辰宴上，府中熱鬧萬分，廚房都忙碌不已。

寧王夫人會特意為嫡長子陸裕安準備兩樣東西，一是長壽麵，一整根麵條疊成滿滿一碗，吃後飲湯，寓意福壽綿長。

另一個是長壽之桃，頂部被紅紙染成紅色，寓意躲避厄運。

而這個時候，陸喚大多只能和下人一起待在烏青的院牆下面，等待領取打賞。

從來沒人記得他的生辰，他便早已習慣，因而他從未想過有一天，自己從風雪中歸來，居然也能看到灶臺上靜靜放著一碗長壽麵——

在灶臺餘下的火光中，碗裡的麵條纖長潤澤，湯水濃厚，上面還有顆溏心蛋，紅白的顏色快要溢出來，點綴著些許蔥花，熱氣騰騰。

……虛幻到有些不真實。

陸喚喉間一緊，下意識走過去，緩緩將長壽麵碗捧起來，暖熱頓時從掌心傳遞而來，令他眉梢輕輕一跳——竟然並非做夢！

可是，這長壽麵，真的是做給他的嗎？

怎麼會有人記得他的生辰……

怎麼會有人特地為他慶祝……怎麼會有人特地賜予他這些好？

到底目的為何……想從他身上得到什麼……

陸喚心中紛亂，強迫自己有些亂的呼吸平穩下來。

可是他雙手緊緊捧著人生中第一次得到的這一碗長壽麵，卻忍不住越捧越緊，感受著暖熱落在冰涼掌心上的感覺，半晌都沒能放下……

片刻後，他吸了口氣，逼迫著自己冷靜下來。

他抬眸看向廚房四處，又微微一怔。

方才看見那盞簷下的兔子燈和這碗長壽麵，太過驚愕，導致此時才注意到——

前幾日他丟在廚房角落亂七八糟、可能會絆腳的柴垛，不知道什麼時候被整整齊齊地堆好了，就放在角落裡。

以及，因為自己前幾日風寒，還未來得及清理灶臺上面的些許汙垢，也全都被清理乾淨了，甚至鍋碗瓢盆都煥然一新，疊放在一起。

整個廚房不知道被誰打掃過，食物被串起來掛在牆上，看起來比寧王府的大廚房差不了多少。

陸喚像是預感到什麼一樣，手心捧著長壽麵，轉身走出去，將簷下搖搖欲墜的兔子燈取下來，挑燈在手心，朝著整個柴院走去。

這才發現，不知何時，竹林周邊一圈，一些有可能會絆倒他的橫枝都被處理過了。雞舍那邊多了個防寒棚，今早自己離開得匆忙沒有去那邊，竟然沒有發現。

除此之外，陸喚挑著燈，捧著麵回到屋內，試圖找出更多那人來過的痕跡，一打開衣櫥，果然被他發現衣袍被縫過。

針腳細密，獸皮貼合地被縫在原先的衣袍上，看起來極為暖和，似乎是發現他試圖縫製但未成功，所以那人特意幫助了他。

陸喚漆黑眼睫輕輕一顫。

一樁樁一件件，到底為何？

做好一碗麵並非易事，掛上兔子燈更像是別出心裁地對他好。除此之外，那人竟然還如此細心，從廚房到竹林、到衣袍，為他做了如此之多。人生第一次有人待他這樣……

他坐到桌邊，心中情緒複雜紛湧。用袖子仔細擦了擦兔子燈，端詳了片刻上面栩栩如生的吃草兔子後，才小心翼翼地放在桌邊。

他將長壽麵擺在面前，拿起筷子，盯著長壽麵凝視許久。熱氣落在他臉上，是一種真實而又溫柔的觸感。

這些好是他從未得到過的。

他的人生中從未有過這種運氣。

雖然完全無法理解那人目的為何、為何會饋贈自己這些、為何從不露面、為何直到現在還沒表露出任何索取的意圖。

到底是出於捉弄之心，還是另有他意？

到底是否等自己一點點墜網之後，那人才會圖窮匕現？

……但這一碗麵對他這冷清寂寥的十四年而言仍意義重大。

因此這一次，他也沒辦法像上一次那樣，不為所動地將長壽麵倒進馬廄。

他盯著這碗長壽麵，一如既往地從懷中掏出銀針，再次試了下是否有毒——無毒。

看到銀針上沒有任何變化，他面上雖沒什麼表情，可漆黑的眸子卻幾不可察地閃耀起了些許細碎的光。

他將麵碗捧在手心裡，慢慢低下頭，喝了口湯，然後，用筷子挑起麵條，終於吃了一口。

溫暖入腹中，他眼裡多了幾分光華流轉。

螢幕外的宿溪並不知道遊戲小人心情有多麼複雜和紛亂，在她這裡看來，就是崽崽在廚房被驚呆了！

然後出去，又被竹林和雞舍的變化嚇呆了！

回到屋子裡後，再被獸皮衣袍震驚呆了一次！

他驚呆時，整個畫面都是凝住的，小小一團身影攥著拳頭動也不動！十分的不知所措！

宿溪：噗哈哈哈哈快被萌死了。

隨即，宿溪又看到崽崽坐在桌邊，這一次雖仍警惕地用銀針試探了下是否有毒，但和上次梅菜扣肉不同的是，這一次他終於吃了。

只見螢幕裡的小小人捧著腦袋那麼大的碗，一小口一小口地吸溜麵條，包子臉鼓脹起來。

吃得非常的香！

宿溪內心土撥鼠尖叫——啊啊啊這遊戲角色製作也太萌了！

此時柴屋外風雪一片，柴屋內黃色兔子燈一盞，門未關上，小小人獨自坐在桌邊，捧著碗吃長壽麵。宿溪在螢幕外捧著臉，也安靜地看著，忍不住截圖。

她心裡忽然就有種很滿足的感覺。

這種滿足感並非源於看著崽崽從一開始被下人欺負，到現在終於有了一片院子，並且能穿暖吃飽的成就感——當然，這種從無到有的成就感也讓宿溪挺滿足的。

但是更讓她沉迷的是，親眼見到崽崽從一開始像是一隻警惕萬分、渾身是刺的刺蝟，到現在終於讓他自己展開一點點，對自己產生了一點點的信任……

這讓她鼻尖酸澀。

當然，刺蝟崽崽還是諸多顧慮，諸多防備，柔軟的肚皮不可能一下子被自己摸到，但宿溪並不心急，來日方長，這遊戲她可以一直玩下去！

……她覺得，因為這個獨一無二的遊戲小人，她對這遊戲上癮了。

陸喚吃完長壽麵，又去查看了一下被改造過的雞舍，不得不說，被那人暗中相助改造之後，雞舍的確暖和多了，那些雞明顯活潑許多。

而陸喚則回到屋內，暗暗記下這個日子——

他總覺得，那人出現的時間似乎有跡可循，好像都是每隔兩天一夜出現一次，而且每次出現，都是在自己睡著了，或者外出的時間。

換句話說，對方似乎並不想正面見到自己？

陸喚盯著湯被喝光的麵碗，將其帶回屋內放在床頭邊——他知道自己這樣實在太被動了。

對方出現得很隨意，可自己卻對對方一無所知。

不知道對方的身分，甚至連對方出沒的時間都不能清晰確定，更加無法理解對方是如何在不觸碰到自己設下痕跡的情況下，在寧王府中來去自如的。

對方實在神祕。

可自己無論如何一定要想辦法找出那人是誰。不僅僅是因為不知道對方身分和目的，這種被動感讓陸喚心生危機，更是因為，這一夜他從對方那裡得到的、此生難忘的這一碗長壽麵。

他空蕩蕩的人生裡，第一次得到這樣的饋贈。

他想知道那人是誰、想見到那人，無論那人有何目的、是何身分。若是利用和玩弄自己，自己便……

陸喚眉梢輕輕一跳。

寂靜無聲的夜裡，他攥緊了手中被縫製過的、溫暖的衣袍。

他忽然翻身下床，穿著單薄的中衣走到桌案邊，攤開筆墨紙硯，在紙上寫下幾個字：

——你到底是誰？

到底是誰突然闖入他一潭死水般的人生裡。

寫完，他將字跡吹乾，用墨汁壓著，使其不被風吹走。

他抬頭看向窗外漫無邊際的黑夜和大雪，面上神情在燭火下晦暗不清。他不確定那人再來時，是否會看到，是否會回答。

寧王府中沒有不透風的牆，陸喚被老夫人叫到梅安苑去一事，很快便傳入了寧王夫人的耳朵裡。

她咬了咬牙，重重地將茶盞往桌上一擲，茶水齊齊潑出來，令前來稟報的下人嚇了一跳。

下人倉皇跪下：「夫人息怒！」

寧王夫人對身邊的嬤嬤甲氣急敗壞道：「老夫人到底在想什麼，難不成就因為上次在溪邊的事情，真的對那庶子青睞有加了嗎？！」

「文秀被她罰閉門思過整整一個月，待出來，半月後秋燕山圍獵的黃花菜都涼了！原來她竟是想讓那庶子代替文秀去！」

嬤嬤甲見寧王夫人大發雷霆，也急忙跪下道：「只要夫人您不想讓那庶子去，他難道還真能去得成嗎？」

寧王夫人冷笑道：「秋燕山圍獵，幾位皇子、京城各大世家子弟都要去，這種場合，一個區區庶子怎麼上得了檯面？竟然還哄得老夫人讓他取代了文秀的席位！妳有什麼辦法？」

嬤嬤甲道：「距離圍獵還有半月時間，夫人多的是辦法讓他那日不能出現，又何必心急？但凡出現一點意外，讓他連寧王府都出不了，連馬都上不了，又怎麼參加秋燕山圍獵？」

聽到此話，寧王夫人臉色稍稍好看了一點。

——的確，一個庶子而已。

雖然這庶子格外堅韌，生命力頑強，導致自己這些年都沒能弄死他，但自己若是真的動起真格來，讓他消失在寧王府，還不是易如反掌？

她神色淩厲，又問了那下人幾句，陸喚近來在幹什麼。

自從老夫人吩咐過將那片宅院賜給他，並不許下人們打擾之後，便當真沒有下人敢靠近那偏僻的舊柴院。畢竟連寧王也怕老夫人，這府中沒人敢違抗老夫人的命令。

得到的回答自然是——那庶子花掉了三兩銀子，購置了許多幹活工具、種子、以及一些雞，開始在院內種植一些菜、養雞。

寧王夫人聽此，嘲諷地笑起來，還以為他要用那點銀子打點下人，做出什麼大事呢，卻沒想到他只是圖個穿暖吃飽，在他那一方狹隅內養雞種菜。

罷了，這小可憐胸無大志，自己倒是對他過於警惕了。

寧王夫人這邊稍稍放鬆了戒心。

而陸喚那邊從第二日起，便等待著那人回他的紙條。

清晨睜開眼，他心緒便一陣緊張，未來得及穿外袍就跳下床去，穿著單薄的中衣走到桌邊，懷著複雜而難以形容的心情拿起紙張，朝上面看去——

可正面只有他穿透紙背的墨跡孤零零地在上面，並沒有第二人的墨點。

「……」

陸喚不死心，又翻動紙張，看了眼反面。

然而，反面也是空白一片。

陸喚輕輕垂眸，漆黑的眸子裡劃過一絲連他自己也察覺不到的失望……

不過他很快抬起頭來，將紙張放回桌面上，繼續用墨汁壓著，並且將那盞已經燃盡燈油的燈籠放在一邊，使其更加顯眼一點。

他想，按照那人出現的規律來看，昨夜那人應該並未出現，沒看到自己留下的紙條也實屬正常。

再等三日。

屋子外面公雞打鳴，陸喚今日打算外出，用一些糧食換取一把弓箭，為半月後的秋燕山圍獵做準備。

只不過，街市上小商販售賣的弓箭全都是普通獵人用的劣質弓箭，弓臂的張力不足，箭頭也不夠鋒利，若想得到一把好的弓，還不如購買樺木和翎羽，自己來雕製。

樺木和翎羽都是一些稀罕材料，如果想買回來，至少需要五兩銀子。

這五兩銀子可不是小數目，寧王府管家的月銀一個月也才三兩。

陸喚皺了皺眉，暫時先不去想。

他穿上自己的舊袍子，低頭摸了摸上面被那人縫製上去的獸皮，指尖立刻感覺到一陣粗糙磨礪。

但想起有人一針一線地縫製，針腳密密麻麻，他一貫沒什麼表情、甚至冷漠的眼角眉梢還是不由自主流露出幾分柔和——

無論多粗糙，暖和就夠了。

他又掃了眼衣櫥內那人送的過於華貴的狐裘，雖然雍容華貴，但他沒有絲毫觸碰的心思，更沒有因為缺錢，就將其拿去當鋪換錢的想法。

他走出屋外，和前幾日一樣先走進雞舍裡，看看是否有新下的蛋。

那些雞一見到他走進，便撲騰著飛起。

陸喚打量著那人幫他在雞舍安置的防寒棚——所用的油氈紙等物他倒是識得，但是整個防寒棚的木料搭建方式，卻奇怪無比，他從未在任何古書、或是養雞的人家裡見過這樣的結構。

可是奇怪的是，在這個古怪新奇的防寒棚之下，裡面明顯比外面暖和很多。

也就是說，這個防寒棚是非常有用的，甚至至今並沒有什麼富貴人家用過。

可那人又怎麼能製造出來？

陸喚心中疑惑無比，帶著好奇的心情，走近母雞窩，伸手一探，頓時愣住。

他神情無法抑制地露出幾分震驚來——

因為方才那伸手一摸，竟然摸到不只數顆雞蛋，簡直像是有幾十顆似的！

窩裡太暗，陸喚回去取油燈，再匆匆回來照亮，將雞蛋一顆一顆地拿出來。越是往外拿，他心中越是吃驚，因為僅僅一日之間，這二十幾隻母雞下蛋的數量簡直超乎他想像！

等全部拿出來了，地上的稻草上已經快鋪滿了。

陸喚凝眉數了數，大約有——六十八顆雞蛋被堆成了小山丘。

那些母雞無辜地看著他，然後紛紛圍在飼料旁邊瘋狂地啄起來，彷彿那些飼料裡面有什麼催生劑一般。

他：「……」

陸喚從古書中得知，一般情況下，一隻母雞一日只能下一顆雞蛋。

何況現在又是極其嚴寒的冬天，很多地方顆粒無收、霜凍災害，母雞下蛋的數量更會大大減少，外面街市上那些養雞的商販全都愁眉苦臉，擔心撐不過這個冬天。

可自己這裡的這些母雞怎麼瘋狂下蛋？！

還下個不停？

就在自己進來時，還有母雞溜進去下蛋？！

他神情古怪地再次打量那些飼料，以及那人安置在這裡的防寒棚，心中只覺得異常複雜。

……若是先前，他恐怕會以為其中有詐，不會輕易相信那人，但經過這幾日之後，他暫且認定那人並無害他之心，既然如此，這些雞蛋應該是沒問題的。

想到這裡，陸喚白得像雪一樣的臉上，被他手中的油燈蒙上一層暖暖的光。

他垂眸瞧著這些雞蛋，片刻後輕輕翹了翹嘴角，找來了籃子，像個小孩子一樣席地而坐，將雞蛋一個一個裝起來。

第六章　詭異的支線任務一

宿溪待在醫院裡已經十幾天了，到了快出院的時候了，因此一大清早，宿媽媽就來醫院，陪她做最後一遍的複查，等到複查結果出來之後，明天就可以出院。

宿媽媽現在不為錢的事情發愁了，整個人神清氣爽，走路帶飄，還特別大方地買了兩個煎餅果子給宿溪，轉了兩百元給她當這週的零用錢。

宿溪咬著煎餅果子感動得眼淚汪汪。

這麼耽擱了一上午之後，遊戲裡就已經過了整整三天。宿溪按捺不住，還在排隊做檢查時，就掏出了手機登入遊戲。

她再上線時，崽崽難得沒有外出，而是在院子裡忙碌——而且還穿上了自己幫他準備的縫製了獸皮的衣服。

如果說原先的崽崽是穿著白色舊袍的清瘦卡通風格的話，那麼獸皮的毛使得崽崽變成了短手短腳的獵戶風，看起來像是一隻在螢幕上忙來忙去的小豹子！

宿溪排著隊，鼓起腮幫子憋住笑，心臟都萌化了！

她現在知道那些課金買皮膚給遊戲人物的玩家是什麼心態了——

換成她，她也想看崽崽穿各式各樣的衣服啊。

……只可惜這隻崽崽比較傲嬌，不肯換上她送的衣服。

不過，崽崽在忙什麼呢？

宿溪見他往返雞舍，仔細放大他手中籃子一看，也嚇了一跳——我靠，怎麼這麼多雞蛋？這才三天，這些母雞就下了這麼多蛋？！

從商城購買的催生素作用這麼恐怖的嗎？！

『也有防寒棚的功勞。』系統道：『商城裡所有商品的作用都是百分之百的，所以風寒藥的恢復效果也比較強，確定不再多課課嗎少女？』

宿溪雖然有了錢，但也絕對不是會亂花錢、沒有節制的女生，她沒理系統，一臉和藹地盯著畫面上跑來跑去的崽崽看了一陣子，然後將畫面切換到他屋子裡，打算看看有沒有什麼需要收拾的。

就在這時，她瞥見了桌案上的筆墨紙硯，和那幾個字。

——你到底是誰？

字跡力道很大，寫得很快但並不潦草，可見崽崽寫下時複雜紛亂的心情。

宿溪頓時一愣，這難道也是遊戲設計的主角和玩家互動環節嗎？

她當然也很想互動啊，可是她嘗試拽動桌案上的毛筆，在紙張上歪歪扭扭拖動時，墨水卻一點都出不來。

被限制了，還是沒辦法和崽崽進行任何的溝通。

必須累積到一百點——任務到底要做到什麼時候啊？！

宿溪無能為力地扔了筆。

她對系統道：「目前兩個主線任務八字都沒一撇，那除了主線任務之外，有沒有其他辦法能盡快增加點數？」

系統道：『上次已經介紹過，除了主線任務之外，還可以透過增強主角的技能、人際關係、外在環境、外在形象、身體素質來為他鋪路，這些也可以增加點數。』

外在環境是宿溪玩遊戲以來增加點數最多的一個方面，而其他的除了人際關係打了兩次臉、增加了點數之外，幾乎沒有再增加別的點數。

身體素質——

是想辦法哄騙崽崽做伏地挺身之類的鍛鍊嗎？但是自己沒辦法和他溝通，暫時肯定沒辦法讓他主動去做這件事。

技能——

正當宿溪打算研究怎麼在這方面下手時，系統彈出了支線任務：『支線任務一：請在主角即將製作好的弓箭上，親手綁上一個漂亮的蝴蝶結。完成支線任務也有獎勵。』

宿溪：「…………」

？？？

這什麼詭異的任務？難道崽崽雖然一臉清冷孤傲，但實際上是個內心喜歡蝴蝶結的嬌弱小皇子？

她問：「還有別的目前可以做的支線任務嗎？」

系統彈出：『寧王府有一位廚房師傅，名為師傅丁，對春耕秋收十分精通，他前幾日遭到管家誣賴、忍受了屈辱，正打算辭職回鄉下。他日後能夠成為主角在外面用化名購買田地、進行商賈交易的得力助手，請找到他，並讓其為主角所用。』

這兩個支線任務都有點超前，宿溪暫時先記下來。

她關掉支線任務畫面，轉到院子裡，去看崽崽進行到哪一步了。

院內，陸喚正將所有的雞蛋全都裝在一個木桶裡，上面用一件舊衣袍包住，去了寧王府側門。

這三日，每隻母雞都在溫度暖和的雞舍裡，保持著一天兩到三顆的下蛋數量。

而直到此時，他將所有的雞蛋數了數，竟然有一百九十二顆雞蛋。

這麼多雞蛋十分重，若不是陸喚從小偷偷習武，力氣大，恐怕會提不起來。而替他去寧王府外交易的那名侍衛接過之後，直接重彎了腰，嚇了一跳。

側門靠近四姨娘的院子，上次宿溪已經解鎖了，所以她跟著調轉畫面，看著崽崽將雞蛋交給那名侍衛。

那名侍衛頭頂冒出的泡泡全都是：？？？？！！！

侍衛丙掀開木桶上方的衣袍，見到裡面數量如此之多的雞蛋之後，下巴快掉了下來，整個人已經呆若木雞了！

寧王府中下人都知道三少爺從老夫人那裡得了一整片宅子的賞賜之後，就開始種點蔬菜養幾隻雞，這無可厚非，畢竟三少爺又不像另外兩位嫡少爺每月有二十兩月銀，他如今的處境雖然比先前好了很多，但也相當於被流放，吃穿上只能自給自足。

所以他收了陸喚的錢，答應幫陸喚去寧王府外交易，也以為陸喚不過是每月賣出去一點東西，來換取一點食物。

可哪裡能料到——

才第幾天，三少爺一下子就讓這幾隻母雞下了這麼多蛋？

這麼多蛋？！

媽耶！

侍衛丙算了下銀子，都快暈過去了。

外面一斤豬肉三十文錢，一顆雞蛋六文錢，這一百九十二顆雞蛋，就是一千一百五十二文錢，都有一兩多銀子了。

若三少爺光是養雞三天就能養出一兩多銀子，那再加上其他種植的，一個月豈不是比那兩位嫡少爺還要富裕？！

這……

侍衛丙嚥了下口水，忽然覺得從寧王府辭職跟著三少爺混也未嘗不可。

他偷偷摸摸替陸喚賣出物品，而陸喚則從側門往回走。

陸喚當然沒想過要一直待在寧王府內，靠著這一小片宅院的土地種些東西來自給自足。

他需要銀子，便需要更多的土地、更多的人手，而那人送來的新奇特殊的防寒棚，若是自己能弄懂其中原理的話，或許可以複製出許多個來，在外面利用化名，弄上一片農莊。

一旦有了農莊，銀兩便源源不斷了。

不過這些想法對於陸喚而言，並非當務之急。

他的當務之急是，已經第三日黃昏了，那人……是否有看見他留下的紙條？

想到這裡，陸喚腳步匆匆地穿過竹林往回走。

以往，他每次回到這裡，都一片冷清，心中也並無波動，只覺得天地之大，好像並無他的歸處一般，可如今，他心裡竟然生出了一些連他自己也覺察不到的隱隱的希冀。

無論那人是戲耍，還是捉弄，他竟然都荒唐而卑微地希望那人繼續、不要突然消失……

陸喚抿了抿唇，漆黑眼眸微垂，竭力不讓自己眼裡的些許亮光被發現，懷揣著複雜難言的心情，竭力裝作淡定地回了屋子。

然而……

他快步走過去，屏住呼吸看了眼紙條，卻仍只有他自己的字跡。

陸喚視線陡然一凝——紙張旁邊的毛筆分明被動過，雖然被動過的痕跡很細微，但他覺察力驚人，還是察覺到了。

那麼，也就是說，那人來過！

……只是，並無回答。

為何？

不屑理睬嗎？

還是——認為沒有必要？

寒風從窗外輕輕吹進來，將陸喚手中薄薄紙張吹得拂動，他默了默，將紙張揉成一團，扔掉了。

而螢幕外的宿溪只能眼睜睜看著崽崽垂下了他的包子臉，眼裡的亮光稍縱即逝地落寞下來。

她：「……」

手裡的煎餅果子一瞬間都不好吃了。

不得不說這遊戲真的很會調動玩家情緒，如果說之前宿溪還打算不緊不慢一步步玩，那麼現在她課金累積點數的衝動在一瞬間達到了最高峰！

試問誰能扛得住崽崽立在桌前沉默片刻，走到柴屋門檻前拂衣坐下，手肘放在膝蓋上，撐著他那張包子臉，獨自一人望著寂靜空蕩蕩的大院子，夕陽西下，一臉落寞的場景？！

宿溪心都碎了，真的。

她迅速切換到寧王府中廚房師傅們居住的那一片地方去，決定能完成多少支線任務，就盡快完成多少，累死累活也要盡快累積到一百點。

當然她不知道的是，陸喚坐在屋門前，內心並無多餘情緒，只是在蹙眉沉思。

那人此次前來，雖然並未回答他的問題，但是至少可以說明一件事，對方出現的時間的確是有規律的。

若是自己能把握住這個時間規律，多少能占據一點主動性。

但是陸喚知道，那人異常警覺，若是自己假裝出門、中途再陡然返回，恐怕等自己剛出現在竹林那邊，那人就已經快速消失了。

這並非一個好的辦法。

除此之外，陸喚察覺到，對方至今為止所做的事都有明確目的。

無論是修補屋頂也好、送來長壽麵也好，似乎都是在關心他，且對他有益。而回覆他問題的事情，彷彿被對方認為是無意義的事，所以對方才沒有理會。

當然，這些都只是陸喚的猜測而已。

那人實在太過神祕，神龍見首不見尾，留下的痕跡又非常少。陸喚很難得到什麼有用的資訊，只能透過蛛絲馬跡來猜測。

所以，現在自己要想得知那人的身分，要做的便是——想辦法讓那人留下蛛絲馬跡。

那人雖然不會回覆他的紙條，可若是用別的方式試探呢？

他想要找出那人。

他亦不知道為何自己的念頭如此強烈。

究竟是因為對方在暗而他在明，這種被動性讓他心中毫無安全感。

還是因為他只是想知道，那個在他風寒時的風雪之夜照顧了他、贈予他貧瘠人生中第一份生辰賀禮、從木炭長靴到為他縫製獸皮衣袍、給了他種種之多的人到底是誰、長什麼樣子、穿著什麼衣服、佩戴什麼、有什麼喜好……

又抑或只是因為，他內心深處害怕對方只是隨興而來，過不了多少時日，便會如飄渺青煙一般匆匆而去。

倘若對方某一天忽然消失了，再也不會來，而他卻只能等到那一天，才後知後覺地發現，那他……

陸喚手指不由自主地蜷緊。

他望著簷下被自己倒進新的燈油、重新掛上去的兔子燈，眸子在燭光下晦暗，許多隱藏起來的情緒深不見底。

宿溪在地圖上找到了支線任務「讓師傅丁為主角所用中」的師傅丁。

側門往溪邊是四姨娘和其他幾位姨娘的宅院，而中間隔了幾道牆和一處花園，再往右邊，便是稍微有頭有臉的下人們所居住的地方，幸好上次都解鎖了，宿溪可以直接點進去。

這是幾位廚房師傅的房間，通鋪上，只躺著師傅丁一個人。

他是個長得乾巴巴、瘦癟癟的火柴人，奄奄一息地側躺在床上，氣色看起來很不好。

他旁邊放著一碗藥，地上還灑了很多湯藥水。

宿溪點了他一下。

畫面上立刻彈出來。

『人物：師傅丁。當前狀態：生命值百分之二十，體力值百分之五，正處於重度風寒之中，由於古代醫療不發達，一旦風寒過於嚴重，幾乎無藥可救，只能等待死亡。』

風寒在古代確實是相當嚴重的，世子夫人們可能還好，可以請太醫來。

但是這個師傅丁穿的衣服破破爛爛，喝的那點藥一看就是請江湖郎中看的，可能為了看郎中，還花光了在寧王府這些年積攢下來的積蓄。

外面忽然進來兩個廚房的下人，走進來見師傅丁還躺在床上，罵道：「你這瘟貨怎麼還沒走？管家大人不是讓你收拾東西趕緊滾蛋嗎？！」

師傅丁乾瘦得青筋都暴了出來，氣若遊絲地道：「我沒偷管家的東西，即便我辭職回鄉，在那之前，也要讓他先還我一個清白！」

「什麼清白不清白的，趕緊滾，否則你這癆病傳染給我們怎麼辦？我們他媽的也上有老下有小啊！」那兩個下人大步跨上前來，猛然拽住師傅丁的手臂和腿，大力一拉，竟然直接將他扔出了屋子外。

師傅丁摔在雪地裡，劇烈咳嗽，跟條快死了的狗似的，爬都爬不起來。

這一段猶如支線背景介紹似的，快速在宿溪面前播放，宿溪驚呆了，都沒來得及扶這位老人一把。

此時，從側門處飛奔而來一個人，迅速將師傅丁扶起來，義憤填膺地盯著那兩人：「你們不會有好報應的！先前你們還是學徒，我義父對你們諸多照料，你們現在竟然如此忘恩負義！」

正是先前替崽崽出去賣雞蛋的侍衛丙。

原來這兩人是義父子。

師傅丁咳嗽著搖頭，道：「別惹事，先扶我去你那裡。」

侍衛丙是特別壯碩憨厚的遊戲小人，隔著衣服都能看到六塊腹肌。

可這猛漢見自己的爹咳出一口一口的血，急得都快哭了，抹了把眼淚，道：「好，爹，你放心，我會想辦法治好你的，上次那個郎中不行，我們就換一個郎中。」

師傅丁苦笑道：「唉，可是，我們兩個人這麼多年在寧王府的積蓄都快花光了，哪裡還有錢醫治呢……」

侍衛丙扶著師傅丁往另一處院子走，愁眉苦臉了一下，忽然道：「不如，我們去找三少爺想想辦法！」

「爹，你可知道，三少爺今日託我出去賣的那些雞蛋，其中竟然出了好幾個雙黃蛋！導致賣出去的價格比平時多好幾文！」

「雙黃蛋？！」

雙黃蛋寓意大富大貴，在京城幾乎都提供給了皇親國戚，賣的價格比普通雞蛋貴多了。

師傅丁聽了侍衛丙說的話，驚愕了一番。

他對整個京城的農貨瞭如指掌，因此更加覺得不可思議！

現在是冬天，天寒地凍的，外面所有農莊的雞死的死、病的病，京城裡僅有的一些雞蛋全都送到貴人們的府中了，可以說雞蛋產量非常低，幾乎買不到！

價格也因此逐漸從六文錢漲到了快八文錢左右——

可三少爺只不過是買了幾隻雞，隨便在他那柴院裡養養，怎麼可能幾日就生出一百九十多顆雞蛋？！

這也太天方夜譚了！

而且兒子還說那些雞蛋裡出了雙黃蛋！

「我今日將那些雞蛋總共賣了三兩八十文。」侍衛丙苦澀地道：「我這輩子都沒一次性見過這麼多銀子！爹，要是我們養雞，也能生這麼多雞蛋，又何愁沒錢買藥？」

父子兩人一邊嘆氣，一邊回到了侍衛丙的住處。

宿溪在旁邊看著這兩人可憐兮兮的，也替他們嘆氣。

不過，她瞧著師傅丁咳嗽不已，一下子想到了怎麼完成這樁支線任務，替崽崽將這兩人的人心收攏。

她打開了商城，悄悄在侍衛丙的住處留下了一包東西。

並且，模仿了崽崽留給自己的那張紙條上的字跡。

待父子倆回到屋內，侍衛丙剛要扶著義父坐下，幫他倒水，忽然就看到桌子上不知道誰送來了幾服風寒的藥。

他嚇了一跳。

旁邊還壓著一張紙條，上面詳細寫著煎服之法，卻並未署名。

而那字跡——侍衛丙是讀過書識一些字的，只覺得字跡龍飛鳳舞，很有章法，一看就是有身分的人留下的字，絕對不是普通下人能寫出來的。

侍衛丙驚呆了，這幾服藥加起來要半兩銀子了，怎會有人如此好心？自己正愁沒錢買藥讓爹治病，就有人送來了藥，難不成爹有得治了？

他喜極而泣，去搖晃師傅丁：「爹，你看，這是不是哪個好心人送來的？」

「這是？」師傅丁打開其中一包藥，聞了聞，赫然就是治療風寒的藥，他頓時愣住了，哆嗦了下：「我們父子兩個一窮二白、無依無靠的，怎麼會有人伸出援手？」

宿溪這邊操作完，還沒來得及去崽崽那邊看一眼，檢查的隊伍就排到她了。護士在催促，宿溪趕緊先放下手機，進去做檢查。

而陸喚這邊，卻萬萬沒想到，接下來幾天這些母雞下蛋的數量居然比先前只多不少。他第一次讓侍衛丙拿去賣掉時，賺了三兩八十文回來，他只將三兩銀子放入荷包中，另外八十文給了侍衛丙。畢竟，若想讓人賣力辦事，也得給他一些好處才行。

這侍衛丙先前因家中父親生病一事，垂頭喪氣，但之後好像是父親病情忽然有所緩解，他精神好了許多，跑腿起來也更加機靈賣力。

而接下來幾天，照樣繼續取雞蛋去賣，並借著冬日緣由，提高了價格，重複幾次，陸喚手中已有十兩銀子。

這才短短幾日？

他將這些銀兩放入荷包當中，只待先借助這些雞蛋攢夠第一筆錢，便去寧王府租一處農莊。

而除此之外，陸喚精心栽培的韭菜、櫛瓜等農作物，也開始有了生長的跡象，他不知道是否是那人替自己翻種農作物的那一晚，在那一小片籬笆地裡留下了什麼，這些植物生長的速度遠超自己想像。

這幾日，寧王夫人那邊暫時風平浪靜，似乎在等待圍獵之日。

陸喚點了點手中銀兩。原有三兩銀子，購買材料工具種子之後所剩無幾，然而如今只是靠著賣雞蛋，便賺了十兩。他原本打算花五兩銀子買來樺木與翎羽，但這日，他忽然改變了主意。

他上了一趟街市，買了些別的東西。

宿溪和宿媽媽一起辦理出院手續，收拾病床上的東西花了一些時間。等她拄著拐杖，在宿爸爸的攙扶下上了計程車之後，她就迅速打開了遊戲畫面。

坐在副駕駛座的宿媽媽看她天天玩遊戲，氣不打一處來，劈手就搶走了她手機：「溪溪，在車上還玩遊戲？傷眼睛知道嗎？」

宿溪無語凝噎，只好下車再玩。

下了車，宿爸爸宿媽媽拎著東西進公寓大樓，她拄著拐杖，一蹦一跳跟著進電梯。

上次彩券的錢拿到手後，宿爸爸宿媽媽就打算換新房子，這件事已經安排好了。宿溪心想，他們要是知道能住新房子，都是她玩遊戲玩來的運氣，還能制止她玩遊戲？！

回到家，宿溪總算不用聞醫院消毒水的味道了，輕鬆許多。

她往沙發上一躺，打開手機。

一打開螢幕，宿溪直奔崽崽屋內，辦出院手續時，她時不時登入一下，因此也知道崽崽這幾日行蹤。

右上角雞蛋收成數量一直飆升，說明崽崽一直在辛勤勞作。

而那侍衛丙和師傅丁可能太蠢了，還沒意識到幫助他們的恩人是誰，宿溪打算上線提點一下。

除此之外，她發現崽崽在想辦法製造弓箭，她打算課金買一把給他。

屋內。崽崽又不在，應該是出門了。

可就在宿溪打算切換畫面時，突然發現，這一次屋內的桌案上，又多了一張字跡穿透紙背的紙條——

她頓時有點急，不是吧，崽崽又寫紙條？！那自己這次依然不能回，他豈不是又要不開心？

但宿溪還是忍不住湊過去看看這一次上面寫了什麼。

——我擇了禮，望你喜歡。

字跡在最後微微停頓，似乎是在沉思什麼。

禮？什麼禮物？

宿溪眼睛「唰」地一亮，激動得要命，這什麼？崽崽賺得第一份錢買禮物給老母親了？她突然有了種被回饋的感覺——就像本以為玩遊戲完成任務只會得到金幣和獎勵，但萬萬沒想到，突然出現祕密寶藏一樣！

而且，崽崽這一行字寫得也太讓人酥麻了，她怦然心動，在學校裡被臭男生送飲料都沒這麼期待。

她按捺住手抖，翻了翻桌案，果然看到在筆墨紙硯旁邊，擺著兩個精緻小巧的雕花盒子。

其中一個盒子內擺著一條散發著淺淺光澤的明珠腰帶，應該是男子才會用的。

另一個盒子裡擺著一支精緻的鏤空銀釵，在屋外雪地裡反射進來的光下，光華流轉，異常美麗，是女子才會用的。

……我靠啊啊都好好看啊！

宿溪激動不已，淚流滿面，手指按在兩份禮物上，選擇困難症都快發作了！為什麼這禮物只在遊戲裡無法拿出來？

不行，帶不走她也要想辦法帶走！

宿溪第一個反應當然是更喜歡那支做工精細的銀釵，沒有女孩子會對好看的首飾有抵抗力吧！何況那支銀釵古色古香，鏤空圖案異常精美，馨香白雪的花樣完全就是古代所有，放在現代看起來都像是古董了！

她幾乎都快忘了這是遊戲，興奮地在沙發上坐直了身體，伸出手指頭去摳——想把銀釵摳出來。

但是很顯然，這下意識的動作實在是太傻，遊戲裡的東西怎麼可能摳得出來？！

宿溪捧著手機，怨念不已。

不知道是該怪遊戲畫師將這支銀釵畫得太漂亮了，還是怪崽崽送的禮物太好，老母親都有一顆少女心了。

想要，卻拿不到。

她之前檢查過，遊戲畫面是沒有背包系統的，只有一個崽崽的收成欄。但是顯然，這份禮物不屬於收成裡面。

她想要像別的遊戲那樣將這份禮物放進背包裡，是做不到的。

——那麼，要怎麼取走啊？！

宿溪用手指頭撥動桌案上的銀釵，聽其發出清脆悅耳的響聲，心裡癢癢，卻一時之間拿這支銀釵毫無辦法。

……可是，即便不能帶走，也不能將這份禮物丟在這裡置之不理。

否則等崽崽回來，看到禮物原封不動，肯定會非常失望，又要和上次一樣獨自坐在夕陽下，流露出黯然的表情……

宿溪一拍大腿，有了！

雖然有點捨不得，但是也只能這樣了。

她用手指頭按著螢幕，移動那支銀釵。銀釵從桌案上被拿起，頓時被窗外照進來的光照著，顯得銀如月色，更加美麗了。

宿溪原本只打算取走銀釵，可是視線又忍不住落到桌案上那條同樣精緻的男子用的腰帶上——

貪婪大概是人類的本能欲望。

她沒忍住，也將腰帶拿起來，隨後懷揣著撿到寶的興奮心情，將畫面切換到柴屋外遠處的竹林裡——

她打算找個地方，先將這兩件禮物埋起來。

這樣的話，對於崽崽而言，她算是已經收下禮物了。

從商城裡兌換後買了個挖洞填洞的操作，宿溪將兩個匣子小心翼翼放進去，然後蓋上土。

雖然有點可惜，但暫時只能這樣了。

宿溪留戀地看了一下被自己埋起來的禮物，記住了周圍幾棵比較有特徵的竹子，打算等到時候崽崽離開寧王府，換地圖時自己再挖出來，帶著跟他一起走。

因為有了這份突如其來的禮物，宿溪心裡激動地放不下手機，她將畫面切換到屋內，繼續想辦法製造崽崽需要的弓箭。

商城裡自然是應有盡有，從貴到便宜分別有「月牙狼骨箭」、「烏龍鐵脊箭」、「鳳羽箭」、「樺木翎羽箭」、「木羽竹箭」、「木朴水箭」、「獵戶箭」、「普通弓箭」、「破爛弓箭」等。

各種圖片列出來，最貴的一看就格外結實凌厲！

如果宿溪先前沒中彩券，零用錢就那麼點，依照她吝嗇小氣的個性，頂多只會買最普通的弓箭。

但現在她只想課金給崽崽最好的，於是手指毫不猶豫地移到了最貴的兩千金幣的「月牙狼骨箭」上。

但是剛觸及，下面就彈出資訊——僅為皇室所用。

原來上面刻著皇室圖騰。

世子們能夠用的最好的，也就是鳳羽箭。

為了避免給崽崽引起不必要的麻煩，宿溪只好暫時捨棄，先買下了一把可選擇範圍內最好的鳳羽箭！

很快，一把形狀優美、圓如秋月的鳳羽箭被放在了桌案上。

宿溪想起支線任務，又興致勃勃地從商城裡挑了一條大紅細絲綢，認真地綁在了弓頭。

這支線任務倒是道送分題，可能是用來調劑遊戲節奏的，十分簡單，不過隔著螢幕綁蝴蝶結頗費力氣，還是花了宿溪好半天的時間。

等好不容易歪歪斜斜地綁好之後，系統彈出任務完成的獎勵：『支線任務一已完成，獎勵金幣加五十，點數加二。』

系統問：『目前點數已達到十七點，可以選擇一個區域解鎖，請問需要解鎖哪裡？』

每次解鎖一個新的區域，宿溪都有些激動，因為整個遊戲裡面的風景細節都非常精緻，青石路、長廊屋簷，異常精美。

地圖上每多一個區域亮起來，就像是她一步一步去探尋整個古代京城，甚至是整個燕國一樣。

有種非常新奇的感受。

宿溪道：「先看看崽崽在哪裡？」

地圖彈出，寧王府外的京城非常大，總共分為皇宮、內城、外城、護城河這四個區域。宿溪暫時先沒看具體劃分，反正就和市中心、郊區差不多的概念。

在靠近護城河的位置，有一座看起來像是寺廟的建築，崽崽的光一閃一閃的。

「那是哪裡？」宿溪訝然，她還是第一次見崽崽跑這麼遠。

系統解釋道：『京城內的永安廟，太后曾經來上過香，因此香火十分旺盛。但是今年冬天發生了霜凍災害，接連幾月都大雪紛飛，京城之外餓殍千里，流民失所。京城內也有許多百姓感染風寒，無藥可醫，於是圍聚在永安廟，指望遇見什麼達官貴人，討個說法。』

宿溪感覺是不是有新劇情即將解鎖，立刻道：「幫我解鎖永安廟。」

陸喚今日上街市，原本是打算拿買完銀釵和明珠腰帶剩下的銀兩，去置辦樺木和翎羽的，但是這些材料普通市集上找不到，因此他離開內城，往外城山上而去。

可是萬萬沒想到，一路上竟然見到的全是因感染風寒、找不到大夫，而奄奄一息等死的人！

大夫都去哪裡了呢？

原來他感染風寒的那段日子裡，京城中爆發風寒，像是一場瘟疫般迅速傳染，寧王府中也有十幾個下人因此被辭退趕走。

京城當中的大夫自然是都被達官貴人們匆匆請走，前去醫治了。

而這些普通百姓，若是手裡有些積蓄，倒還能請一下郎中，若是一窮二白，那麼只能等死了。

這些人不甘願等死，於是紛紛朝永安廟聚集而來，試圖討個說法。

外城一路走去，全是咳嗽風寒的人，有幾個好心擺攤的郎中鋪子外，烏泱泱的一片人群等待著救濟，觸目驚心。

他越往前走，眉頭越是擰成了川字。

宿溪打開永安廟這個全新的地圖區域，首先就在人群中鎖定了崽崽。

她還是第一次見到崽崽外出時的裝扮，只見他身上穿著獸皮長袍，頭上特意戴了個黑帽斗篷，以防被寧王府的人認出來。

小小一隻奶團子混跡人群中，負手前行，一臉冷肅，比平時的萌更多了幾分颯爽。

宿溪正要覺得好笑，忽然就被永安廟躺了一片烏泱泱的病重百姓嚇了一跳——

滿地都是人！

因為風寒而無藥可醫，病殃殃地倒在牆角，像是下一秒就會死去！

有滿臉皺紋的老人，有還處於繈緥中被母親抱著的孩子，還有青年壯漢，得了這個病，全都一樣，渾身乏力，高燒不退，體寒發冷。

雖然遊戲螢幕上這些人全都只是卡通火柴人，但還是讓宿溪覺得觸目驚心，於心不忍！

原來，古代風寒引起的瘟疫這麼可怕嗎？！

簡直就是一場災難，這個冬天還不知道會死多少人！

而那些郎中雖然盡力診治，但很顯然醫術有限，只能用草藥土方子救一些病得比較輕的人，有的高燒已經連日不退的人，臉上幾乎毫無血色，都已經被那些郎中放棄了。

宿溪萬萬沒想到，對於現代而言非常普通的病毒性感冒，在遊戲的古代裡能死這麼多人。

當天自己只購買了一副藥，崽崽只喝了一次，就迅速恢復了啊！

——那自己從商城裡購買的藥豈不是能救下這滿地的人？！

宿溪腦子裡閃過這個念頭的同時，陸喚巡視著滿地觸目驚心、痛苦不迭的人，眉宇緊蹙，也在思索同一個問題。

他當日風寒也極其嚴重，可是只過了一晚就幾乎痊癒了，那人讓他服下的風寒藥竟然如此有效？！

那人似乎總是有很多新奇的東西，包括自己從未見過的防寒棚。

不知道那藥裡的成分是什麼，若是能辨認出成分，是否可以採抓藥材，來救這些老弱婦孺？

內城官員為了掩飾太平，怕被皇宮裡的人知道，竟然已經開始將這些染了瘟疫的百姓趕出京城外。

百姓寒苦，哭天搶地。

而城內官員卻日夜笙歌，歌舞昇平。

陸喚轉身，視線停在一名約莫八歲、雙手凍得通紅、足不著履、奄奄一息的孩童身上。

他眸子晦澀，片刻後才逼自己移開視線。

就在此時，宿溪的畫面上也跳出了新的主線任務：『請接收主線任務四：輔助主角製作出有奇效的治療風寒的藥物，成為京城中不知姓名的神醫，收買數千百姓的人心，並靠風寒藥在十日內賺取銀兩五十兩。』

『任務獎勵為五百金幣，六個點數，難度八顆星。』

等等，五十兩？

宿溪先嚇了一跳，但隨即看到點數獎勵幾個字，立刻被激起了鬥志！

不過，就算沒有這個任務，她剛才看崽崽立在原地，遙遙地看向那清貧小孩的眼神，也覺得崽崽已經下定決心去做這件事情。

崽崽在想什麼她不知道。

但是她看過崽崽衣櫥中堆著的那些書卷裡，被他翻閱得最多的、起了毛邊的是一副河清海晏、時和歲豐的清平天下圖。

與此同時，寧王府內，寧王夫人在陸文秀的房中走來走去，不停地撥動手中佛珠，急昏了頭。

先前陸文秀從溪邊被救上來之後，就一直發燒咳嗽，她以為不過是風寒，請大夫來看看，按時日喝藥即可。

可萬萬沒想到，這都多少日子了，一直沒好！

而文秀三日前徹底惡化，完全下不了床，整個人高燒不退，失去了神智。

皇宮裡來的太醫甚至都搖了頭，道：「二少爺本就體虛，墜入冰湖之後，更是激發了寒氣，現在別無他法，只能期待吉人自有天相了。」

這話說得隱晦，可意思就是回天乏術了。就連太醫都沒辦法，還能上哪裡去請更加高明的大夫？！

寧王夫人萬萬沒想到自己正算計著如何在秋燕山圍獵上將那庶子害死，自己的兒子就先因為數日前那場自作孽的墜湖而病入膏肓！她心中一陣絞痛，一屁股坐在了凳子上。

老夫人一直習武，身體硬朗，且被救上來之後立刻有火爐取暖，沒有發病也就算了。可為何那庶子，竟然能連日進出寧王府，健康無虞？！

寧王夫人又急又恨，又心疼陸文秀，幾乎快咬碎了牙。

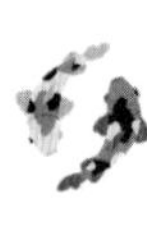

陸喚購買樺木與翎羽的計畫再次擱淺，這並非當務之急，普通弓箭他也有把握勝出，而這些百姓的性命卻是耽誤不得。

他心中有了打算之後，便立即去做，當即回城，進了一間藥材鋪。

陸喚熟記百草，當日那人留下的藥包他拆開看過，裡面並非磨好的藥粉，而是嚴格按照劑量包好各類需要煎熬的藥材，陸喚當時粗略一看，便將那些藥材熟記於心。

他當時為了以防萬一，除去送給四姨娘的，還留了一包放在衣櫥內。

現在，他只需要將這些藥材一個一個買回去，然後對照之前的那包藥，靠稱重計算出那人送來的神藥方。

只是，不知道那人是否願意，讓自己用那些藥來救人。

陸喚買好藥材之後，思緒沉沉地回了自己的柴院。

穿過竹林時他大步流星，可推開門時，他動作又稍稍疑遲了下。

即便上一次留下紙條，那人卻沒有給任何應答，他心中有些失望，可這一次，他心中仍不死心地升騰起一些隱隱的希冀——期盼能得到對方的答覆。

……只是，若是這一次，那人還是不理會他呢？

陸喚攥緊手中的藥包，竭力遏止住自己心中荒唐過頭的期待。

他斂起神情走進去。

整理了下思緒，他才朝桌案上看去，而這一次——

「……」

陸喚並不想如此，可他眸子裡的神采還是一瞬間亮起來。

他立在窗子處被外面淺淺的夕陽照著，一貫冷淡的臉上多了幾分名為欣喜若狂的表情。

這是他十四年來臉上第一次露出少年人應有的神情。

可似乎是突然意識到自己的情緒……他盡力面無表情，盡力板住臉。

他快步走到桌前，竭力裝作自己眼裡根本就沒有某種亮晶晶的光芒。

桌案上，禮物被取走了。

兩份都被取走了。

那人終於看見了，並且終於有所回應了。

雖然不知道，那人是否因為看穿了自己的小心思，不願告訴自己性別，所以才兩份一併取走的。

但陸喚的心緒仍是蕩起了漣漪。

……畢竟，之前都是單方面接收來自那人的東西，而現在，至少代表自己與那人能夠互動交流了。

他抿了抿唇。

除了禮物被取走之外，桌案上還多了一件東西。

他的視線落到那把綁了奇特結帶的鳳羽弓上，微微一怔——那弓十分精巧，弓身以名貴的楊木所制，短箭以鳳羽所制，頭大尾小呈極其鋒利之狀，是大多數世子們才能用得上的利弓。

除了鳳羽箭之外，別的更好的都只能為皇室所用。

他想要的無非是一把樺木翎羽弓，而那人，卻好像是盡可能地給了他更好的。

意識到這件事情，陸喚拿起弓，心中輕輕一顫。

而螢幕外的宿溪一直跟著崽崽從廟裡回來，就是期待他看到自己送他弓箭時的神情。

她喜滋滋地等待著崽崽露出驚喜的表情，卻只見——

崽崽一張臉面無表情、十分冷淡、喜怒半分不顯。

宿溪：？？？

不是，收到了夢寐以求的弓箭，難道一點開心的表示都沒有嗎？知道崽崽你不夠活潑，不求你跳起來給媽一個擁抱，但好歹也笑一下啊！

可就在宿溪毫無成就感時，螢幕上崽崽的頭頂上，緩緩出現一個白色氣泡。

白色氣泡裡，是一顆小小的愛心。

像是害羞一樣，那顆開心的小愛心冒了個泡，就飛快地縮了回去。

宿溪：「………」

宿溪心臟萌得一顫，丟下手機，撲倒在沙發抱枕上，捂住了臉。

第七章　完成主線任務四

宿溪暫時放下手機，去吃了晚飯，等到吃完晚飯後，便迅速回了房間，打開遊戲畫面。

就在她吃晚飯的這段時間裡，勤勞刻苦的崽崽已經做了非常多的事情。

除了每日都會去收成一次雞蛋，每日照料一次農作物之外，他還花費了點時間，想辦法將之前宿溪給他的那包藥，稱重出黃連、黃柏、乾薑、附子、細辛等各味藥材的配比。

他回到屋內，在桌案前攤開紙張，袖口微微挽起，神情專注，露出來的手腕線條乾淨修長，有一分少年人的清朗堅韌。

……當然在螢幕外的宿溪看來，就只是短手短腳的卡通崽崽立在桌前，神情凝重地……露出了一小截白乎乎的手臂。

不過看到他流暢寫下的藥方，宿溪相當驚愕，作為一個成績一般的文組生，她對這種精細到毫克的計算，是毫無頭緒的，她問系統：「崽崽的配方比例沒弄錯吧？！」

系統道：『分毫不差。』

「！」宿溪萬萬沒想到自己有一天會欽佩起一款遊戲的主角！

——崽崽他起早貪黑、勤勞認真、聰明伶俐、過目不忘，雖然出身寒微，但仍胸懷抱負、憐憫百姓，他還有做什麼是不能成功的？！

宿溪肅然起敬，不過她隨即又問起另外一個問題：「他這樣按照商城的藥的配方比例抓出來的藥，也能起作用嗎？還是必須從商城購買的原汁原味的藥才能起作用？」

系統道：『商城的藥有百分之百的效果加成，他抓出來的藥自然沒有商城的藥效果好。不過按照一比一的配方，至少能有百分之八十的效果，也足夠治好那些病重的人了。』

也是，宿溪不由自主地點點頭，要知道古代那些郎中開的草藥，可能幾乎沒什麼用，就連皇宮裡的太醫要想完全治療好一個人的風寒，也要十天半個月的時間。

不過，既然自己的藥效果更好，那晚上自己再多從商城課一些送給崽崽。

這樣想著，宿溪就見到崽崽速度極快地寫好了藥方，然後將用那五兩銀子買來的一大堆藥材分別鋪開，一味一味地抓取，很快，就配好了十五副藥方。

由於現在城中正是風寒高峰期，藥漲價了，他的五兩銀子買不到多少藥材，所以最後只能配出這麼多。

按照這個劑量，只能救治十五個百姓。

不過崽崽似乎另有打算。

他抓好藥之後，暫時放到一邊，又走到桌案旁邊。

只見他提起毛筆，微微凝眉，似乎是在斟酌要寫什麼。

宿溪一看他開始寫字就有點緊張，就像眼睜睜看著對方傳訊息，而自己沒辦法回覆一樣，但又好奇他會寫什麼，於是忍不住拉近螢幕，放大他和桌案上的紙張。

陸喚盯著旁邊繫了大紅色結帶的鳳羽弓箭，沉思許久。

這鳳羽弓箭，無論如何都不是普通人能夠買得起，或者說製造得出來的。而除此之外，那人送來的衣袍也全都是華衣錦裘，都十分貴重，且更像是皇宮內的人或是京城中其他有身分的人才能接觸到的東西。

從這些已經能夠推斷出，那人必定身分不凡。

除此之外，造型新奇的防寒棚，以及從前從未聽說過此種配方的風寒藥，從這些則可以推斷出那人應當精通機關藥術。

再加上一條，那人來去自如，應當武藝高強。

陸喚在心中細細分析，京城中到底有什麼人能同時滿足這三個特徵。

可一時也摸不著頭腦。

他第一次留下紙條，直接問那人是誰，那人卻根本不回覆，說明並不想告知他身分，倒也是，若是願意告知，也不會每次都避開他行事了。

但是第二次，他留下兩件禮物，那人卻願意取走，說明，雖不願意透露身分，卻還是願意與他交流的。

既然如此，何不想辦法多知道對方的一些資訊？

宿溪看著螢幕裡的崽崽沉思了很久，終於在紙張上落筆，寫下一行字。宿溪生怕他又問什麼自己沒辦法回答的問題，渾身一激靈，趕緊放大看看他寫什麼。

這一次的字跡卻並不如前兩次呼之欲出，昭示著崽崽迫切的心情，而是有些收斂、含蓄、猶豫。

——上次的長壽麵很好吃，但可否做一道你最拿手的家鄉菜予我？

寫完，陸喚提起筆，漆黑的眸子裡有幾分不確定。

若是那人願意像上次做長壽麵一樣，做一道最拿手的家鄉菜，那麼自己可以透過對方做的菜色、加多少鹽和糖，基本判斷出對方的家鄉位於何處。

可是，這樣要求會不會太過唐突？

自己想知道那人到底是誰，為何會出現在自己一潭死水的人生裡，到底想做什麼？

但是對方若只是把自己當作消遣時的玩物，那麼自己這樣做，只怕是會令對方索然無味、意興闌珊。

若對方因此不再出現……

陸喚思及此，漆黑眼睫輕輕一抖。

宿溪正盯著崽崽寫下的字吃驚，等等——可憐沉默又委屈的崽崽想吃家鄉菜，她很樂意做，但現在是什麼情況？

到底是她在玩遊戲，還是這遊戲在玩她？

她怎麼感覺自己越來越被動了？是她的錯覺嗎？

宿溪半天沒回過神，為何崽崽會有這個請求，就只見，崽崽不知道在想什麼，臉上劃過些許煩躁而複雜的情緒，接著，他皺了皺眉，將那張提出要求的紙條捏成一團，扔在一邊，似乎是放棄這個請求了。

陸喚一時沒思考好這張紙條上該寫什麼。

……因為仍不知道那人的真實目的，所以他仍害怕這一切都只是為了捉弄他而已。可即便如此，他心中還是隱隱有一些荒唐可笑的想法……

即便是一場捉弄，他也忍不住希望，那個人陪在他身邊再久一點。

因而，若是自己這樣請求，會招致那人的不耐煩，那麼……

陸喚攥緊了筆，宿溪看過去，只見崽崽斟酌一番後，最後在紙上落筆的是——雖不知道你是何人，但，我很歡喜。

這寥寥幾字，字跡在傍晚的夕陽與大雪投射進來的光下暈染開來，顯得有幾分繾綣靜謐的意味。

宿溪頓時老臉一紅，當然她也不知道自己為什麼會臉紅就是了——臭崽崽這什麼意思，意思不就是說「謝謝老母親妳出現在我生命裡」唄？

宿溪正開心，結果就見，崽崽又擰著眉頭，糾結地盯著那張紙條，並不滿意。修長指骨將紙條又捏成了一團，「倏——」扔了。

宿溪：「……」

接著，他將那張紙條改成了——雖不知道你是何人，但謝謝你的弓，我很歡喜。

宿溪：？？？

不是，多了五個字，怎麼就感覺一下子毫無意境了？怎麼一下子就變成單純的「噢謝謝您的弓謝了啊」這麼疏離謹慎地道謝了？

好像突然從親子關係變成了慈善家與被救助者的關係？！

陸喚盯著終於落筆的第三張紙條，總算覺得妥當了。他悄然鬆了口氣，揉了揉眉心，才將第三張紙條一如既往地擱在桌案上。

今日他用了一個木盒裝起來，沒蓋上蓋子，若那人來，必定會看到。

他轉身開始收拾東西，用一件衣服包裹十五副藥，打算出門。

宿溪看著崽崽做完這一切，然後背著小包袱出了門，他一旦外出，必定會穿上斗篷戴上黑帽，好不引人注目。先前覺得他穿雪白色最好看，但現在大概是「媽媽眼裡出崽崽」，覺得他穿黑色也異常可愛。

宿溪還在想剛才那三張紙條的事情，鬱卒不已，第二張紙條還沒來得及截圖做紀念，就被崽崽捏成一團，在燭火上燒掉了。

宿溪搞不清楚為什麼崽崽會連燒兩張，留下最後一張，只以為崽崽提出想吃家鄉菜的請求，但是可能怕麻煩到自己，所以才撤回了這個請求。

既然如此——

宿溪袖子一捲，盯向崽崽柴院裡的小廚房……她就偏要做道特別的菜給他吃！

不過此前當務之急，還是趕緊跟著他去永安廟那邊輔助救人。

永安廟災民氾濫，病重的人一直從廟內排到了廟外，將一百多層的青石臺階堵得水泄不通。

陸喚再次抵達時，只見廟內更加擁擠，有人擺起了檯子，施捨米粥給災民。

他眉梢微蹙，有些詫異，因為自從霜凍災害以來，許多百姓處於飢餓當中已經很久了，並不見京城官員有什麼措施。

現在怎麼會有人好心地施捨米粥？

他稍微打聽了一下。

而宿溪這邊了解了一小段劇情，原來——

『正在大發善心施粥的是一個叫做仲甘平的人物。』

『仲甘平：在京城經營絲綢、農產品、客棧等，擁有良田萬頃，算是一個有頭有臉的小人物。京城富商排行第十名。』

『他好不容易才老來得子，對兩歲的寶貝兒子珍視得不得了，可就在幾日之前，他寶貝兒子也感染了治癒不了的風寒，託關係請最好的大夫來看，也無法救治！他焦灼痛心之下，一夜之間白了頭！幫小兒子準備好棺材的同時，也實在受不了這個結果，於是讓家中下人來永安廟施捨粥食給這些平民百姓，希望能積德祈福。』

宿溪以玩遊戲的直覺感覺這個仲甘平應該是什麼關鍵NPC，否則名字應該只是商戶甲才對。

就在崽崽打聽完思索片刻，走到永安廟住持那裡向他借熬藥的爐子時，宿溪就在場景中尋找這個叫仲甘平的人。

果不其然在廟內找到了他，他正在廟內一處靜室中，心事重重地跪拜，旁邊有個穿黃色錦繡大氅的中年女子，不停地抹著眼淚，手中抄寫著經書。

這對夫妻正在為久病不癒的小兒子抄經祈福。

仲甘平含淚道：「菩薩保佑，我仲甘平活了大半輩子，也沒做過什麼虧心事，好不容易就這麼一個兒子！若是他救不回來，我夫妻二人指不定也就跟著去了！求您開開眼，一定渡我兒過了這道鬼門關吶！」

宿溪見到螢幕上彈出他的懇求，頓時靈光一閃，有主意了。

她手指摁到螢幕上，動了動。

只見仲甘平面前的觀音菩薩便輕輕動了個方位。

仲甘平頓時瞪大眼睛，懷疑是不是自己出現了幻覺，他又朝著靜室內看去，就只有自己和夫人待在這裡，門窗也沒開，不可能是風，這……

他擦了擦眼睛，再度朝觀音菩薩看去。

就見——這觀音菩薩再次當著他的面動了個方位！

不，他沒看錯，不是幻覺，菩薩真的動了！！！

民間沒讀過書之人本身就極信鬼神，更何況現在仲甘平之子病入膏肓、奄奄一息，他已經渴求菩薩到了走火入魔的程度！

「菩薩顯靈？！」

仲甘平頓時又驚又喜地跳起來，但是又怕驚擾到觀音菩薩，又連忙「撲通」一聲重重跪下來。

這一跪，都差點把宿溪驚呆了，只見這商人也是極其用力，膝蓋都跪出血了！

他連磕三個非常響亮的頭，一把辛酸淚道：「菩薩我求求您，一定保佑我兒！」

仲甘平的夫人還不知道發生了什麼事，驚恐地看向他，以為他失心瘋了。

可仲甘平迅速拉著她一起跪，激動得泗涕橫流：「菩薩既然已經顯靈，還請給我一個指示，到底如何才能救我兒啊！」

宿溪正要琢磨，如何才能將這條線索引導到崽崽身上，就發現廟內似乎起了衝突，不停地彈出一些氣泡訊息。

她顧不上仲甘平，連忙將畫面切換出去。

只見崽崽已經用向住持借來的爐子熬好了湯藥，這裡的柴火太嗆，他白淨的包子臉上被弄髒了，多了幾道灰不溜秋的灰塵，衣裳也因為廟內病人太多，被擠得亂糟糟的。

但是他身邊圍著的那些火柴病人，卻沒有一個人接過他的藥喝，而是紛紛用懷疑和不信任的眼神盯著他。

「這位少年，你說你的藥對治療風寒有奇效，可這怎麼證明呢，萬一喝死人了怎麼辦？」

「莫非又是個江湖騙子？！」

廟內掃地的和尚也勸道：「對啊，少年，你就別湊熱鬧了，這裡病人多，趁著還沒被傳染，趕緊回家吧。」

有一個咳嗽著的中年男子怒道：「要是江湖騙子來招搖撞騙的話，我可就報官了！」

宿溪沒想到這個任務竟然不是一件簡單的事，這些卡通風的百姓小人還有自己的警惕之心，不肯輕易喝下崽崽的藥。

她正在想辦法推動劇情，就見崽崽的目光掃視了這些人一圈，拿起一碗藥，仰頭一飲而光，放下碗，對這些人道：「若是我先喝下，你們還覺得有毒？」

崽崽這麼做之後，那些百姓驚訝地睜大眼睛，態度稍稍發生了些改變。

只是，廟內已經有仲甘平仲大人請來的三個郎中免費為大家看病了，雖然大多數重病之人在那幾個郎中那裡取的藥根本沒見到效果，可那三人好歹也是正經八百的郎中！

而這穿著黑衣斗篷的少年，瞧起來不過十幾歲，忽然說他有救命的奇藥，誰會信？

怕不是哪家的小孩子溜出來捉弄人，撿了些烏黑的土塊泡成水，糊弄人喝下去惡作劇吧？！

那幾個郎中也覺得被砸了招牌，面上無光，吩咐身邊的人來趕人：「哪裡來的少年，快走，不要礙事！」

其中一人伸手推搡陸喚。

宿溪看得有點生氣，救你們還這麼不識好歹，她正要將那人推向崽崽的手掰開，崽崽就已經先她一步，退後一步，冷冷地將那人的手腕扭開了。

那人萬萬沒想到一個小小少年，居然力大無窮，揉著手腕驚了一下。

陸喚鬆開他的手，嗓音清冷，對那些人道：「這裡還有一碗藥，可有人願意一試，待第二日看看是否如我說言，徹底痊癒。」

他這麼一說，人群中倒是有人猶豫了，反正都這樣了，不如死馬當成活馬醫——就算這少年隨便弄點藥糊弄人，但是能比現在病入膏肓的情況更糟糕嗎？

於是有個面黃肌瘦、咳嗽不已的年輕人站出來，對陸喚道：「我可、可否一試？」

陸喚將藥遞給他。

他拿著碗忐忑地分幾口喝下了。

喝下後一時之間並無感覺，仍在劇烈咳嗽，甚至咳出血來。周圍一堆半是好奇半是不屑的人頓時失望，四散著離開，罵了句：「就知道這小孩糊弄人，竟然還有人信？！」

陸喚早就料到會有這樣的事發生，因此黑紗帽下的臉上也並沒什麼情緒。他本來就只煎了兩副藥，待那年輕人喝下之後，他便收拾包袱，徑直走了。

宿溪見他一走，也迅速切換畫面，跟著他回去，切換畫面之前看了眼，仲甘平還在靜室內瘋狂磕頭。

宿溪：「……」對不起了富商老十。

陸喚這晚回去，紙條還在桌案上靜靜躺著，不過他知道大約是還沒到那人出現的時間，因此也並不心急。

他晚上找來一塊木頭，斜靠在床頭，開始雕刻著什麼。屋簷下燭火搖曳，透過窗子落在他臉上，蒙上了一層淺淺的光，看起來十分專注。

宿溪有些好奇他在雕刻什麼。

因為此前崽崽做的所有事，包括挑水種地、上街採購，全都是為了生計。這還是宿溪第一次瞧見他做一些無關緊要、甚至看起來有些閒情雅致的事情。

崽崽雖然做針線活不太擅長，但是雕刻起來卻非常靈活，拿著尖刀的小手上下翻飛，過沒多久床頭邊的地上就堆了一些木屑。

宿溪雖然暫時看不出來崽崽在雕刻什麼，但還是看得津津有味，甚至忍不住趿著腳去冰箱裡拿一罐可樂和一包洋芋片繼續看。

遊戲裡很快就到了深夜，等見到崽崽終於放下雕刻的木柱，熄燈睡覺了之後，宿溪才從商城裡兌換了一些藥，放在他桌案上。

商城裡有各種各樣的藥。

宿溪看了下，治療瘟疫的、箭傷的、天花的，不過藥比起其他商品來講，還稍微貴一點。風寒藥是二十個金幣一包，也就是一包兩毛錢。

宿溪自從課金以來，錢包急速縮水，不過好在最近做任務，系統裡贈送的金幣加起來也有好幾百了。

於是她兌換了五十包藥，整整齊齊疊在了桌上。

她猶豫了下，將那紙條拿走了。不拿走可惜了，崽崽的字跡這麼好看。

還是老樣子，埋在了先前竹林裡的祕密基地。

特地等到崽崽睡著了才做這些，宿溪這邊也晚上了，宿媽媽來催她睡覺，她打了個呵欠，也暫時先下線去睡了。

睡前她還在想做菜的事情，但是宿溪根本不會做飯，上次做的長壽麵還是直接從商城裡兌換的。

但這一次，她打算認真思考之後，做一道比較特別的菜。

畢竟，按照這遊戲的奇妙程度，說不定不同的菜會觸發不同的關鍵劇情。

翌日，永安廟內卻炸開了鍋！

昨日喝下那少年的藥的年輕人名叫長工戊，本是來京城找些生計的，不料卻感染了風寒，被客棧老闆趕出去，因此只好流落在永安廟內，靠接濟度日。

他一窮二白，沒錢看病，可以說已經在等死了，可誰料——一夜過去，他的風寒卻全好了！

不僅頭重腳輕的感覺緩解了，也不咳嗽了，整個人肉眼可見地精神了數倍！

永安廟內的郎中震驚至極，替他摸了下脈，也確定他一夜之間，風寒陡然痊癒了！

長工戊感激涕零，在廟內差點激動得暈過去，他本來以為自己要死了，想著遲早要死，才喝下那神祕少年的藥，可萬萬沒想到，那藥居然真的是神奇妙藥！

永安廟內許多人都是親眼見到昨日那一幕的，一時之間驚愕不已。

除此之外，昨日因為懷疑那少年，而沒去接那碗藥的人，紛紛後悔到肝臟都在疼。

他們中有病得重的，也有病得輕的。

病得輕的還好，覺得自己還有機會再遇到那少年，再討來一碗神藥，但是病得重的看起來氣若遊絲，不知道什麼時候會歸西，簡直後悔到眼皮一翻，快暈過去了！

這件事情在永安廟內迅速傳開。

幾百位難民都知道了此事。

仲甘平救子心切，一線希望都不肯放過，再加上昨日又在靜室見到菩薩顯靈，立刻相信這少年便是菩薩給他的指示！他道出昨日菩薩顯靈一事之後，廟內百姓及其親人更加激動，難不成，他們真的有救了？！

可是第二日上午，那黑衣黑袍的少年卻並未再來。

整個永安廟內的百姓都急了，開始瘋狂向菩薩磕頭，而仲甘平更是如此！他在靜室走來走去，心急如焚，後悔昨日聽見外面的騷動沒有出去看一眼，竟然讓菩薩派來的少年走了！而且唯一的一碗神藥還給了一個名不見經傳的小長工？！

那自己兒子怎麼辦？

仲甘平吩咐下去，急切地想盡快找到昨日那位少年神醫。

這樣一來，這件事情便不只是廟內百姓知道了，很快地也在京城傳開。

寧王府中也有不少人知悉，經常在外面街市上東奔西跑賣雞蛋的侍衛丙也聽說了，回去對他的義父師傅丁說，兩人猜測，會不會那少年神醫就是當日悄悄送風寒藥給他們的人？若是如此，當真是救了他義父的性命，是天大的恩人了！

那仲甘平想找到那少年神醫，師傅丁也想找到，救命之恩，豈能不報？

只不過，找到了，又能怎麼報答呢？

父子兩人困窘，他們的積蓄都在之前治病時花光了，現在雖然還有一些替三少爺跑腿賺來的銅板，但是也並不足以報答那人啊。

侍衛丙深深地惆悵起來，現在歲末寒冬，即便是上街砸碎石賣藝，也賺不了多少錢，現在最賺錢的就是糧食了！

他忽然想到三少爺的那些母雞——

那些雞能生那麼多蛋，三少爺有那麼多隻，若是自己借走其中一隻，他是否會發現？他保證，他只是借走一陣子，多生幾次蛋，等賺取一點銀兩之後，就迅速還給三少爺。

侍衛丙本不是雞鳴狗盜之人，但是此時考慮到那無法報答的救命之恩，他腦中這個念頭還是一閃而逝。

永安廟內有個風寒到快死了的人，被一碗湯藥救活的事情，很快也傳到了寧王夫人的耳中。

她焦灼如焚的心中燃起一絲希望，立刻強勢地吩咐下去：「一定要將人給我帶來！三日之內，必須給我找到那少年，必須將良藥端到文秀面前！」

周圍的下人眼觀鼻，鼻觀心，紛紛在心裡想——偌大的京城，要想三日內找到一個沒露過臉的人，哪裡是那麼容易的一件事情？

這夫人終日表面端莊，實則做了不知道多少欺壓人的事情，這二少爺自溪邊回來後就一病不起，可真是報應吶……

當然，沒有下人敢將這些說出口，都趕緊出去找人了。

寧王夫人連日以來急火攻心，不知憔悴了多少，此時坐回床邊，握住陸文秀的手，稍稍鬆了口氣……

既然有人被治好了，說明那少年神醫還真的有兩把刷子，只要找到他，文秀便有得治了。

——她此時還以為，事情只是找到一個人那麼簡單。

此時永安廟內正你一句我一句，病重的百姓紛紛埋怨昨日那幾人。

——「若不是你出言不遜，昨日那少年神醫又怎麼會一言不發，收拾東西便走？都怪你，害得我們沒藥醫治！」

——「這能怪我嗎？你們昨日不都是不相信，以為那少年在誆騙人？！」

——「現在怎麼辦？找不到神醫大人，我們還是只能等死！」

而陸喚醒來之後，便打算今日提前將剩餘的藥煎煮好，再倒進水囊中帶去，以免和昨日一樣，要在擁擠的廟內借用住持的火爐煎藥，那樣會浪費很多時間。

除此之外，他還打算花一些時間，將昨夜沒有雕刻好的東西繼續雕刻好。

因此上午便沒有去永安廟內。

但他萬萬沒想到，清晨時就看到桌案上多出來五十包藥。

自己屋內、院子裡突然多出東西，陸喚已經漸漸習以為常了，並沒有第一次見到猛然被換掉的被褥那樣吃驚。

不過這些藥當真是及時雨。

莫非，那人知道自己昨日去了一趟永安廟，知道自己的所為？

這種一直被關注著的感覺，令陸喚心中有些複雜。

對他而言，是從未體會過的感覺。因為從小到大，沒人關心過他，沒人在意他是死是活，更別說這樣在意他的一舉一動了……

可他隱隱中覺得自己好像並不排斥——

甚至，不知何時，他似乎開始期盼那人的到來，和那人溝通了。

除此之外，桌案上自己表示謝意的紙條也被對方取走了。

雖然那人仍未留下任何回覆，但是陸喚發現，先前那人總是三四日才來一次，而昨日，好像是第一次一連兩晚都出現。

這意味著，在他開始留下紙條之後，那人與他的交流溝通也變得越發頻繁。

不知為何，光是知道了這一點，陸喚心中竟然多了隱隱的雀躍。只是他面上分毫不顯。

思及此，陸喚今日又在桌案上留下了一樣東西和一張紙條。

而宿溪為了跟上遊戲中的劇情，特地調了凌晨三點半的鬧鐘，就是為了看看永安廟的情況到底怎麼樣了。三點半還是深夜，她掙扎著醒過來，摸出手機，迷迷糊糊地上線。

一上線，就捉住了崽崽正在往桌案上放東西。

只見——

那是一隻栩栩如生的木雕兔子，大小約一個巴掌大，小巧玲瓏，木紋漂亮精緻，在崽崽窗前清晨的晨曦照亮之下，竟然隱隱有種玉的光澤，十分精美討喜。

大概是因為上次收了她的兔子燈，所以特意雕刻了一隻兔子送給她？

宿溪根本沒見過這種好東西，頓時驚喜得清醒過來，支撐起手肘，認真地盯著桌案前的崽崽。

又是送她的？

宿溪昨天心中還吐槽《旅行青蛙》那款遊戲每天都送明信片，而這款遊戲卻什麼都不送，崽崽就一而再再而三地送她東西了。

還是親手製作的！

老母親欣慰幸福到眩暈！

而崽崽立在桌案前，繼續寫紙條，今天寫的是——今日天晴，無雪。我在街市上撿到了一隻便宜的木兔，作為燈籠回贈。

寫完之後，他提起筆。

他雖然不知道該寫些什麼給那個並不知道身分的人，但還是想寫些什麼，想一直和那人繼續保持聯絡。

因為他總是獨自一人。

白晝也好、深夜也罷，春去秋來，冬逝夏走，他都是一個人。

唯獨那人出現後，他的漫漫長夜裡，「啪嗒」燃起了一小簇火光。

即便是訴說天氣，以前也從未有人與他說過。而現在，他也想像尋常人那樣，隨意地道幾句天冷花開。

宿溪在螢幕外快要笑死——等等，崽崽，你這不是睜眼說瞎話嗎？什麼在街市偶然撿到了一隻木兔子啊，還特意強調便宜兔子？分明就是雕刻了一晚上，好不容易雕刻出來的！

原來遊戲小人也會撒謊！

宿溪樂不可支，隨即看向他的神情。

小崽子負手立在窗前，眉眼潤澤，眼神沒了平日裡的冷肅，只是平靜的怔忡。

一瞬間倒不再像是那個滿腹心緒、性格冷鬱、身世成謎的庶子了，而是一個思考如何寫信的、無憂長大的少年了。

宿溪隔著螢幕瞧了他一下，忽然意識到一件事情。雖然崽崽不明說，也沒表現出來，但實際上，他好像對於自己的出現很眷戀。

幾乎是一直期盼著自己的出現。

他喜怒不形於色，但是自己只要有一點回應，他便很開心。

宿溪這樣意識到之後，猶豫著，在心裡做了個決定。

以後，每天調鬧鐘，每隔八小時就上線一次，這樣的話，可以讓崽崽每夜都發現自己去了一次，而不是每隔三天才能眼巴巴地等著自己去一趟。

調完鬧鐘之後，宿溪也頭疼地發現……

她是不是對這遊戲過於沉迷了？

寧王府時刻都有人盯著，陸喚不便露出真面目，因此依然是穿著黑色斗篷，將臉遮起來。

加上那人送來的，他此時總共有六十三包風寒藥。

他花了些時間，將其中五十包藥分成五份，每一份煎熬好後，灌入一個水囊當中。如此，便有五個水囊裝滿了湯藥。

其餘十三包藥他並未熬制，僅磨成了粗糙的粉末，用藥包重新裝起來。

之所以這樣做，他心中自然有他的考量。

做完這些之後，他並未直接去永安廟，而是先找到了昨日那位長工戊。此時此刻永安廟內必定炸開了鍋，他一出現，定然會被圍堵起來，到時候只怕難以抽身。

永安廟附近的偏僻巷子裡。

此處由於天氣寒冷、沒有遮風擋雨之物，而空無一人。

長工戊驚愕地看著再次出現的那位少年神醫。

他的風寒完全治好之後，今日一大早便去街市上尋找可以幹的活了，但大約是他過於面黃肌瘦，以至於空手而歸，在回永安廟的路上被人拍了下肩膀，隨即便被帶來了這裡。

萬萬沒想到，竟然能再次遇到救他命的恩人！

他背井離鄉來到京城，被騙了錢又得了重病，本以為會在這個寒冷的冬日客死異鄉，誰知竟然絕處逢生，喝了這少年的一碗藥，身體便陡然健朗起來！這也讓他對生活重新燃起了希望！

想到這些，長工戊嘴唇哆嗦，流著淚「撲通」一聲跪在少年面前，道：「您的大恩大德，我無以為報，讓我跟著您吧。」

他雖然沒什麼見識，但是也能瞧出來，這少年器宇不凡，不是哪個大戶人家的少爺，就是什麼不世出的高人的弟子。

他撿回了一條性命，與其繼續在京城四處流浪，倒不如跟著這少年，說不定能找個落腳處。

陸喚端詳了這人片刻，這人長得瘦弱，性格謹小慎微，但是手指上全是薄薄的繭子，應該是個勤快踏實、任勞任怨的老實人。

他便問：「你擅長什麼？」

長工戊生怕被嫌棄，趕緊答道：「恩公，我老家是做木工的，我對此道也懂得一二，但是除此之外，種地劈柴、縫衣做飯，我全都會！」

陸喚道：「你先幫我做一件事情。」

長工戊最怕的就是自己派不上用場，因此聽到少年恩公要派活給自己，立刻激動地道：「恩公只管吩咐，我一定做牛做馬！」

陸喚將五個水囊，以及另外十三包藥遞給他，道：「這五個水囊，每天倒一壺進入仲甘平施捨的粥裡，確保永安廟內所有災民都可以喝到，五日之後，這些人都可以痊癒。」

「除此之外，這十三包藥，賣給京城裡除了寧王府之外的達官貴人們，十兩銀子一包。賣出十二包，留下最後一包，先不要輕舉妄動，等仲甘平來找你。」

長工戊踏實肯幹，腦子卻有點轉不過來，小心翼翼地問：「……為何？」

陸喚淡道：「人性本貪，若你說出你手中有藥，必定會遭到爭搶，有的人喝了一碗還不夠，還想將所有的藥全都占為己有。因此你只需將湯藥倒進粥裡，廟裡眾人喝下之後，病情自會恢復。至於仲甘平，你便別問了，照做就是。」

長工戊哪裡還敢再問，連忙感恩戴德地應下了。

他機緣巧合之下，被恩公救了一命。他沒讀過書，腦子愚笨，這少年恩公卻願意將如此重任交給他，還費口舌和他解釋！雖然他聽不懂，但他心中感激又多了幾分，發誓一定要好好完成任務！

陸喚將這件事交給長工戊之後，暫時先回了寧王府。

寧王府中因為陸文秀久病不癒的事情亂成一團。

寧王夫人近日沒有心思打理內務，將事情全都交給了陸裕安和管家去做，而這兩人，一個平庸一個無能，於是一時之間寧王府的進出管理鬆懈了許多。

不只如此，府中大多數侍衛都被派出去打聽那位出現在永安廟的少年神醫的下落了，府內人手一下子空了許多。

陸喚將這些看在眼裡，卻沒有做出任何動作，一如既往地餵雞、種胡蘿蔔，回信給那人。

宿溪毫不猶豫地拿走那隻木雕的小兔子之後，他察覺到那人似乎很喜歡他送的這些禮物，於是幾乎每一日，宿溪一打開遊戲，他屋內的桌案上，都會出現各種稀奇古怪、栩栩如生的木雕。

每一隻都快融化掉宿溪這個老母親的小心臟。

並且無一例外，全都是「撿來的」便宜貨。

宿溪內心一邊吐槽崽崽你可真會撿，一邊興沖沖地照收不誤。

她還特地從商城裡買了一個大的木箱子，將這些禮物都放進去，然後將木箱子像是埋寶藏一樣埋起來。

時間飛逝到五日後，永安廟內發生了一件大事。

那些久病不癒、面若土色的病人，竟然陸陸續續全好了！

這件事情幾乎大半個京城都傳得沸沸揚揚。

早在第三日時，便有病重的百姓發現粥裡居然有湯藥的苦味，還以為是粥壞了。

而這時候，長工戊不得不出來解釋，說是當日那位少年神醫交給自己五個水囊，讓自己每日倒一壺入粥中，足足喝完五日，便能痊癒。

這簡直不可思議，跟話本裡出現的那些傳說一樣！若不是眾人親眼所見長工戊僅僅一夜之間就完全擺脫了病痛，可能還不會相信。

但現在長工戊就是活生生的例子擺在眼前，這群治病心切的人還能不信？！

於是長工戊話音剛落，整個永安廟內炸開了鍋，那些稀粥便遭到了爭搶！

甚至差點導致了踩踏事件！

就連外面一些達官貴人們聽說之後，都匆匆趕來讓家中下人搶粥！

長工戊生怕自己弄砸了那位少年恩公的事，但好在前三日，永安廟內所有人已經都喝過了粥，後兩日，雖然有人沒有搶到，但是肉眼可見地也有了痊癒的跡象。

而那些搶破了頭、拚命地喝了十幾碗的壯漢，則是當天喝完，當天夜裡就渾身輕快，沒有半點發病時畏冷出汗、頭重腳輕的痛楚之感了！

永安廟內發生的這一樁稀奇事，陡然成了坊間奇事。

可是，五天的粥喝完了，好了的全是那些草民百姓，反而達官貴人們家中感染風寒的人卻是遲來一步，還找不到神藥可醫！

於是包括寧王府在內的達官貴人們，恨不得立刻將長工戊揪過去，質問他能治病的少年到底是誰？

長工戊如同受了驚嚇的小雞，被各家達官貴人爭先恐後地邀請，簡直戰戰兢兢，分不清東西南北！

……可是，他哪裡知道少年恩公到底是何身分呢？

更何況，那少年是他的恩公，既然掩去面目，便是不想讓人發現身分，他又怎麼可能洩露恩公的線索？

因此，長工戊編造了一番，只說自己手中還有十二包藥，是有人從天而降丟給自己的，對自己隔牆吩咐了一番就離去了，自己區區一個卑賤的草民，怎麼可能認識那位神醫？

——想想也是，他看起來的確愚笨，達官貴人們也套不出什麼資訊。

唯一的辦法便是高價購買他手中剩下的這些藥。

但長工戊謹記陸喚的話，並未貪心地賣出高價，於是第四日時，他只用這十二包藥換了一百二十兩銀子……這樣一來，倒是讓京城裡這些達官貴人們更加訝異，難不成那位神醫並非為了錢財而來？

京城關於少年神醫的傳說，越來越甚。

與此同時，寧王夫人眼見陸文秀病情越來越重，她越來越焦灼如焚。聽說了永安廟的事情以後，她就迅速派人去把長工戊帶過來。

但是帶過來時，長工戊手中已經沒有藥了。

她簡直氣急敗壞，顧不上維持形象，痛斥手底下的侍衛：「怎麼回事，不是讓你們隨時關注永安廟的動向的嗎？怎麼遲了一步，讓別人把藥全買走了？！」

侍衛們也很委屈。

京城中患病的可不只寧王府一家，包括戶部侍郎家的小女兒也高燒不起多日。早在他們去將長工戊帶過來之前，戶部侍郎和另外幾座府邸便先帶走他了。

他們總不能追上去大打出手吧？

何況，即便是打，也打不過人家啊。

寧王夫人顯然也意識到這一點——寧王府雖說是王爺府，可是得到的封賜僅僅是因為老夫人而已，現在王爺在朝廷裡根本沒有一官半職，在這京城裡，寧王府早就落敗了，就連戶部侍郎也敢不將他們寧王府看在眼裡！

越是清楚這些，她越是怒不可遏。

現在那個結結巴巴的長工手裡已經沒藥了，而那個只出現過一次的少年神醫又根本尋覓不到蹤跡——

難不成文秀要這樣一直被病痛折磨，直到無力回天了嗎？

寧王夫人過去握住陸文秀的手，望著陸文秀發黑的臉色，她心裡備受折磨，簡直在滴血，鬢邊都急得生出了幾根華髮……

而仲甘平可以說是此事中最著急的人了，他想不通，菩薩明明給了他指示，可是怎麼一轉眼就將湯藥灑於粥當中，普渡別人了？

當他第四日聽說此事趕緊去搶時，只搶到了一點粥水餵給病重的小兒子，可是這麼點藥卻不能將小兒子從鬼門關口帶回來。

眼看著小兒子依然虛弱，飽受病痛折磨，他心急不已。

但就在這時，長工戊找上門來。

宿溪再上線時，發現崽崽正在永安廟往外數十里地的一處偏僻長亭裡，這一區連在一起，上次都被解鎖了，因此宿溪將畫面切換過去。

就見亭內，仲甘平正聲淚俱下地向崽崽道謝，而崽崽依然一身斗篷，將他扶起來。

宿溪上次動觀音菩薩像起了作用，現在仲甘平看眼前的少年的眼神，完全就像在看菩薩座下童子，被派下來普渡眾生的。

而他，何德何能？！

昨日那名長工戊上門來找他，告訴他，那少年神醫為了答謝他在永安廟內施粥賑災的善心，留了最後一包藥給他。他震驚過後，喜極而泣，迅速將長工戊給他的藥，毫不懷疑地煎煮之後給小兒子喝。

接著，他和夫人在小兒子床頭邊守了一晚上。第二日清晨就見昏迷數日的小兒子竟然真的醒了過來，睜著一雙黑不溜秋的大眼睛，喚他夫妻二人「爹娘，我好餓。」

仲甘平立刻老淚橫流，抱住寶貝兒子痛哭起來！

這不是老天爺賞賜給他的恩德是什麼？

他激動過後，找到長工戊千懇萬求，希望能當面感謝那位菩薩派來的少年神醫。原本以為，那少年神祕不會答應見他，然而沒想到今日卻能在長亭見上一面。

仲甘平拍著胸脯道：「恩人，您對我小兒的恩情沒齒難忘，您有任何需求，只管向我提出，我仲甘平別的什麼沒有，但是經商多年，倒也能在京城富商中排上名號，哪怕您想要我的一半家財，我都能毫不猶豫給您。」

陸喚之所以選中仲甘平，一個是因為他賑災濟民，能夠想到這個辦法來祈福，顯然不是什麼壞人，除此之外，他在京城中名聲也不錯，白手起家，勤懇豪邁。自己幫了他，他一定會有所回報。

「既然如此，我便索要一些東西了。」陸喚道。

仲甘平：「您只管說！」

陸喚想了下，道：「銀兩五十，一處外城的院子，一片農莊。」

仲甘平愕然，問：「就這？」

這對於他的財產而言，完全是九牛一毛，而且這少年為何要外城的院子，為何不要內城的？京城內城的院子價值千金，豈不是更……

可是他心中覺得這少年神祕，又因為菩薩那件事，怕衝撞了什麼並不敢多問，迅速一口應承道：「這有何難？！今日我便將這些都備好奉上！」

宿溪這邊螢幕上不斷彈出崽崽與仲甘平的交談，她看得都激動萬分，心若擂鼓——我靠，銀兩五十，現在加上長工戊賣出去的那些藥，加起來是不是一共一百七十兩銀子啦？！

她和崽崽一下子變得好富有！

本來應該十天才能完成的任務，崽崽卻在短短五日內就十分成功地完成。任務告一段落，伴隨著「哐啷」一聲錢幣進口袋的聲音，畫面彈出：『恭喜完成主線任務四！獲取金幣獎勵加五百，點數獎勵加六！』

接著，宿溪看到右上角出現一個當前狀態的框框。

『錢財資產：一百七十兩銀子、一處院子（外城）、一片五公頃農莊、農作物若干、雞與雞蛋若干。』

『人才手下：長工戊。』

『結交英雄：仲甘平（京城富商第十名）。』

『名聲威望：獲得『不願透露姓名的神祕少年神醫』稱號。』

按照這個意思，長工戊應該以後就徹底聽崽崽調遣了？

也就是收下了這個小弟的意思？

螢幕裡的崽崽好像只是做了一件計畫中的事情，聽到仲甘平贈送給他的那些財產，情緒也看不出波動。

但是螢幕外的宿溪卻是激動得在床上打滾，差點碰到受傷的腿！

宿溪可能有倉鼠般存儲東西的癖好，她忍不住又把崽崽現在擁有的財產清點了一遍，就連目前擁有二十六隻雞、四百九十二顆雞蛋都數得清清楚楚，數完這些財產，她就有種一步一腳印慢慢發家致富的滿足感。

這就是玩遊戲的意義啊！

——眼睜睜看著崽崽從泥沼般的困境裡往上爬，變得越來越好！他所擁有的小天地也越來越富足！

第八章　幫崽崽報仇

等到崽崽和仲甘平辭別，回到街上找一處錢莊將那一百七十兩銀子存起來時，宿溪更是有種自己賺了錢，在銀行開戶的激動感！

現在點數已經有了二十三，她又讓系統幫她解鎖兩個區域。

一個是京城長街，她早就想一睹熱鬧的京城盛況了。

另一個宿溪還沒想好，為了避免浪費掉解鎖區域的機會，她暫時先將這機會留下來。

於是她便能看著崽崽走進錢莊，將大部分的銀兩換成銀票存起來，手中只留下了一些現銀，放進荷包之中。

他走出來，長工戌還一直跟著他，依依不捨。

原本崽崽總是孤身一人，現在身後多了個瘦弱的火柴小人，看起來像主僕。

宿溪正替他開心，卻見螢幕上一襲黑色斗篷的團子崽崽轉過身，神情淡漠地對長工戌道：「別跟著我，你走吧。」

宿溪：我靠，無情！

長工戊都快哭了，差點又要跪下來：「恩公，我無處可去！讓我跟著您吧！」

崽崽見他這樣，皺了皺眉。

思索片刻後，給了他一些碎銀，讓他替自己守著外城的院子和京城外的那片農莊。

長工戊小人像是一下子有了歸宿感，吸吸鼻涕，千恩萬謝地離開了，並肩負使命地替崽崽守農莊去了。

崽崽這才壓了壓帽檐往回走。

長街上已近黃昏，落日緩緩落在朱牆綠瓦的盡頭，許許多多的小人來來往往，而崽崽小小的身影被夕陽拖得很長。

他黑色的衣裳快要和灰色的影子融為一體。

周遭很喧鬧，賣糖人的、賣紙畫的、賣熱氣騰騰的糕點的，但是崽崽卻彷彿融入不進去。

他似乎也沒有多看的心思，目不斜視，大步流星地消失在長街的盡頭。

宿溪本來以為崽崽從小一人獨自在寧王府中艱難長大，若是身邊出現了別人的陪伴，崽崽應該很歡喜的。

……但，崽崽好像並不需要長工戊，或者別的人待在他身邊？

換句話說，在他心中，只有自己才令他產生期盼和眷戀。

這種獨一無二令宿溪不知道是該喜還是該憂。

喜的是每天眼巴巴等自己上線的崽崽真可愛，憂的是他一直這樣沒朋友該怎麼辦……

而陸喚從錢莊回到寧王府後，一路上便見下人又帶著太醫匆匆忙忙地趕往陸文秀的院子。少年神醫找不到，自然只能先找太醫來看。

這太醫已經來過好幾次了，但是開的藥卻令陸文秀病情反反覆覆、嘔吐發燒不已……

本來當日在溪邊，陸文秀被他救起來之後，就迅速有下人圍過去替陸文秀擦拭水珠，倘若陸文秀身體壯實一點、當真常年習武的話，被太醫救治這麼久，早就有好轉的跡象了。

可怎奈陸文秀草包一個，外強中乾，平時走路下盤都很虛浮，更別說墜入冰溪之後身體能有什麼恢復能力了。

陸喚已經摘掉了黑色斗篷，穿著平時穿的普通衣服，天色已黑，下人們從他身邊匆匆經過，也沒有察覺任何異樣。

柴院屋簷下兔子燈被風吹得搖曳，亮起的燭光彷彿在等他回家。陸喚遠遠地還在竹林中，看見那一小簇燭火，心中便淌過幾分暖意。

以前屋子總是一片漆黑，但是自從那人送了他這一盞兔子燈之後，他每日出門之前，都會特意將燈籠的燈芯撚長、點燃。

……這樣，傍晚回家，就多了一盞燈守候。

他回到柴院，快步走進屋內，第一件事情便是去看桌案上的木雕。這幾日他雕刻一些小東西贈予那人，而那人都不出意料地全都收下了。

雖然那人仍沒留下隻言片語，但是兩人之間的互動你來我往，至少讓陸喚確定——那人還在，還沒突然消失。

今日也一樣，昨夜他雕刻的小東西被收下了。

所以，昨夜那人也來過。

在燭火的映照下，陸喚看著木雕被拿走的桌案一角，乾淨的臉上蒙上了一層暖光，冷冷清清的眼裡也柔和幾分。

……可是隨即想到什麼，他眼裡的零星亮光又倏爾即逝。

他有些沉默地看著桌案那一角。

雖然仍能確定那人還在，可是已經過去十一日了，他仍沒找出太多有關那人的資訊。

他仍不知道那人為何出現在自己身邊，為何一直這樣陪伴著自己。

不知道那人身在何處、喜好為何、身世樣貌。

更不知道——那人哪一天會突然不再出現。

除此之外……大抵人心總是貪婪的。

他第一次發現那人取走他送的明珠腰帶與銀釵時，心中甚是驚喜，可現在，他卻希望不僅僅只是如此。

他送禮物，那人回以更多，卻從不留下任何言語。

而他卻——貪婪地想要溝通更多，哪怕對方永遠不露面，只是紙條交流，也好……

否則，若是永遠如此，那人豈不是隨時能消失，像是從來沒來過，而自己也永遠找不到那人？

陸喚思緒沉沉，眸子裡有幾分黯然，只是被他小心翼翼遮掩，不讓人瞧出來。

而螢幕外的宿溪注意力卻不在崽崽身上，在院外一道黑影上——只見就在此時，柴院外有一個鬼鬼祟祟的身影朝這邊靠近，自從老夫人吩咐過不讓人打擾崽崽之後，就沒有下人敢過來，現在是怎麼回事？

宿溪生怕又是寧王夫人在鬧事，趕緊把畫面切換到院內。

那道黑影是個穿著侍衛衣服的小人，正彎著腰，沿著牆根，悄悄朝雞舍那邊走過去。

宿溪放大螢幕，拉近距離一看，這個鬼鬼祟祟的小人居然是侍衛丙？！

宿溪當然不認得這些長得十分路人的小人，何況這小人還蒙著布巾，之所以能認出來，是因為這人頭頂寫著「侍衛丙」三個大字而已。

他想幹什麼？

只見侍衛丙慌慌張張地躍入雞舍之內，飛快地捏住了一隻母雞的嘴巴，制止牠出聲，然後打算飛快地溜走。其他雞一直待在這裡，完全喪失了警覺，竟然根本沒叫。

我靠，偷雞？

怎麼會這樣？

宿溪這兩天忙著跟主線任務，差點忘了侍衛丙和師傅丁那邊還有個支線任務，他們還不知道是崽崽幫助他們。

她剛打算捏一下其中一隻雞的屁股，令那隻雞發出聲音引起崽崽警覺，就見崽崽已經從屋內走出來了。

宿溪頓時放心，果然崽崽就是警覺。

接著，只見崽崽做事明快，在侍衛丙還沒爬出高牆之前，抓住了他的腳踝，一下子把侍衛丙那個腹肌大塊頭小人摔在地上。

侍衛丙被摔愣了，頭頂直冒金星。

此時雞們才撲騰著翅膀飛起來，尖叫著跑進窩裡躲起來。

侍衛丙算是寧王府中武藝比較高強的侍衛了，本以為就算這些雞吵鬧起來，自己也能在三少爺發現之前溜走，畢竟三少爺的屋子離這雞舍還有一段距離呢！

可萬萬沒想到，三少爺竟然早就在自己來時就聽到了動靜！只待自己溜走時，一把將自己抓獲嗎？

陸喚俯下身猛地摘掉侍衛丙臉上的黑色布巾，皺眉道：「是你？」

侍衛丙沒偷到雞，還被當場抓獲，不僅慚愧不已，還很害怕。

要是以前也就罷了，但現在老夫人對三少爺看重幾分，若是三少爺告訴老夫人，那自己肯定會被趕出去！

他心中一慌，立刻跪下來，認錯道：「三少爺，全是我鬼迷心竅，你放了我吧！」

怕外面隔牆有耳，陸喚讓他將雞放下，帶他進屋，才轉身冷冷地問：「為何偷盜？」

侍衛丙只好一五一十地說出口道：「三少爺，我也實在沒有辦法。你可知這陣子京城沸沸揚揚的神醫？前陣子我義父重病，那神醫特地送來了藥，放在我義父床頭邊！」

「我義父喝了藥，重病立刻好了！若不是那神醫，只怕我義父此時都在棺材裡了，你說如此大恩大德我們怎能不報？」

「只是我和義父早就因為重病花完了所有的積蓄，義父又要被管家趕出去，實在是想不到有什麼辦法報答那神醫，因而我愚笨無能，才想出偷雞的辦法……」

侍衛丙抽噎著絮絮叨叨，覺得頭頂的三少爺面色越來越難看。

陸喚立在原地，攥著拳，指骨隱隱有幾分用力，臉色在燭火的背面，看不清楚晦暗神色。

他沉默了下，緩緩地問：「那人，也幫助了你？」

不知為何，他心中竟然生出幾分難以形容的沉鬱……若那人並非出於玩弄，而只是出於善意幫助他，那麼，那人還會幫助別人，這再正常不過……

對那人而言，無論幫助他還是幫助眼前的侍衛，都像對一隻狼狽流浪的野獸般施捨一些同情罷了。甚至很有可能，在那人眼中，自己和眼前的侍衛並無不同——

況且，他既然已經得了那人的好，便沒有理由要求那人只對他一個人好……

在得知那人也悄悄將藥放在這個侍衛的床頭邊時，他心中剎那烏雲蔽日……就連悄悄放藥的動作都如出一轍，那人該不會也同樣照顧了這個侍衛的父親吧？！

這種想法令他心中一刺。

他心中陡然湧起一些連他自己也不知道名為什麼的情緒……

占有欲？

心中猛然冒出這個詞，陸喚眼皮跳了下。

宿溪在螢幕外義正言辭地指責這個侍衛丙，崽崽每次都給他一些錢，讓他照顧他義父，他怎麼還這麼不識好歹地來偷雞呢？！

只見崽崽負手聽著侍衛丙的話，沉著一張包子臉，顯然是被他偷雞的事情氣得不輕。

……頭頂緩緩冒出了一個氣泡，氣泡裡一朵陰沉的烏雲。

宿溪：「…………」

這好像不只氣得不輕啊，原來崽崽這麼小氣的嗎，一隻雞都不能少。

「對，多虧了那位神醫，我義父才能恢復健康！」侍衛丙也絲毫沒意識到三少爺在想什麼，只以為三少爺因為他偷雞的事情，怒不可遏。

他感覺到頭頂的視線越來越寒冷，後脊背一個哆嗦，越發加快語速道：「三少爺，求你不要將這件事情說出去，我以後一定會協助你賣出去更多的雞蛋！」

可卻聽三少爺問：「那位幫助你的人呢？你沒了雞，又打算怎麼報答？！」

侍衛丙道：「那人讓我怎麼報答，我便怎麼報答，做牛做馬，以身相許都可以！」

侍衛丙話音剛落，宿溪就見崽崽冷冷盯著侍衛丙，雖然仍然面無表情，可胸膛猛然起伏了下，頭頂的烏雲頓時說變多就變多，一下子變成了三朵！

齊刷刷一排！陰沉沉的！風雨欲來！

宿溪：「……」

「罷了，你走吧。」崽崽攥緊拳頭，像是不想再理會這個侍衛丙，一張臉面若冰霜。

而就在此時，侍衛丙注意到三少爺桌案上的紙張，那上面還有一些字跡——他頓時睜大了眼睛。

等等！三少爺的字跡和那人那天留下來的字跡是一模一樣的啊？！

侍衛丙陡然意識到什麼，難不成——他現在正是在偷盜救命恩人的雞？！

天吶，他是在做什麼？！

他頓時面如土色，「撲通」一聲跪下來，掏出懷中那張珍藏了許久的藥方紙條。

他抖著聲音道：「三少爺，我錯了！原來是你幫助了我和義父，我們竟如此忘恩負義！」

他簡直想給自己一巴掌了。

陸喚皺眉朝他手中紙條看去——

那紙條上的字的確是他的字跡沒錯，可他並未寫過，也並未有閒工夫做什麼送藥之事。

可是……

片刻後，陸喚突然反應過來——

所以，那人其實不是只為了送藥給這個侍衛和他父親，而是在幫自己收服侍衛丙和師傅丁的人心？！所以才會留下藥，又以自己的字跡留下紙條？

那人做事一向有目的，也是，師傅丁的確擅長農耕，自己早就有所耳聞，所以是因為這個？

那人根本就是為了自己？

「……」

陸喚聲音突然平和了許多，垂眸看著侍衛丙，道：「起來吧，雞送你了。」

侍衛丙：？？？

而螢幕外的宿溪只見崽崽的心情變化比翻書還快。

剛才頭頂的三朵烏雲，猛然消失，他頭頂重新冒出了一顆小小的太陽。

那顆小太陽動也不動地蹲在他腦袋上，像是顆發光的燈泡，有點小雀躍、小驕傲，還有點小得意。

侍衛丙小心翼翼地抬頭，只覺得三少爺好像沒方才那麼生氣了，也不知道是不是他的錯覺，三少爺嘴角分明飛快地劃過一絲弧度，看自己的眼神也是用一種「我有你沒有」的驕傲神情——

侍衛丙忍不住問道：「三少爺，你很開心？」

宿溪只見崽崽平靜地道：「不，我沒有在開心。」

可是，他頭頂的太陽分明一下子變成了兩顆。

侍衛丙：「……」

宿溪：「……………」

侍衛丙回去和師傅丁說了這件事情。

父子二人驚愕又感慨。

他們和三少爺稱不上有什麼交情。此前侍衛丙幫三少爺去集市上賣雞蛋，也不過是想跑個腿賺一些銅板罷了。

可萬萬沒想到，在他兩人落難時，師傅丁其他兩個學徒掀了他的被褥，一副張牙舞爪的做派，而侍衛丙的那些侍衛朋友也沒有一個掏出銅板幫忙，反而還冷嘲熱諷。

最後，竟然是三少爺默默地幫助了他們！

那天留下藥包之後，旁邊還特地留下煎服之法，要不是被侍衛丙發現，字跡就是三少爺的字跡，可能三少爺幫助了他們，還不打算說！

「若不是那包風寒藥，我現在只怕已經躺進棺材裡啦。」師傅丁嘆道：「這便是患難見人心！想那管家，明知道我一身重病，還誣賴我偷盜，想藉此逼我捲鋪蓋走人！反而是三少爺救了你我。」

「我前幾日咳出血，這兩日卻已經全好了。」

「這可是天大的恩情啊！」

侍衛丙慚愧得不得了，懊惱地揪著頭髮，道：「可我今夜居然還不識好歹地去偷三少爺的雞，唉，我真是無地自容了。」

師傅丁苦笑道：「想來三少爺年紀雖輕，但為人大度，應該不會與你計較這些。他對我們恩重如山，日後一定要好好報答！」

侍衛丙忙不迭地點頭。

父子二人得知三少爺是最近京城傳得沸沸揚揚的少年神醫，比得知三少爺就是他們的救命恩人還要更加驚愕。

但是震驚過後，又覺得似乎在情理之中。

畢竟，無論是上次溪邊挑水、上上次朝廷考官來測騎射，三少爺遠比寧王府中另外兩個少爺還厲害得多。

三少爺熟讀四書五經，熟記本草綱目，能夠寫出治病救人的藥方，倒也不是什麼奇怪的事。

而現在，三少爺還特地叮囑不想讓人知道他是那少年神醫，父子倆一個粗神經，一個忠厚老實，自然也不會宣揚出去。

不過，經過這件事之後，父子倆心情有點激動。

畢竟，師傅丁雖然擅長農耕，在府中卻多年無用武之地，還要處處遭受管家的欺負。而侍衛丙空有武力，頭腦卻不靈光，只能守著寧王府側門，拿一些微薄的月銀度日。但是三少爺這麼聰明，日後必定飛黃騰達，成為人中龍鳳，他父子二人若是跟著三少爺，還需要愁吃穿嗎？

這樣一盤算，父子倆翌日就去找陸喚。

宿溪再上線，見到侍衛丙和師傅丁期期艾艾地來找崽崽，就知道，自己的支線任務應該是完成了。

果不其然，畫面上彈出一則提示：『恭喜完成支線任務二！獲得金幣獎勵加三十，點數獎勵加二！』

接著又彈出兩則。

『侍衛丙與師傅丁成功加入隊伍。』

『當前人才手下：長工戊、師傅丁、侍衛丙。』

宿溪看到右上角的人才欄裡，崽崽後面排著三個卡通風格小人，長工戊瘦弱勤懇、師傅丁經驗老道、侍衛丙小人有六塊腹肌，頭腦簡單，但是力氣很大。

可以說這三個小弟各有所長，初步組成一個小小的團隊了。

她有點開心，正情不自禁地思考怎麼分配這三個小人的職責，就見崽崽穿著外出的斗篷，帶著侍衛丙與師傅丁去了外城的那處宅子。

完成支線任務後，宿溪總共已經有二十五點了，還能再解鎖兩個區域，於是她讓系統解鎖外城崽崽名下的宅院、以及那片農莊。

她將畫面切換到崽崽的外城宅子。

昨天宿溪太睏了，差點忘了好好轉轉崽崽的新宅院，此時她拖動著畫面東看西看，心裡興奮得不行，就像自己新買了一間房子似的。

仲甘平雖然不是京城的什麼大人物，但好歹也在富商中排得上名號，對救命恩人自然不可能太小氣。

因此這棟宅院雖然在外城，但整個院落卻非常的精緻玲瓏，亭臺樓閣、曲折回廊、粉牆環護、山石點綴，總之，比寧王府中嫡長子陸裕安的院子更加富麗堂皇！

宿溪激動不已，又去京城外那片屬於崽崽的農莊看了一下。

雖然只有五畝地，但是看起來卻非常大，因為處於山坡上，一眼看不到頭。

積雪覆蓋住地面，皚皚潔白鬆軟一層，等到春天，勢必是一塊非常好的土地。

她將整個農莊看過之後，才回到宅子裡繼續看來看去，直到崽崽的身影出現。

而長工戊一直眼巴巴地等著崽崽來，見到崽崽出現，非常開心，大老遠地迎了過去。

接著，宿溪瞧見畫面不停彈出——

『長工戊殷勤地給您的主角泡了杯茶。』

『侍衛丙匆匆去搬凳子，購買牌匾，讓您的主角為這片宅院題字。』

『師傅丁年邁，幹不了太多活，但是找出掃帚開始打掃庭院。』

之前崽崽都是獨自一人。雖然是寧王府的第三位少爺，可因為庶子出身，再加上寧王夫人剋扣，他凡事都親力親為，極少使喚下人做什麼。

而現在，不僅僅是這片宅院、這片農莊，這三個卡通風格小人也算是他的資產了。

誰玩遊戲不希望自家崽崽越來越好呢，因此宿溪看到這一幕，吸吸鼻子，滿足地心想，自己也算是幫崽崽踏上了第一步臺階。

但是顯然崽崽並不在意這些人，他沒讓三個卡通風格小人繼續做那些無謂的事情，而是將三人叫過來，吩咐了一些更重要的事情。

人在其位，物盡其用。這三人雖然都是草民出身，但並不代表他們沒有一技之長。

長工戊性格懦弱，但是細心周到。

陸喚這兩日將柴院中那人製成的防寒棚各處構造一一拆解，並用毛筆在紙張上畫下來，他拿出一張畫得十分細緻的草圖，交給長工戊，讓他依樣畫葫蘆，從今日起嘗試在那農莊上用木材搭建起幾個新的防寒棚。

侍衛丙頭腦簡單，但是幹活賣力，擅長跑腿。

陸喚便將粗活、重活全都分配給他，同時交給他一些銀兩，讓他去購買較為實惠的木材和繩子。除此之外，這片宅院和農莊的守衛工作也交給他。

師傅丁畢竟年長，沒有體力，幹不了重活，但是對於農耕和別的事情有自己的經驗。於是陸喚將宅院管家之職交給他，讓他有空去街市，將數年來每樣農作物的價格波動統計回來，記錄在紙上，交給自己。

這樣一分配，清清楚楚。

宿溪見到畫面上不斷彈出崽崽對幾人的吩咐，張大嘴巴，看得津津有味。

長工戊不太明白少年恩公的想法，若是想要賺取銀兩，直接向那位仲甘平富商索要不就行了嗎？為何還要自己從一片宅院、一座農莊開始經營生計。

但是宿溪卻明白，所謂的生財之道，絕對不是藉著救命之恩威脅，一直索要銀兩。

這樣總會有盡頭。

只有自己發家致富，成為京城乃至燕國最大的富翁，富可敵國，才是一樁最有成就感的事情！

宿溪想到那一步就很激動，腦海中響起戰火擂鼓聲！

……當然，現在只是開始。

三個小人迅速分頭忙碌起來。

侍衛丙因為還有寧王府侍衛之職，所以跟著陸喚一前一後回了寧王府。

此時，陸文秀的院子裡一片混亂，傳出了下人丫鬟們的啜泣聲、寧王夫人摔茶盞擲杯子的響聲。

那太醫拎著藥箱離開，一直搖頭，看起來就像是……即將準備白事了。

太醫嘆著氣與陸喚擦肩而過。

宿溪看到這一幕非常爽，誰叫陸文秀作惡多端？

這就是多行不義必自斃了。

但是她又覺得，就這麼讓陸文秀死了，豈不是很可惜？都沒來得及好好折磨他一番，讓他也感受一下挑一百桶水是什麼感覺。

她正這麼想著，系統忽然跳出來一則訊息，道：『陸文秀現在還不能死。』

宿溪問：「為什麼？」

系統：『陸文秀現在死了，寧王府肯定要準備白事，至少七天，那樣的話，主角無法參加五日後的秋燕山圍獵。任務三便不可能完成。』

說完，便跳出了支線任務三：『用神醫之名救活陸文秀。』

宿溪懂了，也就是說，在這個環節中，必須要救活陸文秀，否則會對任務造成影響。

她不由得露出地鐵老爺爺看手機的困惑表情。

不過陸文秀對現在的崽崽來說，已經不算什麼威脅了，就當大發善心，隨手一救吧。

但是，崽崽似乎沒有要救的意思——

只見，崽崽臉上神情冷冰冰的，漫不經心地打量了陸文秀的宅院一眼，一張包子臉十足的冷漠，隨即腳步停都不停一下，徑直走掉了。

崽崽雖然有河晏海清的理想，但是對待仇人十分無情！

那麼，自己該怎麼做才能讓他去救陸文秀？

宿溪有點迷茫。

她上次留給侍衛丙和師傅丁的紙條，是在商城兌換煎服之法的方子，在兌換時，修改了方子的屬性，將字跡改成了崽崽的字跡——所以才能留下資訊。

但是除了兌換這些之外，她目前沒有辦法寫紙條和崽崽溝通。

或者像上次救師傅丁一樣，直接留下一包藥？

可是這麼做，宿溪又覺得心不甘情不願，她才不願意白救陸文秀。

宿溪思考了一下之後，想到了一個辦法。

這天晚上，宿溪在陸文秀的房中留下了一個紙包，但是紙包裡面卻沒有藥。

除此之外，她還從系統裡兌換了一張寧王夫人的畫像、一張三叩九拜的圖，以及一張城外樹林的圖，一併留在了陸文秀的房中。

翌日，整個寧王府便炸開了鍋！

陸文秀二少爺屋子外、院子外都有侍衛守著，連一隻蒼蠅也進不去，怎麼可能有人能進去放東西？！

不只如此，寧王夫人還在二少爺房中連夜照顧呢，頂多小憩了一下而已，怎麼會憑空多出一張畫像、兩張圖和一個藥紙包？

莫非是那位神醫？

現在京城有關少年神醫的事情傳得沸沸揚揚，都快傳成神話了，寧王夫人自然也想到了。

她頓時一喜，還以為陸文秀有救了！

只是，為何這藥包是空的，而且這畫像和這兩張圖又是什麼意思？

這兩張圖……

她請來的府中文人不約而同地猜道：「這幾張圖連起來的意思只怕是，讓您三叩九拜，去樹林取藥。」

說完那文人便不敢再說話，閉上了嘴巴。

而寧王夫人臉色剎那間鐵青：「你說什麼鬼話？！我堂堂寧王夫人，讓我三叩九拜？！對一個江湖郎中？！」

可是，床上的陸文秀咳血不止，昨日來的太醫說，頂多再撐一日，便可能一命嗚呼，甚至暗示她盡早準備後事。

寧王夫人思及此，臉色由青轉白，手指掐進了掌心裡。

而陸喚這邊清晨一起來，也聽說了這件事。

那人如此做——是想要替他出一口惡氣嗎？

讓堂堂千金之軀的寧王夫人三叩九拜，的確是能十足地折辱寧王夫人，令她成為京城的笑話。

陸喚雖然知道自己有朝一日總會離開寧王府，也知道自己會將曾經輕侮他的人踩在腳下。

但此時他一心想的只是早日在京城中站穩腳跟、變得強大一些，再強大一些，屆時再來秋後算帳，他暫無心思與寧王府這些人計較。

而那人卻好像比他更生氣、更討厭這些人。

不知為何，陸喚心裡像是被什麼東西不輕不重地撞了一下。

……這些年來，從來沒人會為他的處境打抱不平，他也早已習慣獨自一人咬牙強撐，對孤寂和冰冷習以為常。

他從未想過有朝一日，有人會為他用手段去報復寧王夫人。

更沒想過，有人會堅定地站在他的這一邊。

雖然如此報復，手段有些幼稚，更像是孩子氣般地刁難，可他心中仍無法抑制地淌過一絲暖意，這暖意流過他冰冷眉梢，令他一貫如遠山上皚皚白雪般冷漠的眼角眉梢，竟多了幾分消融之色。

陸喚走到桌前，想到另外一種與那人溝通之法。

他輕輕抿起唇，心情極好，在紙上落下筆。

宿溪等著他寫紙條留言。

就看到，崽崽今天寫的是：你需要我救下陸文秀，是嗎？若回答是「是」，你可否將毛筆放於紙硯左邊，若回答是「否」，放於右邊。

宿溪看得驚呆了，我靠，聰明！她怎麼就沒想到這種溝通辦法？

雖然不能回覆紙條，但是還可以這樣啊！

崽崽在遊戲中現在的年齡不是才十四嗎，為什麼這麼聰明？

她再抬頭去看崽崽。

只見崽崽小小一隻、軟萌可愛，穿著中衣在桌案前負手而立，漆黑眉梢上挑，嘴角似有若無噙著一絲弧度。

頭頂白色氣泡還出現兩個字：幼稚。

宿溪：？？？

等等，小屁孩你在說誰？

寧王夫人也算是出身名門。

其父親是太學院的太傅之一，其幾位兄長也分別在朝廷當職，雖然現如今寧王府沒落，但寧王夫人仍一直養尊處優、錦衣玉食。

可以說，她自出生以來，從未受過如此折辱！

可現在，那個所謂的神醫竟然要她三叩九拜去取藥？這不是故意羞辱是什麼？！更別說，坊間傳聞那神醫還只是區區少年，讓她去向一個年紀只有自己兒子般大小的毛頭小子磕頭？簡直荒謬！

還有，為何永安廟那些賤民都可以白喝一碗粥，京城中一些達官貴人們也可以只花區區十兩銀子便買走一包藥，到了自己這裡，卻被如此刁難？

難不成，那少年神醫是寧王府的仇人？或是與她的仇人有交情？

會是誰呢？可是，寧王夫人一時半晌完全猜不到是誰——

京城裡各位達官貴人們的夫人自有一個圈子，她與其中幾位交好，就勢必會與另外一些人結惡。看不慣她的人很多，表面與她情同姐妹，但背後說不定隨時會插上一刀的人更是數不清。

因此，她又哪裡能找到半點關於那少年神醫到底是誰的線索？

寧王夫人氣得渾身都在發抖，但看著病床上陸文秀越來越難看的臉色，她咬了咬牙，最後面色屈辱地決定……照做。

她聲色俱厲地命令一眾下人與文人，讓他們管好自己的嘴巴，此事絕對不可傳出去，若是在外面聽見了半點關於此事的風聲，回來就削了他們的嘴！

此時寧王夫人也顧不上自己溫婉大方的形象了，氣急敗壞地將人全趕出去，然後命兩個丫鬟來替自己準備。

可是，此事即便尚未傳出寧王府外，寧王府內卻是人盡皆知了。

下人們議論紛紛，平日裡受過寧王夫人苛待的下人，心中都有些幸災樂禍。

老夫人在梅安苑靜養，老爺上次被派遣到窮僻柳州，尚未回來，沒人敢把消息傳到他二人耳朵裡。

而陸裕安從太學院回來，聽說了此事，臉色頓時萬分難看，迅速起身去阻止寧王夫人。二弟病重事小，若是這種丟人的事傳出寧王府，母親的顏面該往哪裡放？！

寧王府就這樣亂成了一團。

陸喚雖然不知道那人為何要讓他救下陸文秀，但是那人做事必定有那人的目的，救下陸文秀於他而言，也並非什麼大不了的事，更何況，他也思及五日後的秋燕山圍獵，若是寧王府突然辦喪事，那麼他定然去不成了。

因此，略一思考之後，他讓長工戊帶上一包藥，前去那片樹林，將藥掛在樹梢上。

寧王夫人換上不引人注目的黑色斗篷，身後只跟著心腹嬤嬤，從最偏僻的那條路出發，並提前讓寧王府中的侍衛將路上可能有的百姓清理掉，以免讓人看到她奇恥大辱的一幕。

泥濘小路上，她每走幾步，都必須跪下來一次，膝蓋被寒冷的雪凍得發紫，被堅硬的地面磨得出血。

幾乎才走了十幾步的路，她嬌生慣養的身子就快承受不住了，又怕那神醫在不遠處盯著，若是沒有按照他的要求行事，只怕去了也拿不到藥。

因此，寧王夫人死死咬著牙，一步一步往前挪。

還要提心吊膽害怕這條路上會有人出現。即便已經讓府中侍衛駐守在附近，但她仍恨不能鑽進地洞裡，生怕被人瞧見。

就這樣心中燃燒著熊熊怒火，寧王夫人半走半跪，足足花了幾個時辰的時間，才走到了那畫上所說的樹林裡。

等抵達時，她頭髮凌亂、斗篷髒汙，看起來像是個村婦，完全看不出是平日裡心機深沉、儀態高貴的寧王夫人了。

寧王夫人前去取藥，陸喚沒興趣親眼見到她落魄的場景，去忙自己的事情了。

但是螢幕外的宿溪卻專門用最後一次點數解鎖機會，解鎖了那條樹林小道，一邊吃爆米花一邊看，看到寧王夫人三叩九跪到面色發白、氣若遊絲，差點跌進一個溝裡，尖叫著讓嬤嬤趕緊把她拉出來，忍不住哈哈大笑。

宿溪心裡爽快得酣暢淋漓，她總算是替崽崽出了一口惡氣！崽崽身上的那些鞭傷，還沒讓寧王夫人還回來呢！

她和崽崽也算是說到做到，等寧王夫人千辛萬苦地到了那片樹林之後，就讓她發現了那包藥。

樹林中空無一人。

寧王夫人身邊還帶了侍衛，原本在心中憤怒地想，若是那少年神醫在樹林中等候，絕對逃不過她手掌心！可沒想到樹林中只有藥，沒有人。

寧王夫人雖早料到那人對寧王府做出如此捉弄之事，自然不會讓自己輕易找出他是何人，但她受了此等奇恥大辱，卻報復不得，宛如一拳砸進棉花裡，心中一口悶氣堵著出不去。

她氣急敗壞，趕緊讓等候自己已久的轎子滾出來，要快些打道回府。

「此仇必報。」她被人攙扶著上了那頂轎子，手指屈辱地攥緊了那包藥，咬牙切齒道。

藥拿回去之後，寧王夫人讓府內大夫看過，確定是風寒藥，心中憤怒這才稍稍轉為欣喜，趕緊讓下人煎好，餵陸文秀服下。

這藥非常苦，陸文秀還在昏迷當中，差點吐出來。

寧王夫人鬢角青筋直跳，生怕他浪費了一滴自己千辛萬苦取來的藥，於是配合著下人掐著他脖子，強行灌了進去。

這藥喝下之後，翌日陸文秀病入膏肓的風寒之症就緩解了……只是喝了這藥之後，不知道為何，他風寒症狀雖然逐漸好轉，卻開始不停拉肚子，足足拉了三天，不停闖茅房。

再加上他的病拖得太久，身體變得非常虛弱。幾乎是走幾步喘一下，簡直像個廢物。

之後太醫來看過，說只怕他今後半年不能下床，必須慢慢調養。

寧王夫人聽了，臉色頓時煞白，這諸多事情加在一起，令她看起來像是老了十歲。

當然，這些都是後話。

第二日，長工戌得了一封信。

這信上，京城的戶部侍郎邀請少年神醫前去一聚。

這戶部侍郎非常聰明，不知道從哪裡聽說，那少年神醫最先在永安廟露面，而那永安廟賑災濟粥的又是仲甘平，心裡猜測仲甘平可能有什麼線索。

而仲甘平拿了信，也不知道要如何聯絡到那不知身分的少年神醫，便只好找到了長工戌。

中間轉了幾道彎，少年神醫的身分卻始終不被人知曉。陸喚從長工戌那裡拿了信，展開來看時，宿溪這邊收到了系統第五個主線任務。

『請接收主線任務五（初級）：請結交戶部侍郎，成為其信任的幕僚之一。』

『難度三顆星，金幣獎勵為一百，點數獎勵為二。』

宿溪看到這個點數獎勵只有這麼點，就知道這個任務比較簡單了。

畢竟在之前崽崽的那十三包藥裡，救下的就有戶部侍郎的小女兒。這小女兒是戶部侍郎的心頭肉，能被救活，他自然是千恩萬謝。

崽崽幾乎不用做什麼，只要去赴約，就可以結識這位戶部侍郎了。

宿溪點開戶部侍郎的資料看了下，發現這位戶部侍郎居然還是寧王府的死對頭。

原因無他，多年前寧王看上了刺史之女，這刺史之女生得花容月貌、名動京城，可之後這位刺史之女卻成了戶部侍郎的夫人，寧王心中憤懣，與戶部侍郎情敵見面，分外眼紅。

而寧王夫人長得不如那刺史之女美，自然也因此而格外嫉恨。

這樣一來，這兩座府邸，便結了怨。

偏偏近年來寧王府一直走下坡路，而戶部侍郎卻春風得意，前些日子在朝廷中升了正一品的尚書，不只如此，他送進宮的大女兒還成了聖上如今最寵愛的貴妃。

因此，在朝廷中，無人不敬戶部尚書。

總結來說就是，這戶部尚書如今官從一品，背後還有五皇子和貴妃這個靠山，算是京城中十分厲害的人物了。

他在信中千恩萬謝，以尊稱相待，十分看重傳說中的少年神醫。

去結交一番，自然對崽崽沒有壞處。

宿溪是這麼想的，很顯然，拿到信的崽崽眉頭緊鎖片刻後，將信疊起來燒了，也是那麼想的。

他回到柴院中，吩咐侍衛丙趁著府上正亂時，趁夜將他院子裡的那些雞與農作物搬到城外的那處農莊去，然後就換上了出行的斗篷，遮住臉，打算去赴約。

戶部尚書為表誠意，將見面地點定在了仲甘平家中，沒帶一個侍衛和下人。

宿溪在螢幕外見到崽崽去赴約，正要想跟過去，可是螢幕切不動——

仲甘平的府邸她沒有解鎖！

而且已經沒有解鎖機會了，她為了看好戲，把最後一次解鎖機會浪費在了城外的那片小樹林裡！

系統冷不丁道：『誰叫妳這麼幼稚，還要親眼看到寧王夫人三叩九跪。』

宿溪：「閉嘴。」

宿溪欲哭無淚，沒辦法跟去仲甘平的府邸看看崽崽和戶部尚書談了些什麼，便只好先下線，等晚上崽崽回來了再上線。

下線之前，她切換到了崽崽的屋內。

在其中一根桌腳中間鏤空、不易察覺的地方找了找，找出了一個非常小的盒子。

雖然自從老夫人下了命令以後就沒人靠近過這柴院，但是崽崽還是非常警惕，擔心兩人溝通會被人發現，於是之前某一次寫紙條和她約定將其藏在這桌腳裡面，外面還有木條擋板，不會被人輕易發現。

而崽崽自從昨夜發現用問問題、放筆在不同地方的方式可以和她溝通之後，就像是打開了新世界的大門，恨不得一次性問她幾百個問題。但可能是還要保持矜持，他並沒問那麼多。

此時留在小盒子裡的紙張上的問題有兩個。

——我如約救下了陸文秀，此舉雖非我心中所願，但你高興就夠了。你若是高興，可將毛筆放於紙硯左邊。

宿溪心裡嘀咕，什麼時候崽崽開始在意她高不高興和她的情緒了？這不該有吧？還是說，崽崽這是在求表揚？

宿溪腦海中迅速浮現，崽崽那日從溪邊救下四姨娘的庶女，可是卻沒得到一聲誇讚，他面上倒是沒什麼表情，只是皺著一張悶悶的包子臉獨自回到柴院。

……也是，他從小到大無論做什麼都比陸裕安、陸文秀傑出百倍，但從來沒人誇獎過他。

宿溪不忍細想，飛快地將崽崽桌案上的筆全掏出來，還從商城裡買了一支毛筆，全都扔在紙硯左邊。

一共有十二支筆。

高興、高興，媽非常高興！十二倍高興！

第二張紙條的問題是——此問題若你覺得為難，可不必回答。但若我沒料錯，你能識字也能寫字，也願意與我交流，可因為某種原因，無法留下文字來回答我，是嗎？

這紙條是崽崽今早寫下，看得出來字跡很慢，似乎是在字斟句酌，沉思什麼。

宿溪看到這個問題，眼皮頓時一跳。

……崽崽都快猜得八九不離十了！這種人工智慧模擬化的程度，令宿溪心驚肉跳。

第九章　送崽崽一份大禮

宿溪不知道該怎麼回答這個問題。

在她心裡，遊戲人物陡然意識到自己只是個遊戲人物這種劇情，放在國產片可能是ＡＩ生死戀，但是放在美國就是末日片了！

當然，可能只是遊戲程式設計師比較聰明，幫崽崽設計出一個逼真到幾乎真人化的思考。此刻只不過是玩遊戲玩到了這一關，主角就會問出這個問題而已。

而且，崽崽的這個猜測很合理，畢竟一直以來她很積極地和崽崽溝通，但是卻從未留下過隻言片語。

而這個問題，她如果回答「否」的話，崽崽恐怕會很傷心——若不是因為某種原因才不能留下文字，那麼為何這麼久以來，從不與他對話？

想了一下之後，宿溪將桌案上的書冊倒了過來，表示——「是」。

回答完之後，崽崽暫時沒回來，宿溪便先下線了。

之前系統告訴她，每多累積十個點數，就可以兌換一次錦鯉。第一次她中了三百萬的彩券，而第二次宿爸爸宿媽媽的小工廠終於起死回生，宿溪覺得是錦鯉起了作用。

現在點數為二十五，馬上累積到三十，又可以兌換一隻錦鯉，不知道還會有什麼好運氣。

這樣想著，宿溪心裡有點激動，她手機忽然響起來，是宿爸爸打來的電話。

之前宿爸爸宿媽媽一直在看房，這兩天好像會從最後看得幾間新成屋之中定主意，電話裡叮囑宿溪在家把拐杖準備好，等他們回來，接她一起去看房。剛好，下週一宿溪就要回去上學了，趁著上學之前看一下。

電話裡宿爸爸的激動掩飾不住，一個勁地說新房多麼多麼棒，只可惜交房時間是年後，還要一段時間，不能馬上搬進去。

宿溪聽得心若擂鼓，恨不得飛過去看一下新家。

下午，宿溪被宿爸爸宿媽媽帶著去看房。之前一家三口住兩房兩廳的格局，小倒也不小，不過離宿溪學校特別遠，而且隔音不太好。

但新房的格局是三房兩廳，主臥有一個大大的衣帽間，是爸媽的。而宿溪一人獨自擁有次臥和書房，畢竟快高三了，宿爸爸宿媽媽也希望宿溪能專心念書。

宿溪看著樣品屋各種精緻的裝修，開心得淚流滿面——所以，她一定要對崽崽更好點！以後不能那麼吝嗇，該課金的地方就使勁課！

她晚上再登入遊戲時，雖然沒跟著崽崽去仲甘平家中，親眼見到崽崽和戶部尚書的談話。但是系統彈出一些訊息，幫她複述了重點。

『現在城中風寒流行，病倒一片，還不是此次霜凍災害帶來的最大影響。』

『除了京城之外，整個燕國今年冬天都十分糟糕，無數百姓活活餓死，因為糧食產量減少，而不得不去啃樹皮，京城往北有個地方樹皮都快被啃乾淨了。因此現在朝廷最愁的還不是風寒瘟疫，而是霜凍災害帶來的舉國無糧。』

『要是再這樣下去，再不解決每年到了冬季便霜凍災害的問題，只怕燕國的兵力會越來越弱，鄰國虎視眈眈，遲早帶兵來犯。』

『所以，有沒有什麼辦法能增加農作物產品的產量，讓百姓們溫飽？』

京城中將這位少年神醫傳得神乎其神，許多太醫也沒辦法解決的病症，居然被他輕而易舉地解決了，因此，在戶部尚書眼中看來，這少年年紀輕輕卻能有如此本領，必定是什麼世外高人的徒弟！因此談話間，自然會談一些憂國憂民的話題！

這位戶部尚書雖然大腹便便，仰仗著貴妃大女兒和五皇子在京城中橫著走，但實際上卻是個忠心愛國、為了黎民百姓的官員。滿腦子聲色犬馬的寧王不可以和他相提並論。

更何況，談話時五皇子也在幕後。

「五皇子？」宿溪不由得問道。

『對。』系統彈出現在京城的勢力劃分。

現在皇宮裡權勢比較盛的皇子一共有四位，分別是太子、二皇子、三皇子、五皇子。

太子年歲三十四，名聲忠廉，但是性格較為懦弱，站隊有皇后以及一些皇親國戚。

二皇子年歲二十二，看似低調、不太出風頭，有個不爭不搶、顧全大局的名聲，站隊有鎮遠將軍以及寧王府。

三皇子年歲十八，名聲最差，傳聞中經常出入聲色之地，和那些世子紈褲們沒什麼兩樣，但反而受到皇帝寵愛，認為他是真性情，於是在朝廷裡也有一黨。

這位五皇子年歲十七，反而是坊間傳言中名聲最好的一位，去年賑災、疏通河道，幾件大功都是他做的，但不知道是什麼原因，反而不受皇上喜愛。

幾位皇子公主的頭像在宿溪的畫面上亮著，而唯獨最後一個小皇子——九皇子的頭像是灰的。

宿溪頓時有了什麼直覺，點進九皇子的資料。

『與東宮太子相差二十歲，還未出生便夭折了。其他資訊：無。』

……該不會崽崽就是這九皇子吧？

宿溪是這麼猜測的，但這一時之間遊戲劇情還沒有浮出水面，她也不確定，因此暫時將幾位皇子的人物介紹關掉了。

崽崽從戶部尚書那裡回到柴院，穿過竹林時，思緒沉沉，眉宇擰著，兩隻小手負在身後，兩隻小短腿大步流星走得飛快，彷彿在想戶部尚書說的那些關於霜凍災害導致百姓飢餓、四地無糧的話。

宿溪無論什麼時候看到心裡就被萌得一軟，就想戳戳他的臉，但此時畫面跳出兩則訊息：『恭喜完成主線任務五（初級）：結交戶部尚書！獲得金幣獎勵加一百，獲得點數獎勵加二。』

這個任務果然比較容易，見一面就好了。

想來以崽崽的本事，今天這番談話，應該已經獲取了戶部尚書和五皇子的青睞及讚賞。

宿溪正要高興點數累積二十七了，就收到了新的任務。

『請接收主線任務六（初級）：治理災荒，養活一方百姓，名動京城，得到『不知名的神商』稱號，初步引起皇帝注意。』

『此任務難度九顆星，金幣獎勵為一千，點數獎勵為十。』

這個任務和產糧兩千公斤、結交萬三錢的任務二並行，是目前出現的任務裡難度最大的一個，但是一旦引起皇帝注意，也就代表著局勢即將風起雲湧。

宿溪有點激動又有點擔憂，情不自禁喝了口水。

而螢幕上，崽崽已經快步回到了屋內。

陸喚第一眼就看到桌案上，硯臺左邊亂七八糟的十二支毛筆。

他愕然了下，隨即淡漠的神色融化，眸子裡不由得出現一些細微的笑意。

……是代表「十二分高興」的意思嗎？

起初陸喚以為那人別有居心，十分警惕，後來陸喚以為那人必定是什麼身居高位、高深莫測之人，待那人也始終存有一分戒心。

可日益接觸，他漸漸覺得……那人行為跳脫、又有一絲純真，好像是個性情活潑的人。

這樣一點一點的了解，像是溫柔的陪伴，彷彿在陸喚冰凍三尺的心底，漸漸融化開了一個洞，藏進了一些只有他與那人才知道的祕密，更藏進了一些他除了冰冷與漠然之外，和其他活著的人一樣會有的正常情緒，漸漸有了喜怒哀樂。

兩個問題，那人都回答了。

第二個問題，那人回答的是——「是」。

陸喚不由得凝眉，果然如他所料，那人因為某種原因，不能留下隻言片語。

到底是什麼原因呢？

他細細想了下，正要提筆回信，柴院外面侍衛丙來告訴他。他先前安排好的防寒棚等物，他們三人已經按照他的圖解，初步做了模型出來，長工戊還將農莊清理了一遍，現在已經沒有積雪了。

問他可否今夜去看一下，看看農莊該如何布置，再吩咐交代給三人。

陸喚思緒被打斷，便暫時先放下筆，又趁夜出了一趟門。

宿溪也想看看農莊現在怎麼樣了，也趕緊跟著崽崽一起切換過去。

只見，清理掉山坡的雪之後，果然變化很大！

崽崽還僱人在農莊修了間木頭屋子，這樣日後就方便長工戊守夜！這小小的屋子裡茶水、床板、桌椅都有，一應俱全。

而那些原本在崽崽院子裡的防寒棚和公雞、母雞、農作物，也全都被搬運到了農莊中，這樣一來，農莊從今天開始就可以運作了！

宿溪眼睜睜看著白手起家的第一步從這裡開始，心裡非常激動。

她將畫面切到農莊小屋旁邊的防寒棚裡，盯著那些陪了崽崽快一個月的雞看了一眼——太少了。

她要送崽崽一份大禮。

她打開了商城。

這邊，聽說三少爺今晚會來，長工戊和師傅丁都十分激動，畢竟三少爺才是他們的依靠，接下來很多事情都要聽三少爺吩咐。於是大老遠的，一老一少就跑到農莊門口去迎接。

陸喚和侍衛丙到達農莊後，徑直往裡走。

侍衛丙是個話癆，一路上嘰哩呱啦，宿溪的畫面上彈出一堆訊息。

而崽崽微微皺起了眉。

走到農莊小屋時，四個小人忽然聽見旁邊的防寒棚嘈雜無比。

接著，一道風吹起來，無數雞毛鋪天蓋地。

那場景在傍晚十分壯觀——襯著夕陽，跟紛紛揚揚飛起的鵝毛雞雪。

長工戊驚了一下，趕緊跑過去看，頓時眼珠子瞪大：「雞舍裡一下子多了好多雞……至少有、有兩三百隻！」

侍衛丙和師傅丁小人也跑過去看，這一看，下巴快掉了下來，差點沒跪下來。

「我的天！」

什麼情況？他們前腳離開這裡去接三少爺，後腳就雞生雞，從二十六隻變成了兩三百隻？！

他們震驚得不知所措，而他們身後，陸喚遙遙看向那些飛起來襯著落日的羽毛，俊朗的面孔彷彿也被夕陽浸泡著，一雙一向黑沉沉的眼睛此時璀璨如星。

他們當然不知道，但陸喚知道，這是那人送來的禮物。

他第一次賺到銀兩、第一次在寧王府外擁有一處家、第一次從泥沼中爬出來，充滿對未來的憧憬……

這些瞬間，無人分享喜悅，只有那人相伴，若那人能在……

螢幕外的宿溪也被漫天飛舞的雞毛驚呆了，和崽崽一起，看向那邊的夕陽和雞毛。

二人在不同的時空，看著同樣的景色。

崽崽的整個農莊大約有五畝地，並不算很大。位於京城外的一處村莊，距離京城有些遠，騎馬過來還頗費時間。

因為靠近京城，所以周圍幾乎沒有還未開墾的田，全都是正在種植中的土地或者農莊，這些土地大多數都是一些富商的，包下來後才轉租給一些百姓去種植。

只是，此時正是天寒地凍的冬季，燕國正發生霜凍災害，因此從崽崽的農莊往外看，只見那些土地全被大雪覆蓋，散落布滿黃鼠狼的凌亂腳印，稻草人被推倒了也無人來管，不是荒田，也比荒田還要慘。

現在包下農莊的確不是一個好時機。

因此仲甘平在聽說崽崽的要求後才那麼驚訝。

只不過崽崽現在想要種植，想要盡可能多增加農作物產量，現在已然不全是為了賺取銀兩。

長工戊老家是做木材的，他也算是個有點小本領的木匠，被神醫救下之後，心裡一直很忐忑，擔心自己腦子笨，派不上用場，被神醫大人嫌棄。

因此他這幾天幾乎是不眠不休，按照之前陸嗅給他的防寒棚分解圖，割木綁繩，依樣畫葫蘆又新制了一個棚子出來！勤勞程度令人驚訝！

宿溪看著畫面上，長工戊小人的眼睛上掛著像兩個熊貓一樣的黑線圈，他本來就瘦弱，這下子更加瘦小了。

這個小人一點也不怕苦，崽崽走到哪裡，他就眼巴巴地跟到哪裡，恨不得掛在崽崽後面當跟屁蟲，崽崽說什麼，他跟恨不得沐浴焚香再虔誠聆聽的模樣沒有差別……

雖然有點誇張，但說是迷弟也不為過了！

宿溪頓時對長工戊的好感陡生，在心裡把他當作頭號小弟。

相比之下，侍衛丙和師傅丁雖然也對崽崽非常感激，但沒有像長工戊這樣，把崽崽當成救命的天神一樣了。

宿溪跟著崽崽去驗收了一下長工戊製造出來的防寒棚。

只見，這個棚子還只是試驗，為了盡可能節省木料，做得並不大，只有一、兩平方公尺大。雖然沒有完全一比一還原宿溪的防寒棚，但也算是能用的贗品了。

宿溪對長工戊小人有幾分好感，心裡是十分滿意的。

但顯然崽崽要求更嚴，他轉了一圈之後，指出了幾個地方，讓長工戊繼續修改。

宿溪正要覺得崽崽未免太苛刻，就見長工戊一臉喜極而泣地趕緊應下了。

宿溪：「……」

盡量不要在遊戲裡搞偶像崇拜！

這樣一來，防寒棚的事情基本上解決了，後續就是長工戊對防寒棚更加完善之後，開始僱傭人手，來投入更多的防寒棚生產。

現在農莊總共有了三百隻雞，農產品和種子若干。

宿溪這邊螢幕上飛快地彈出崽崽對三個小弟的吩咐。

崽崽打算將雞舍規格化，先造出來五個雞舍，每個雞舍為六立方公尺，按照每立方公尺十隻雞的容量，每個雞舍可以容納下六十隻雞，完美容納三百隻雞。

這樣一來，這些雞的生存空間便充裕了，不會出現方才那樣撲騰起漫天雞毛的慘狀。

除此之外，就是農作物的產量問題了。

現在霜凍災害嚴重，光靠雞蛋肯定不能治理災荒，必須要有其他產量極大的農作物。

陸喚見那人送來了馬鈴薯，馬鈴薯雖然能十足飽腹，但是種下之後，以當前的霜凍天氣來看，至少需要五個月才能收穫。而現在正值災荒，五個月的時間實在太長，除此之外，其他冬季農作物也因為天氣過於寒冷，產出十分低下。

若有什麼類似於防寒棚一類的設施，在這些設施裡面種菜就好了。

崽崽想到這一點，宿溪也立刻想到了，她靈光一閃，這還不簡單嗎？溫室啊！能夠利用現成的現代技術！

只是溫室的原理又和防寒棚不一樣了，宿溪不知道借用商城裡的材料和圖紙，自己能不能做出來一個。不過她打算試一下！

要是能夠製造出來用在崽崽的農莊，那崽崽的農莊不就能遙遙領先古代所有的農莊？

宿溪越想越興奮。又見螢幕上崽崽拿了十兩銀子交給師傅丁，讓他開始著手物色僱傭一些人手來，不需要找多有才幹的人，盡量找一些吃苦耐勞、踏實沒心眼的人來。

師傅丁畢竟年紀大，活得久，看人準，這事交給他沒問題，翌日他就去街市上物色人了，不到一日便找好了，農莊陸陸續續來了十來個壯丁。

崽崽因為身分特殊，並沒有出現在那些下人面前，也不常去，若是農莊有事，再讓侍衛丙送信過來。

因此，這些壯丁對從未出現過的神祕老闆好奇得很，但是師傅丁和長工戊全都不透露……

這樣一來，人、地、物，算是都齊全了。

宿溪右上角的資料裡，「人才手下」那一欄頓時多了一連串小人：「工人十三名」。

這些小人們在長工戊和師傅丁的帶領之下，養雞的養雞，開墾荒田的開始開荒，不停地忙碌。

從宿溪的畫面上來看是非常好玩的，十幾個小拇指大小的小人在螢幕上走來走去，不停耕種，她像是養了一群員工一樣。她看得樂不可支，心裡還非常滿足。

這樣一來，農莊的布置就暫時告一段落了，接下來就等溫室和雞蛋收成了，這需要長時間的等候，急不得。

而天下沒有密不透風的牆，寧王夫人磕頭求藥的事情，即便再怎麼嚴格把控下人的嘴巴，也不可能一點風聲都不走漏！

寧王夫人待陸文秀病情稍微好轉之後，難得有心思出去參加一場賞梅會，結果那些夫人全都在底下悄悄議論，看她的眼神也是三分譏諷三分憐憫四分想笑。

寧王夫人頓時意識到了什麼，面上一陣青一陣白，梅花也沒賞完，便急匆匆地回府了。

她怒火攻心，差點臥床不起，更是催促府中侍衛盡快查出侮辱捉弄自己的神醫到底是何身分！

陸裕安倒是聽說了一點線索。他聽說五皇子和戶部尚書大費周章地邀請那位少年神醫見了一面！

這便說明，五皇子和戶部尚書非常看重這位神醫。

這倒也是，這位神醫不僅救了戶部尚書的小女兒，而且此前在京城風寒遍布時，救了永安廟數千人的性命，此事雖然不至於引起皇上的重視，但是京城裡早就傳開了！

這位神醫進入了達官貴族們的視野，自然遲早會成為達官貴族們爭相邀請結識的人。

二皇子今日在太學院時，也提過此人，言語中頗為讚賞。

陸裕安立刻想到，自己何不找到此人，引薦給二皇子？那樣豈不是大功一件？！

寧王府近些年來敗落，雖然站隊在二皇子這邊，可是二皇子卻不屑理睬他們寧王府，老夫人一直希望自己成為二皇子的伴讀，但自己進入太學院後，卻連與二皇子攀談幾句的機會都沒有！正因如此，也被老夫人瞧不上。

……若是自己這次能把握住這個機會，將那位在百姓中已有聲名的神醫拉攏到二皇子這邊來，那麼何愁二皇子不對自己另眼相看？

陸裕安起了這個心思之後，便也多方打聽那位少年神醫的下落。

與此同時，寧王府中又發生了一件大事。

老夫人早些年患上了風溼，每逢下雨下雪，膝蓋便疼，原本也就是疼一疼，對性命無憂，年紀大了挺過去就好了。

可誰知，上次被陸文秀那個蠢貨拽入冰冷的溪水中後，風溼就加重了！這些日子以來幾乎不能下床！

這也是為何陸文秀病重，她卻連看都沒去看一眼。

宮中太醫來看過之後，只開了些艾灸讓老夫人靜養，畢竟這種常年病痛，不是一時半刻能緩解的。

但問題在於，老夫人聽說這陣子京城中出現那位神醫的事情之後，就動了請神醫來看一看的心思，她好歹也是鎮遠將軍的親戚，怎麼就請不動那位神醫了？

老夫人心裡這麼想，但問題是，她派出去的人根本請不到啊！

這樣一來，光是寧王府就有三批人到處找那位神醫。

宿溪一邊看著這群人像無頭蒼蠅一樣到處亂找，一邊看著崽崽一如既往地回到柴院，將衣袍脫下來換洗，心裡有種「我有大寶貝藏在家但誰也不知道」的爽感。

不過，她很快想起了主線任務──「得到老夫人的青睞」之前只完成了一半。

現在又出現了和老夫人相關的劇情，是不是意味著完成剩下一半的機會來了？

於是當天晚上，她留下了幾包藥給崽崽，照例是從商城兌換的治療風溼的藥。風溼這種病痛幾乎治療不好，只能緩解，但是商城裡百分百效果的藥，肯定比古代宮中太醫強得多。

陸喚翌日就看到了那幾包藥，打開其中一包，看了下裡面的藥材之後，便判斷出來這是風溼藥。

陸喚自然也知道近日老夫人因為風溼臥床不起的事情，他一下子便猜出——那人是讓他去醫治老夫人？

為何？

陸喚在寧王府這麼多年，一直以來都是獨自在泥沼中踉蹌著掙扎，從年幼長成如今少年模樣，全靠他自己一人。

年幼時寧王夫人想辦法將毒藥灌進他嘴裡，令他半夜高燒不起，奄奄一息，差點喪命時，寧王府中幽深寂靜，沒有一人問津。老夫人也不曾。

頂多只有四姨娘事後來問候幾句。

老夫人並非不知道這些事情發生，她只是懶得過問而已。

因此也怪不得陸喚冷心冷情，即便熟讀醫書，通曉的知識未必比一般的太醫少，也知道艾灸之法能讓老夫人緩解病痛，但根本沒去過梅安苑幾次，也沒將老夫人的病痛放在心上。

他冷漠至極，並不關心老夫人生死如何。

可現在那人讓他救下老夫人……既然是那人想做的，他便為那人去做。

這段日子以來，那人為他做了許多事情，除了關懷與溫柔之外，陸喚倒是漸漸判斷出那人的目的——

那人助他施藥救人，在京城中樹立名聲；助他結交富商官員，鋪下道路；而助他發展農莊，應該是為了解決霜凍災害的危機，進一步助他在京城中獲取威望。

而現在，讓他救下老夫人，必定也是有所目的，應當是讓他拉攏老夫人以及她身後的鎮遠將軍這一脈……

那人所做的這一切，莫非是——有意讓他捲入京城權勢的爭鬥？！

除了這個緣由之外，沒有別的解答。

陸喚眉梢跳了跳，神色一時有些複雜晦暗。

他自然不甘心做任何人的棋子。

若是先前，他對這人尚存戒備之心，他必定會對這人的要求置之不理，且想辦法將這隻一直推動他的手找出來，揪出此人到底目的為何。

但是不知道從什麼時候起，那人的目的對他而言已經不再是最要緊的事。對他來說，最要緊的事反而變成那人是否能一直這樣陪伴在他身邊。

他已經獨自一人在風雪中走得太久了。

他心中固然一直存有疑慮，擔心得到這一切的好不過是自己的貪念，等到善意與陪伴消逝之後，便迎來更加見血的打擊。

但事到如今，這些疑慮已經敵不過他的渴望和貪念。

不管那人最終的目的是什麼，不管那人是為了什麼才會來到自己身邊，他都已經不在乎了。他在乎的只是這樣的陪伴能久一點、再久一點，永遠都不要消失。

他在乎的，只是那個人而已。

陸喚思及此，一如既往平靜地在桌案上平攤開紙張，用毛筆沾了墨汁，只是並未問出心中的任何疑慮。

畢竟，倘若他真的是一顆棋子，當一顆棋子問下棋的人「為何」二字時，就意味著這場棋局快要結束了。

他不會容忍這一絲可能發生。

有九成的可能，那人只是單純地待他好。若是這樣，他固然歡喜。

但倘若有一成的可能，那人將他當作棋子利用他，對他的好只是附屬，若是這樣……他便將這一成變成上面的九成。

反正，來日方長。

他心裡想的，螢幕外的宿溪當然不知道，她能看見的就只是螢幕上的崽崽立在桌案前，微微垂著包子臉在沉思。那模樣跟幼稚園小朋友看著眼前的數學題發呆沒什麼區別。

宿溪懷著期待，看他今天會寫什麼給媽，就見崽崽今天在紙上寫下的不是一個問題，而是一個要求。

——我答應你去診治老夫人，但你可否答應我一個條件？

喲呵，宿溪一樂，還開始提條件了，崽崽膽子變肥了。

崽崽提筆，沉吟一下，在紙上繼續寫下。

——秋燕山圍獵之時，山上有棵早開的梨花樹，我在梨花樹下等你。

崽崽再次提筆，這次停頓的時間有點長，且微微抿了抿唇，但似乎猶豫了一番之後，還是一鼓作氣寫下四個字。

他臉上難得褪去一貫的冰冷與淡漠，而是捎上幾分少年人想要見到最重要的人那般忐忑與希冀，耳根甚至微紅。

不過他定了定神，很快克制流露出的這些情緒。

——我想見你。

陡然看到紙上出現這四個字，讓螢幕外的宿溪頓時心驚肉跳。

等等，見、見面？

螢幕外的宿溪已經呆了，這要怎麼見面？難不成到時候捏個和崽崽同樣大小的紙片小人送到他面前，告訴他，喏，這就是你的老母親嗎？

話說這遊戲有這種捏人功能嗎——宿溪還真的在畫面到處找，但是沒有，並沒有創建角色的項目。

而且，那樣顯然不是崽崽要的見面。

崽崽想要的見面，她根本辦不到。

這遊戲累積到一百個點數，也僅僅只能和崽崽交流罷了。

想見面？白日做夢！崽崽我看你是在為難你的老母親。

宿溪撓了撓頭，一時之間不知道該怎麼回應，只好盯著崽崽將那張紙條摺起來，和以往一樣放進了小盒子裡，塞入桌腳當中。

現在宿溪也不知道該怎麼辦，只好期待崽崽記性不要太好，反正距離約定的秋燕山圍獵還有兩天，說不定到時候崽崽就忘了。再不行，到時候再想辦法，藉口有事去不了。

這樣想著，宿溪心裡雖然有點撓心撓肺的，但還是暫時先把這件事放在了腦後……

而陸喚留下這句話之後，立在桌案前，低垂著漆黑睫毛沉思，一言不發，心中也有些忐忑。

一方面，他覺得那人必定不會前來赴約，畢竟認識這麼久，那人一直相當神祕，連字跡都不曾留下，更是沒有留下任何蛛絲馬跡讓他去調查，又怎麼會突然現身呢？

因此他其實並沒抱太大希望。

但另一方面，或許是心中渴盼太甚，他仍是抱著僅有的一絲希冀寫下了這封信。

凡事都有萬一。

他運氣不好已久，那人出現在他生命裡，是他迄今為止最好的運氣。

那人便是他的「萬一」。那麼這一次，萬一那人真的會來赴約呢……

陸喚放下筆墨之後，雖然十分想知道那人答覆，但仍忍住不去看，如此過了一日。

翌日，他被老夫人叫去。

天氣好不容易放晴，朝陽落在積雪消融的湖面，一片波光瀲灩，微風徐徐。

老夫人因為風溼的緣故待在梅安苑大半個月沒出來了，現在天晴了，才在湖心亭溫酒小坐，讓府中大夫來幫她針灸緩解膝蓋疼痛。

陸喚到時，寧王府嫡長子陸裕安也在湖心亭，正立在老夫人身邊說些什麼。

陸喚走過去，剛好聽見老夫人驚喜地問：「安兒，你當真有辦法請來那永安廟的神醫？你可別讓我白高興一場！我膝蓋近日以來疼得受不了，府中大夫和太醫半點用也沒有，看了也是白看，京城傳言那神醫很有本事，若是他肯來，說不定我這老寒腿還有點希望！」

陸裕安忙躬身道：「當然，奶奶只管放心，我已打聽到他的住所，今日下午便啟程去請，即便三顧茅廬也要把那性格古怪的神醫幫奶奶您請過來！」

老夫人高興得很，一向嚴厲的臉上也多了幾分笑容，連連誇讚陸裕安不似他那胞弟陸文秀，是個孝順的人才。

陸喚見陸裕安一副胸有成竹的樣子，訝然地瞧了他一眼，心情有些古怪。

已經打聽到他的住所？何時？

但陸喚大約也知道，陸裕安目前能知道關於自己的資訊無非只是自己認識仲甘平，與戶部尚書、五皇子見過面。就這點線索恐怕也是他花了大力氣、高價錢才從京城中一些人脈手裡挖到的。而他還以為僅憑這點線索便能找出自己。

陸裕安與陸文秀不同，並沒有陸文秀那個繡花枕頭中看不中用，但也頭腦平庸，並無什麼多餘才能，雖然一直都在想辦法討好老夫人，朝二皇子靠攏，但卻一直沒有得到二皇子青睞的機會。

陸喚稍微一想便知道了，此次大哥陸裕安應當是想藉由找到神醫一事，將神醫引薦給二皇子和老夫人，一箭雙雕得到兩者另眼相看。

只是他未免太過心急，還沒找到自己，就迫不及待地先來老夫人面前邀功表現了。

陸喚心中明鏡似的，並未說話。而老夫人見他來了，對他道：「陸喚，你聽見了，你也去請一請，看能否請到那神醫。」

陸喚道：「是。」

陸裕安一聽，有些急了，只是竭力按捺，努力平穩地道：「奶奶，他能有什麼用，他整天在那片院子裡種田養雞，足不出戶，能有什麼人脈，此事你交給我不就成了？幹嘛還要讓三弟摻和一腳？」

老夫人卻道：「你們分頭去請，兩邊把握！」

倒不是老夫人不相信陸裕安能請到那位神醫——不過，她確實不怎麼相信，自從上次溪邊一事之後，她對寧王夫人生的陸文秀失望至極，連帶著對陸裕安這個嫡孫的印象也大打折扣。

那位神醫行蹤如此隱祕，京城無一人知曉他身分，自己派出去的人都找不到，陸裕安又哪裡得來的線索能找到？！

不過，孫子有這麼一分孝心，她自當鼓勵的。

但不知為何，她心裡隱隱有種感覺，自己嫡孫做不到的事情，庶孫能做到……

她抬眼看向陸喚，這孩子一身雪白色沉默地立於一邊，身上雖然還有幾分少年未褪的青澀，但看起來冷靜堅定，成熟且漠然，眉宇間隱隱有幾分能成大事的氣象。

因此老夫人又道：「好，此事就這麼定下了，誰先找到那位少年神醫來幫奶奶治病，奶奶必定有重賞。你們先退下吧。」

陸裕安心中不快，不敢在老夫人面前表現出來，率先帶著一干下人離開湖心亭。

而陸喚孤身一人，也從長廊上往外走。

走到一半，他停住腳步，見陸裕安正等在長廊簷下皺眉看著他。

陸喚抬起眸來，神情亦冷冷淡淡：「有事嗎？」

陸裕安以居高臨下的態度，負手在身後，拈下簷下一片梅花，嗅了一下，這才悠然道：「三弟，你方才應當拒絕老夫人，否則到時候無功而返多丟人。你在京城又沒什麼人脈，怎麼可能找得到那位神醫？屆時別說當哥哥的欺負你了。」

陸喚並未說話，只深深地看了他一眼，隨即便繞過他走掉了。

陸裕安還算成熟穩重，卻也被他這冷漠無視的態度激怒，將手中的梅花花瓣捏成一團。不過陸裕安很快調整情緒，鼻子裡發出一聲輕哼，甩袖帶人離去。

陸裕安作為嫡子，應有盡有，原本對陸喚並沒那麼深的憎惡，只是上次胞弟陸文秀因為陸喚的緣故，風寒高燒，一病不起，至今還躺在床上不能下地，他心中多少遷怒了這個庶子。

母親又多次提醒自己，秋燕山圍獵萬萬不可讓陸喚前去，以免他搶了自己的風頭，他心中自然對陸喚多幾分針對。

這晚回去，他就將此事告知了寧王夫人。

寧王夫人待他走後，臉色有點焦灼，對身邊的嬤嬤甲道：「後日就是秋燕山圍獵了，若是明日還不能做點什麼讓他無法同去的話，那便真的沒有機會了！妳快點給我想辦法！」

第十章　崽崽長太好看了

宿溪這邊因為骨折休養了大半個月，落下的功課一堆，不僅是她自己急了，宿爸爸宿媽媽和班導師也都急了，畢竟現在正處於高二關鍵時期，落下的課要是多了，就沒那麼容易補回來了。

因此這天是週一，宿爸爸便開車送她去學校。

顧沁和霍涇川在校門口等著，見到宿溪的腿打著石膏拄著拐杖下車，就趕緊上前扶著她去教學大樓。

宿爸爸十分不放心，對他們道：「麻煩你們了啊，改天來叔叔家裡，阿姨做可樂雞翅給你們吃。」

「麻煩什麼啊。」顧沁乖巧地笑著道：「叔叔放心好了，溪溪交給我們了。」

可等宿爸爸一走，宿溪就迅速被兩人火急火燎地拉去福利社：「宿溪，快！妳上次中了那麼大的彩券，快請我們吃零食！中午吃火鍋！」

請客肯定是要請的，但是宿溪一摸錢包，道：「說出來你們可能不信，我以後還是得省吃儉用，因為要課金一款遊戲。」

顧沁和霍涇川都用看外星人的眼神看著她：「妳課金遊戲？不是吧，誰不知道妳有零用錢都買念書用的講義了。」

宿溪此前是成績優異的三好少女，這無庸置疑，幾乎從來不玩遊戲，可現在——

宿溪心中也覺得非常不可思議！

更不可思議的是，她今天因為要來上學，沒時間打開遊戲看崽崽的情況，她就覺得渾身不舒服！迄今為止她一整個晚上加上半個白天沒登入遊戲了，崽崽應該不會出什麼事吧？

……應該不會有事，能有什麼事？

這才多久，在遊戲裡也就過了兩天而已！

……自己就是老母親心太氾濫了。

但是請完客，被兩人扶著往教學大樓走時，宿溪還是忍不住掏出了手機，打開熟悉的畫面。

她從系統那裡看了一遍自己不在時的劇情發展，才將畫面切換到崽崽的柴院，見崽崽換了出行的衣服，不過今日倒是沒有穿不引人注目的黑色斗篷，而是一身白色束袖便服。

他穿戴好後穿過竹林往外走，像是一隻白白糯糯的團子正穿過一片青色荷葉一樣。

宿溪還是第一次看他穿這一身，萌得心肝一顫。

她正要將畫面切換回屋內，看看昨天晚上自己沒來，崽崽有沒有寫什麼新的紙條，忽然聽見馬廄那邊傳來些許的響動。

崽崽在竹林裡聽不到很遠的馬廄的聲音，但是宿溪俯瞰整個寧王府，能輕而易舉看到馬廄發生了什麼。

只見，是寧王夫人身邊的那個嬤嬤甲！

宿溪剛從系統那裡得知了，老夫人要讓崽崽和陸裕安都出去找神醫的事情，看到他們在馬廄，頓時警覺，放大螢幕看看她在使喚另外兩個下人做什麼——

那兩個下人正往一匹棗紅色的馬的飼料中倒什麼白色藥粉進去，那馬吃了以後，眼皮有些下垂，無精打采的。

宿溪嚇了一跳，她沒記錯的話，這是崽崽的馬，他們倒什麼進去？安眠藥之類的東西嗎？

但是似乎怕馬的跡象太明顯，嬤嬤甲又讓這兩個下人拍了幾下馬頭，讓馬振奮起精神來，緊接著，似乎是怕如此還不夠害到崽崽，又將馬鞍割斷了一些，痕跡十分不明顯，手腳做得相當俐落，絕對不會被輕易發現。

宿溪眼睜睜看著他們這些齷齪手段，氣得血液沸騰。

在這匹馬旁邊的馬廄還有兩匹黑色的駿馬，看起來比那匹棗紅色的馬還肥碩健壯許多，一看就是陸裕安和陸文秀的馬。

寧王府雖然落魄了，但是怎麼可能缺買幾匹好馬的錢？但寧王夫人偏偏處處苛待崽崽，還要做出一副這些都是管家失職，她並不知情的樣子。

宿溪雖然之前就知道崽崽在寧王府中過得很糟糕，看到他身上那些幼年時期的鞭傷就知道了，但是現在看到連幾匹馬也要為難他，宿溪心裡還是很難受。

她沒有猶豫，等嬤嬤甲認為萬事俱備，帶著那兩個下人離開時，迅速將棗紅色的馬所吃的飼料抓了一把，丟在另外兩匹駿馬的飼料槽中。

藥裡可能有什麼誘食劑，那兩匹馬迅速吃起來了。

吃完之後，可能是因為那兩匹黑色的駿馬比棗紅色的馬還強壯，雖然牠們也出現了昏昏欲睡的症狀，但是沒有棗紅色的馬明顯。

宿溪還想一不做二不休地也照著嬤嬤甲所做的，割斷黑色駿馬的馬鞍，但是還沒等她有所動作，那邊就來了侍衛，要牽著兩匹馬出去。

陸裕安的黑色駿馬與崽崽的棗紅色的馬都被牽走了。

牽到了正門口。

宿溪現在的點數已經有二十七點了，還有一次解鎖機會，因此她迅速解鎖了寧王府正門牌匾以及外面幾條街跟了過去。

正門處。崽崽和陸裕安都站在那裡，似乎是都打算外出，將那神醫請來。

兩匹馬被牽到了他們面前。

陸裕安在侍衛下人的簇擁下走到那高大駿馬前，回頭看了崽崽一眼，眼裡有幾分譏嘲。

他身邊的下人也小聲對他嘀咕道：「不知道老夫人怎麼想的，三少爺哪來的本事能請來那全京城都遍尋不到的神醫？還讓他與大少爺您一起去尋。若是大少爺您都尋不到，他更不可能了。」

「烏鴉嘴。」陸裕安皺眉教訓：「我今日便去仲甘平那裡一問究竟，定要問出那神醫下落！」

他已經在老夫人面前誇下了海口，今天是請不來也要請來了。

否則他這嫡孫的臉面往哪裡放？

畫面上彈出他和他身邊的下人嘀嘀咕咕的話，宿溪做出如地鐵老爺爺看手機的困惑表情，他們還不知道立在簷下的崽崽就是他們要找的人，這也太……尷尬了。

不知道崽崽是不是和她一樣的想法，看著那兩人小聲嘀咕，他面無表情，但頭頂白色氣泡冒出一串「……」。

陸裕安翻身騎上那匹黑色駿馬，回頭對崽崽得意地揚聲道：「三弟，我先去了，你可不能跟著我，你自己去尋找吧，找不到可別回來哭鼻子。」

而崽崽並未說話，視線落在自己面前那匹棗紅色的馬，拿起韁繩，漆黑的眸子裡一片幽深。

宿溪生怕他騎上去，正要想辦法。

但是只見他下一秒，扯了下嘴角，嘲諷地對陸裕安道：「若你我同樣騎馬，我未必比你慢，你不怕嗎？」

陸裕安果真被激怒，臉上浮現出一絲怒意，但更多的是被陸喚看穿心思的惱意。

他心中的確有所顧慮，他這三弟雖然是個身分卑賤的庶子，但的確是個勁敵，不僅騎射處處勝過他和二弟文秀，上次還因溪邊一事得了老夫人的青睞。

他十分忌憚，生怕這次這個庶子三弟又做出什麼驚人的事情把他比下去，讓他顏面無存。

他的黑色駿馬高大威猛，雖然比那庶子的馬更加好，但是誰知道那庶子會不會什麼特別的馭馬技巧，比他先到達仲甘平處，甚至是先找到神醫呢？

陸裕安可無法容忍自己被比下去。

反正此時只有陸喚和自己的一些親信在門前，為何不奪走他的馬，讓他無馬可騎？看他還能不能像現在這樣淡定！

思及此，陸裕安冷哼道：「若是三弟當真有信心，便不要騎馬！」

陸喚看起來像是沒想到他竟然會這麼說，眉梢輕輕一跳，上前一步護住自己的馬，急道：「不行，我需要這匹馬。」

陸裕安見他這樣，心中更加得意，他與陸文秀不同之處在於，陸文秀極蠢，當著眾人的面也毫不掩飾，而他在眾人面前卻穩重得多，但是此時又沒有別人，即便自己奪走了陸喚的馬，也沒人會嚼舌根。

況且，陸喚只有這一匹馬，馬廄裡雖還有其他馬，但馬廄侍衛是母親的人，也不會讓他騎，他沒了馬，必定遠遠落後於自己。

所以，既然能欺負這個庶子，又為何不欺負呢？

難不成還等著他真的快馬加鞭先自己一步找來神醫？！

還沒等他有所動作，他身邊的親信立刻會意，走過去一把奪走陸喚手中的韁繩，惡聲惡氣道：「謝謝三少爺的馬！」

說罷，跨坐上去。

陸裕安要抓緊時間，最後神色得意、居高臨下地看了陸喚一眼後，便帶著人揚長而去。

而在他走後，寧王府門前空空如也，沒有多餘的人之後，陸喚才收起臉上被奪走馬而失魂落魄的表情，沒什麼表情地朝陸裕安疾馳而去的方向看了眼，一雙眸子冷得猶如遠山上冰冷的雪。

螢幕外的宿溪全程被崽崽出神入化的演技驚呆了——

等等，難道他知道他的棗紅小馬被做了手腳嗎？

陸喚此時也並未轉身回府，而是慢慢朝城外走，決定去找一個能扮作神醫的人穿上黑色斗篷，來替代自己出現在老夫人面前。

他一向警覺，又哪裡會不知道秋燕山圍獵之前，寧王夫人必定會動一些手腳？這幾日他一直提防戒備著，別說今日馬鞍上出了問題，他一眼便看出來了，便是寧王夫人用了別的手段，他也必定能躲過。

這些年來，寧王夫人的伎倆用來用去，無非那些。

愚蠢得可笑。

寧王夫人做許多事情不會與陸裕安說，大約是還想讓她最疼愛的嫡子的手乾淨一點，但偏偏陸裕安的弱點便是爭強好勝、嫉妒心強，自己只需抓住他弱點激將兩句，他比陸文秀那草包強不了多少。

這棗紅馬陪伴他多年，如今只能用來換一條陸裕安親信的性命，可惜了。

陸喚因為不急，朝著外城走。

但是宿溪看著崽崽的背影，心裡卻很不是滋味。

她從第一次登入遊戲開始，就知道寧王府對崽崽缺衣少食。但今天或許是那三匹馬在馬廄中，兩匹高大，一匹瘦弱的對比太過強烈，讓她心中對崽崽更加心疼了。

有時候人的心理就是這樣，自家孩子沒吃上好飯，可能還不至於多麼心疼，可是一旦和別的小朋友對比——

看到別的小朋友用著精美的飯盒、吃著愛心便當、用著好看的書包、騎著嶄新的登山自行車，而自家小朋友這麼多年來都只是啃饅頭、用著洗白發黃的袋子當書包、從泥濘的小路上走路上下學，只能眼巴巴地看著其他小朋友的自行車……

心中便一下子泛酸了。

如果說這個遊戲就是個幼稚園，宿溪一點也不想自家孩子羨慕別人，她想讓自家崽崽擁有最好的。

當然，崽崽可能並不是很在乎他的那匹馬是否有陸裕安陸文秀兩兄弟的好，也可能更不在乎他所得到的衣食住行處處都不如那兩兄弟。

但，宿溪作為一個老母親，就是被自己的想像力給心酸出了一把淚。

別的小朋友有的，她家的小朋友也必須有。

雖然崽崽現在已經擁有農莊、銀兩、小弟、工人了，未來也會越來越好。

但他過去所經歷的、所匱乏的，卻永遠得不到補償。

於是宿溪打開了商城——

還說什麼，課金啊！

陸喚離開京城人多的地方，剛走到一條小道上時，就忽然聽到前面有馬蹄聲。

他下意識抬頭看去，只見不遠處的那棵樹下栓了一匹馬，這匹馬渾身雪白，沒有一點雜色，毛髮流瀉披在背上，勻稱高大，皎潔漂亮，頭抬得很高，雙眼炯炯有神，一看就是匹日行千里的寶馬。

是那人……

陸喚已漸漸習慣那人在他失落過後，送來慰藉。

他比旁人少了一匹馬，那人便贈予他一匹馬。

他望著那匹馬，神色變得柔和，快步走過去，輕輕撫摸著馬背，過了半晌，把臉埋在了馬背上的白鬃中，臉頰貼著這馬兒柔軟的毛髮，感受到一絲暖意抵達自己的皮膚。

他像在黑夜中踽踽獨行了許久，終於找到了令他心安的唯一一處光亮。

而此時正在府中等待消息傳來的寧王夫人正坐著喝茶，聽嬤嬤甲說事情已經準備妥當，必能使陸喚在秋燕山圍獵之前摔斷半條腿，她才稍稍鬆了口氣。

只不過陸喚受傷的確切消息還沒傳來，她沒辦法徹底落下心口一塊大石……

可誰也沒想到，當夜，是陸喚帶了一名穿著黑衣斗篷的神醫回到寧王府，那位神醫開了一包治療風溼老寒腿的藥給老夫人！

整個寧王府譁然！

而就在她氣急敗壞地扔了茶盞時，又一則消息傳來——

陸裕安在離京去找那位仲姓富商的路上，摔斷了腿！

陸裕安此時正躺在路上動彈不得，兩個侍衛慌忙派了人回來傳消息，請求迅速請大夫和轎子過去！

陸喚此次著實驚到了眾人，尤其是老夫人，她派出去請那位神醫的人全都無功而返，甚至根本找不到那位神醫的下落，怎麼陸喚卻真的請到了？！

她雖然想過陸喚這少年能力出眾，不知道比兩個嫡孫還強多少，可也萬萬沒想到，這行動力未免也過於驚人！

這實在令她喜出望外！

而那神醫帶來的藥，老夫人立刻激動地令府中大夫看過之後去煎藥，煮好後她立刻喝下，並按照神醫所說，將藥渣敷在膝蓋上。結果不出所料，果真有奇效！

當天晚上體內的寒溼便如同抽絲一般一分一分被抽走，暖融融的感覺從膝蓋傳遞而來，順著經骸四處遊走，讓她極為熨貼！

老夫人多年受到病痛折磨，每逢下雪下雨膝蓋便痛得深入骨髓，這還是這麼多年來她第一次感受到不那麼痛苦，簡直要喜極而泣！

據陸喚所說，他找來神醫完全是機緣巧合，或許下次便找不到了，但老夫人仍對這孩子刮目相看——

怎麼就他能機緣巧合找到，而那陸裕安嫡孫卻沒用地在路上摔下馬？！

老夫人活到這個歲數，最怕的便是病痛。

上次被陸喚所救，心中就已經對陸喚青睞幾分，而這次更認可了這孩子的能力，看這孩子比上一次更加順眼。

她當即從自己的積蓄中拿出一百兩銀子賞賜給陸喚，並讓陸喚還有什麼需要，儘管告訴她身邊的貼身嬤嬤。

這時宿溪已經放學了，她在公車上打開手機，戴上耳機，只聽見「嘩啦啦」銀兩落入口袋裡的聲音，右上角的財產又多了一百兩。

這陣子農莊購買各種木材、僱傭下人，花了大約二十多兩銀子，但是現在又有了收入，結餘一下子反而變多了，變成了兩百五十兩！宿溪見錢眼開，高興得不行，就期待著老夫人還賞賜點什麼給崽崽。

但是老夫人敷藥之後，有點乏力，先睡下了，對崽崽說讓他改日再來。

此時老夫人對崽崽的神色肉眼可見地和藹多了，簡直有了幾分正常奶奶對孫子應有的的疼愛之情。

不過崽崽並未在意，轉身便走了。

宿溪：「……」崽崽真無情。

梅安苑這邊喜氣洋洋時，陸裕安的院子卻是雞飛狗跳。

太醫深更半夜地被請來為他診治，他的右腿摔斷了，雖然不至於落下殘疾，養幾個月就能好，但是此次秋燕山圍獵卻是徹底去不成了。

寧王夫人的兩個兒子都躺在床上，她簡直恨得指尖出血。

待太醫走後，她反手一巴掌打在嬤嬤甲的臉上，厲聲道：「妳怎麼做事的，分明讓妳對那庶子的馬下手，為何墜馬受傷的變成了我兒？！」

嬤嬤甲迅速跪下來，淒慘地哭道：「我、我也不知啊，聽說是大少爺臨時起意，讓自己的侍衛騎了三少爺的馬，但是他的馬又怎麼會——」

寧王夫人道：「當天陸喚可曾去過馬廄？」

「沒，絕對沒有！」嬤嬤甲道：「我們讓人守著了。」

可陸喚既然沒有去馬廄，那麼裕安的馬怎麼會出問題？怎麼下在他馬的飼料裡的藥，也被裕安的馬吃了，導致發生這樣一場禍災？難不成，寧王府中還有幫助那庶子的人？！

寧王夫人急得上火，對下人們道：「快，將今日去過馬廄的人，統統給我叫來，全都杖斃！」

幫助陸喚的人，必定都出在這些人裡！

寧王府中發生這一連串的插曲，讓寧王夫人及陸裕安陸文秀兩兄弟鎩羽而歸，損兵折將。這兩兄弟都躺在床上，痛苦叫喚，便是想去秋燕山圍獵，也去不了了。寧王府就只剩下陸喚一人能去。

而寧王夫人這邊想再對陸喚下手就困難多了，因為老夫人經過此事之後，對陸喚十分看重。

她彷彿是看穿了陸裕安與陸文秀兩人沒用的事實，開始將視線放在一個庶子身上。雖然陸喚身分是庶子，但是在燕國，倒也不是完全沒有庶子繼承家業的情況。若是嫡子們太過無能，與其讓家業在無能之人手中散盡，倒不如交給一個有能力的人——

除此之外，就算現在不能確定繼承寧王府的人選，但她這庶孫也的確是個不可多得的人才，花一些精力來培養，又怎麼樣呢？

老夫人心中暗暗有了別的打算之後，秋燕山圍獵這一日清晨，便親自挑選了跟隨自己多年、四個武力值不錯的侍衛、四個下人，讓自己的貼身嬤嬤送到了陸喚的院子裡。

嬤嬤對他的態度都溫和多了，輕聲細語地道：「三少爺，這些人之後便跟著你了，你就是他們的主子。老夫人說，你若是想換到更乾淨更好的院子，等秋燕山圍獵回來，便派人為你換。」

除此之外，還送來了一些好弓好箭、華貴衣裘，畢竟今日陸喚要和世子們一起圍獵，代表的是寧王府的顏面，不能讓人覺得不體面。

整個寧王府下人的態度，自然是跟著老夫人變化，他們一邊幹活一邊交頭接耳，眼瞧著現在老夫人越來越器重三少爺，部分人不禁打了個冷顫——

這該怎麼辦？他們當中有些人曾經給三少爺臉色看。

而那些之前還尚存善心，並未太苛待三少爺的人，則暗暗竊喜——

幸好，他們之前沒有狗眼看人低。

不管怎麼說，寧王府的天的確變了。

宿溪對這樣的情節非常喜聞樂見，尤其是聽到主線任務一「獲得老夫人的賞識」剩下的那一半終於完成，金幣加二十五，點數加三，她更加心若擂鼓了，現在點數已經飛快提升到三十了，距離一百點還遠嗎？！

她先用新得到的點數解鎖了即將去的秋燕山。

除此之外，崽崽的收穫欄裡也多了很多東西。

這四個武力高強的侍衛、四個下人也出現在了崽崽的「人才手下」這一欄裡，只是不像是之前長工戌等人的頭像是亮的，這些人的頭像是半亮不亮的。

宿溪猜測這是因為，這些人現在只能聽崽崽調遣，但是並未真正成為崽崽的人，還算是寧王府的人。

但無論如何，以後崽崽也是身後有侍衛隨從的小少爺了。

宿溪心中激動，晚上忍不住多玩了一下遊戲，替崽崽把他現有的財產都清點了一遍。

可崽崽似乎對此並不是很在意，甚至不大喜歡自己清淨的柴院有人打擾，將這八個人全都派出去守著院門，不要讓寧王府的其他人進來，弄得這八人一頭霧水。

陸喚心想：……反正那人並非從院門進來。

宿溪昨天晚上送來了一身紅黑色的獵裝，袖口束起，腰間墜飾上是一小撮雪狼的白毛，她覺得崽崽穿上會非常英姿颯爽。

而此時此刻，就見崽崽全然沒理會老夫人送來的那些華貴衣裘，將門關上，換上她送的衣服。

換好之後，宿溪看著螢幕裡的崽崽，心頭一酥。

！！！

她錯了，誰說崽崽最適合雪白色的，這種勁裝分明也非常適合他。他穿上之後，就像是錦衣玉食的小公子，意氣風發的小團子。

商城裡兌換的這些衣服都太好看了。

崽崽似乎也對這一身極為滿意，騎上馬，拿上鳳羽弓，帶著侍衛出發了。

秋燕山是一處皇家圍獵山，不允許普通百姓進入，此時冬季末尾，秋燕山山峰上仍是白雪覆蓋，山腰霧氣朦朧，有幾分早春的景象，而山腳下冰泉融化，皚皚白雪旁邊，有幾隻小鹿探頭探腦地跳出來。

宿溪雖然有點睏，明天還要考試，但是她怕秋燕山的劇情崽崽會出現什麼危險，於是強撐著將這一關打完。

而她將畫面切換到秋燕山的全景，便立刻看到了崽崽所說的那一棵梨花樹。整座山上，此時就只有那一棵樹開花了，細白晶瑩的梨花被輕風吹著，在空中紛紛揚揚。

就在宿溪要拉近距離去看時，忽然聽見螢幕右側有聲音！

她順著聲音將螢幕拉過去，就見雪地草叢裡竟然有幾個身上紮著稻草，潛伏在此的刺客。那些刺客虎視眈眈，正盯著遠處山谷的一條小路，只待刺殺對象從此路過。

什麼情況？宿溪嚇了一跳。

這是進入什麼劇情了？！

而畫面上迅速跳出一則訊息：『請接收支線任務四：二皇子遇刺，請出手相救。任務獎勵金幣為二十，點數為二。』

原來這些刺客等待的竟然是二皇子。

系統解釋道：『這些刺客是五皇子派來的，這位五皇子算是幾位皇子中最有心機的一位，他認為太子過於平庸，三皇子過於流連酒色，都不是他的勁敵，唯有二皇子平日沉默寡言，實則深藏不露，所以對二皇子諸多提防。

『而現在剛好因為霜凍災害，附近很多起義兵糾集了一些土匪，想要發起暴亂，於是五皇子一不做二不休，索性製造一場來自『土匪』的刺殺。即便刺殺不成功，此次也能讓二皇子獵不到任何東西，無功而返，在皇帝面前敗壞印象。』

一般這個遊戲讓自己完成的支線任務，大多都是對接下來的主線有所推動，非完成不可。比如說之前收服師傅丁、救治陸文秀。而現在這個支線任務應該也是和後面的主線任務有所關聯。

果然，系統又道：『目前太學院幾位皇子當中，就只有二皇子的陪讀去年不慎墜馬去世後，便再沒有新的陪讀。按照燕國的規定，庶子進入太學院，只有成為陪讀這一條途徑。因此，二皇子此時不能死，妳才能在後續的任務中，幫助主角成為他的陪讀，藉此身分進入太學院。』

宿溪理解了，一切都是為了進入太學院，正式捲入朝廷紛爭。

支線任務一般都比較簡單，雖然這些刺客看起來兇悍，但是二皇子身邊有皇宮侍衛，宿溪猜測等等自己只需要幫忙就可以了。

因此她不以為意，先將畫面切換到崽崽那邊去。

此時此刻，秋燕山腳下，一眾皇子、世子聚集在此，高大駿馬後面，全是侍衛與下人，圍獵的排場十分大。

崽崽年紀雖然小，但氣場驚人，一襲紅黑勁裝，高大白馬，雖然全身上下沒有多餘墜飾，但仍讓一些世子們紛紛側目。

這次圍獵還有不少達官貴人們的小姐來，許多少女不由自主地朝崽崽這邊瞥。

其中一個原因是此前沒見過寧王府的三少，另一個是因為崽崽的容色吸引人。

宿溪見他們這樣，都有點按捺不住課金把崽崽換臉了，但是她又怕課金換了以後，換不回現在這個奶凶奶凶的卡通風格小團子了。

本來她還能忍得住，但是現在見螢幕上這麼多少女情不自禁朝這邊看過來——她實在忍不住了。

系統：『二十金幣。』

宿溪咬了咬牙：「課！」

就在金幣扣除的那一剎那，螢幕上的畫質一下子變成了超清畫質，她終於看清了奶團子崽崽真正的臉。

騎在高大駿馬上的少年皮膚極白，近乎雪一樣乾淨，面容冷淡，眉目如畫，髮色烏黑，衣衫被輕風微微拂動。

讓人忍不住想起騎馬倚斜橋、滿樓紅袖招的明豔與少年意氣。

但明豔的容貌之下，氣質卻又如寒冷塞外積雪不化的寒山。

雖仍有少年之氣未褪，可眉宇間冷沉成熟，隱隱已有了銳氣與鋒芒。

這——

宿溪驚呆了，老臉一紅，這遊戲繪師月薪百萬吧？

崽崽的容貌也太好看了！

但是還沒等她多看幾秒，螢幕「啪」地一下，一團霧氣之後，俊美少年又一下子縮小，軟趴趴地坐在馬上，變成了卡通風格的奶團子，正挺直脊背，面無表情地皺著一張包子臉，朝山上看去。

系統道：『二十金幣可以兌換三秒鐘原畫，如果還需要切換原畫模式，請繼續課金。』

宿溪：？？？

無良奸商！

宿溪飛快算了下，也就是說三秒鐘需要兩毛錢，如果她一天玩三小時遊戲的話，一直維持崽崽的原畫臉，需要七百二十塊錢？！

告辭，再見。

宿溪氣得不行，但是螢幕上切回奶包子崽崽之後，她倒也能繼續勉強接受。不接受還能怎麼辦。

太子出來說了幾句話之後，圍獵便開始了。此次圍獵的規則是，每位世子各自執二十支箭，最後看誰獵取到的獵物最多，天黑前必須下山在營地集合。拔得頭籌者會有皇帝的獎勵。

隨即，皇室的人便開始擂鼓。

待到鼓聲落下，諸位世子猶如離弦的箭一般，頃刻間飛了出去。

陸喚也騎馬躍出，一瞬間不見蹤影。

秋燕山上獵物眾多，有鹿、野兔、狼。且整個山上僅有一隻雪狼王，殘忍肆虐無比，若是獵到了便是頭籌，可以面聖得到頭籌者的獎勵。

雪狼王就在梨花樹附近的山洞中，可這些世子們並不敢接近雪狼王的地盤，只怕前來圍獵一場，沒獵到什麼，反而是去送死。

但陸喚卻徑直朝向雪狼王的地盤。

他策馬飛奔過秋燕山第一棵開花的梨花樹下時，眼珠漆黑透亮，決心拔得頭籌，除此之外，見那人時，提著雪狼王去見。

那人送了他許多禮物，包括那夜的長壽麵此生難忘……可他所擁有的卻十分貧瘠，不知道拿什麼去回報。

所有的小木雕都過於簡陋，他希望能送那人一份好的大禮。

宿溪下意識打算跟著崽崽過去，看他射獵，但她瞥了眼右上角的小地圖，卻見到二皇子的小點點周圍已經開始有一群小點點暗中圍了過去——刺殺這就開始了？怎麼這麼快？！

宿溪不知道那些刺客什麼時候下手，她怕自己支線任務失敗，導致後面的劇情崩壞，於是顧不上先去找崽崽，先將螢幕切換到二皇子那邊。

此時二皇子身邊正帶著十幾個侍衛，全神貫注地拉開弓，盯著一隻兔子，那隻兔子十分機警，聽到了人群的動靜，便迅速一蹦一蹦地跳走了。於是，二皇子迅速帶著侍衛追過去。就這樣從山腳下一路追到了山腰的叢林中。

宿溪又看了眼那群埋伏的刺客，已經從山谷兩側漸漸朝著二皇子的方向逼近。只是秋燕山上不只有二皇子和他的人，還有別的皇子、世子及其隨從們，雖然秋燕山很大，綿延看不到盡頭，但也有一定的機率被別人看見，於是這些刺客異常小心，動作非常緩慢……

宿溪從剛開始的神經緊繃，到後來要死不活地癱坐在公車座椅上。

到底刺不刺殺，快點！她還等著救完人回去看崽崽射獵呢！

公車到站，她背著書包，一隻手拿著手機，仍戴著耳機，拄著拐杖瘸著腿朝家裡的社區走。時不時拿起手機看一眼，就等著那些刺客出現。

而那些刺客足足熬了兩個多時辰，才讓二皇子徹底進入他們的視野當中，找到了一個比較好的刺殺地點。

就在山林腹地，周圍非常安靜，只有樹葉被風吹過的沙沙聲。

二皇子及其侍衛追著獵物來到此地。

宿溪已經坐在書桌前了，正一邊攤開作業本複習，一邊將手機放在左邊，等著那些刺客出現，突然，她聽到「咻咻咻」爆發出一陣亂箭聲，有人喊道「刺客──」。

她趕緊扔了筆，拿起手機，盯著螢幕上的二皇子。

螢幕上已經一片混亂。

穿著黑衣蒙著面的刺客跳出來，二皇子身邊的十幾個侍衛被剛才那一陣亂箭已經射死了三個，剩下的將二皇子圍在中間保護。

那群刺客顯然也是高手，武力高強，和這些侍衛打鬥成一團。

這些侍衛方才在亂箭中很多都受了傷，明顯不敵，邊打邊退。

而就在這時，不遠處又出現了一波黑衣人，從地勢較高的地方站起來，再次拉弓射來了一陣亂箭。

這些刺客準備充分，而二皇子這邊寡不敵眾，眼看著好多侍衛都被亂箭射成篩子了，而剩下的幾個流著血勉強護著二皇子撤退。

有一支箭射得十分準，筆直地射向慌忙撤退的二皇子背後。

宿溪趕緊伸出手指，抓起附近枝頭的一隻鳥，將那支箭擋住了，鳥慘叫一聲落在地上。

二皇子逃過一劫。

宿溪鬆了口氣。

僅剩下的幾個侍衛將二皇子一推，對他道：「殿下，快回營地，我們將這些人攔住！」

這些人將刺客攔住，而二皇子從山坡上滾下去，騎上一匹拴在路上的馬，飛馳逃走。眼瞧著追不上二皇子，這些刺客心中憤怒，與二皇子的侍衛搏鬥起來。

而宿溪有些疑惑，二皇子已經沒有受傷、安全地逃走了，怎麼還沒跳出來支線任務完成的提示，總不會還有一波刺客吧？

她趕緊跟過去，卻見二皇子騎著馬離開那些刺客追得上的範圍之後，卻沒有回到營地，而是在距離營地還有一段距離的溪邊停下來。

停下來做什麼？

這位二皇子是個穿著黑色衣服的小人，因為比較低調，身上只簡單墜著一枚玉佩，剛才在山腳下出發之前，宿溪都沒怎麼注意他。

只知道幾位皇子中性格最軟的是太子，最花枝招展、招蜂引蝶、荒淫無度的是三皇子，而最有心計、鋒芒畢露的是五皇子。

至於這個二皇子，和另外幾個比起來，的確一點風頭也不出，而且彷彿開了低調 buff 一樣，在任何大場合下都不怎麼起眼。

就在此時，只見下了馬的二皇子手中還握著一支方才從那些刺客手中奪來的箭，他低頭看了一眼，似乎是在確認有沒有毒，確認無毒之後，他突然毫不猶豫地、狠狠地朝他自己的胸口捅去！

一瞬間，血濺三尺！傷口非常深！

二皇子倒在了地上。

螢幕外的宿溪都驚呆了！

系統跳出提示：『支線任務失敗警告，請好好完成支線任務。』

『如果二皇子重傷，長則半年、短則三月臥病不起，不需要新的伴讀，主角進入太學院的劇情便會被斬斷，或者另外尋找別的辦法。』

『但尋找別的辦法要繞遠路，又會產生很多支線任務，非常有難度。』

宿溪：「……」

她說怎麼剛才幫二皇子擋了那一箭，但遊戲卻遲遲沒跳出支線任務完成的提示，原來在這裡等著自己啊！

這二皇子看起來低調，實際上是扮豬吃老虎啊！

他該不會是早就料到有人要來刺殺自己，所以乾脆帶著侍衛追著獵物去山林裡的地方吧，但誰知道那些刺客沒刺殺成功，所以他乾脆往自己身上捅一箭。

如果只是死了幾個侍衛的話，這次秋燕山刺殺為了皇家顏面，可能就不了了之。

但是如果受傷的是他這個皇子的話，一來皇帝會徹查，二來最近霜凍災害引起民怨，皇帝正在挑人去偏遠北地賑災，他受傷病重了，皇帝肯定就不會讓他去，他不去的話，另外幾個皇子中的任何一個離開了，都會讓京城勢力出現新的布局。

宿溪簡直要懷疑第二波刺客是二皇子自己安排的了。

不過劇情裡沒說，她也不知道猜測的對不對。

這劇情超乎宿溪的意料，她有點凌亂。

但是當務之急是想辦法補救。

二皇子已經受傷了，這遊戲又沒有倒帶功能，那就只能想辦法讓他的傷勢在短短半月內就好起來，最好是幾天就能好，這樣也不會耽誤主線任務。

這樣想著，宿溪先打開商城買了一管迷藥。

她將迷藥用一片樹葉接著，從空中往下灑。

二皇子流血過多，正跌跌撞撞地往營地走，原本他腦子還是清醒的，只要再走不到半炷香的時間，就可以看到營地駐紮的太子，那麼他就安全了。

屆時，便能營造出身邊侍衛全被殺了，他重傷逃出的景象。

但誰能想到，有人暗中對他身上灑迷藥，他一下子就暈過去了。

暈過去之前的二皇子：「……？」

待二皇子暈過去之後，宿溪看了下地圖，確定周圍沒人後，飛快地從商城打開金創藥那一欄。

效果最好的金創藥上面顯示，三日之內便能讓普通箭傷恢復痊癒，效果也是百分之百。

但是二皇子對自己心狠手辣，這傷口扎得這麼深，宿溪很怕他傷口拖個十天半個月才好，耽誤崽崽的大事，於是一口氣從商城買了三瓶金創藥，全都倒在他胸口的傷口上，並且全都抹勻了。

這樣一來應該萬無一失。

宿溪又拖著二皇子，往營地那邊去，但是她肯定不能直接把人從天而降丟在山腳下的營地裡，於是她將二皇子丟在距離營地兩百多公尺的雪地上。

這樣之後還沒結束，宿溪故意在這邊弄出點聲音，想裝作跑過去的野獸，引起那些在營地駐紮大口吃肉喝酒的侍衛們的注意。

可誰知道，她撞了好幾下樹，那些醉醺醺的侍衛根本沒聽到。

宿溪忍不住大力拍了一下螢幕！

二皇子附近的樹木齊齊一震，樹葉紛紛落了下來，那些侍衛這才聽到，慌忙站了起來，抽出劍朝著這邊過來。

但此時天已經徹底黑了，侍衛小人們來到這附近，查看了一圈，又發現沒什麼異常，便又笑著回去了，其中一個甚至從地上趴著的二皇子的不遠處直接走了過去。

宿溪：「……」

二皇子穿著黑衣，的確是不怎麼起眼，但是這麼大個活人躺在這裡都沒辦法注意到，到底是天太黑了還是這些侍衛小人眼睛太瞎了？

宿溪只好又拍了下樹，然後在二皇子的旁邊隨手丟了個燈籠。

她心思好不容易細膩一次，怕和之前送東西給崽崽一樣引起懷疑，特地從商城買最普通的燈籠，稻草做的、獵戶用的那種。

秋燕山上常年有侍衛軍駐紮，這些獵物也是山上獵戶所養，所以會有人碰見受傷的二皇子，救了他並送到這裡再正常不過。

除此之外，秋燕山崇山峻嶺、綿延起伏，雖然有侍衛駐守，但是偌大一座山連邊界都沒有，有別的草民百姓不慎進入山中，也不足為奇。

那些侍衛小人回到營地後，發現這邊亮著燭光，於是去而復返檢查，這才發現地上的二皇子，頓時大驚失色，趕緊將地上的二皇子扶起來：「二皇子，醒醒，醒醒！」

「太子殿下，二皇子殿下遇刺受傷了！」有人嚇得面無血色地去稟告太子。

宿溪這才徹底鬆了口氣，直到這時，畫面上才終於彈出支線任務完成的提示，『恭喜支線任務完成，金幣加二十，點數加二。』

支線任務既然提示完成，說明二皇子的傷勢在她的金創藥作用下，沒什麼大礙了，至少不會影響到後面的劇情。

這個支線任務有驚無險地完成後，宿溪迅速將畫面切換到崽崽那邊。

畫面一切過去，宿溪見到梨花樹下那邊的場景，呼吸就窒住。

天色已經徹底黑了，周圍空曠而寂靜，偶爾有幾片梨花被寒風吹著飄下來，像是細碎的小雪。

崽崽小小一隻，包子臉上面無表情，抱著膝蓋坐在樹下。

像是等了很久，他肩膀上堆了一片白色，眼裡的期待也已經在寒風中熄滅了。

他穿的是紅黑色的衣袍，倒是看不出血跡，只是衣袍顏色變暗沉了，髒兮兮的，只有白淨的脖子和臉上有些許濺上去的血，烏黑的長髮也微亂。他右手邊的箭囊還剩七支箭，他左邊有一顆白色狼頭，看起來猙獰可怖但又有種絕對力量的美。

附近山洞洞口的痕跡有些凌亂的痕跡。

寒風吹來灌進他脖子裡，令他衣袍獵獵振動，但他彷彿感覺不到，仍等在那裡。

他等了多久？

宿溪雖然知道崽崽充滿忐忑與希冀地向自己提出見面的請求，然而自己根本辦不到，最後就只能是這個結果……

當真的看到崽崽斬殺了狼王，抓緊時間來到樹下等待自己，眼睜睜看著時間一點點流逝，根本沒人出現，他眼裡的興奮與亮意一點點暗下來，最後意識到自己根本不會到來，徹底化作一潭平靜的湖水時……

她看著這一幕，心裡還是非常不好受。

這遊戲顯然已經超出普通遊戲能辦到的範疇了。宿溪雖然被綁定了系統，但是她先前也只把這遊戲裡的所有人物當成火柴人，以為只不過是設計師設計出過於智能真實化的主角而已。

可是現在看到眼前這一幕，宿溪卻覺得，崽崽是處於另一個時空裡有血有肉的真實人物了——而越是這麼想，沒辦法赴約，她心裡便越愧疚。

他在冷風中等了自己那麼久，臉上的血跡都被凍得凝固了，本來那麼期待，但期待逐漸變成忐忑，最後又變成了失望——

自己不該讓他等的，早知道這樣，就該留下什麼圖，告訴他自己不能來了……

宿溪沒想到，崽崽會執拗地等這麼久。

而且她也沒想到，自己放了一個遊戲小人鴿子，心裡會這麼酸澀。

宿溪在螢幕外沉默著，螢幕裡的崽崽也十分沉默。

本來還有一炷香左右的時間才要回營，但山腳下因為二皇子遇刺事件，提前吹起了號角。

於是那些世子們陸陸續續走往營地。

此處偏僻，又靠近雪狼王山洞，沒什麼人來，因此還是死寂一片。

宿溪以為崽崽等到這時候，還沒見到人來，也該死心往山下走了。

山腳下營地亂成一團，傳來大聲呼救，他也聽見了。

可誰知道他還是動也不動，繼續等。

直到這一炷香的時間一分一秒地徹底流逝，天色黑得透透的、烏漆墨黑的了，他意識到那人不可能來，眼底殘餘的小火苗終於「啪嗒」一下徹底沒了，這才緩緩扶著樹站起來。

他又站了一下，朝著無盡的茫茫夜空看了一眼，拎著雪狼王的頭，走過去將馬的韁繩解開，牽著馬朝著山下走去。

宿溪看著崽崽小小的身影走在寒夜裡，一顆老母親心都快被戳成篩子了，要不是怕他以為見了鬼，都想把他拽回來，告訴他自己其實來了。

陸喚牽著馬，拎著雪狼王朝山下走，低垂著睫毛，微微抿著唇，沒什麼表情。

那人，到底還是沒來。

那人最終還是不會來，其實早在他的意料之內。從一開始，那人避開他送東西給他，便已經說明了那人不想暴露身分。

見一面的要求，著實是他強求了。

他不過是以為，經過這陣子的交流，那人會見不得他難過，會有萬分之一的可能性，願意滿足他這個小小的願望。但今日從白日等至天光昏黑，那人卻始終未曾出現半點痕跡……

看來，是他太高估自己了。

陸喚雖然在今日之前，對這一場赴約充滿渴盼與希冀，但現在沒等到那人，他倒也不至於宛如一盆冷水澆下來般失魂落魄。雖然胸中的確有些失落，但也稱不上太難過。

畢竟，他早就做好了空等一日的準備。

更何況，那人雖然沒來，但不代表那人會離開他身邊。

只要那人還在，見不見得到人，便不是什麼要緊的事……

想到這裡，陸喚凝了凝心神，努力平了平因為失望而有些下垂的嘴角，快步地走向山腳下營地。

此時山腳下的營地已經亂成了一鍋粥。皇子在圍獵中遇到刺殺，可是一件非常嚴重的事情。

宿溪跟著將畫面調過去，見到崽崽拎著雪狼王出現時，眾世子們大驚失色。

崽崽旁若無人地從眾人中走回去，將雪狼王的頭遞給他帶來的寧王府中的侍衛，讓侍衛作為戰利品呈交上去，至少有一大半的人目光都被他吸引過來……

還有世子前來向崽崽祝賀，宿溪心裡這才好受一點。

崽崽剛剛在梨花樹那邊情緒低沉，但現在看起來似乎要好些了，雖然仍是面無表情，但眉宇間的澀意褪去了一些，宿溪才稍稍放下心。

她玩遊戲不知不覺已經七點了，房門外宿媽媽來敲門：「溪溪，複習完了嗎，來吃晚飯。」

宿溪猛然抬頭，看了眼時間，又看了眼桌上的複習書，我靠，她差點忘了明天要考試！

宿溪趕緊放下手機先出去吃飯。

第十一章　崽崽很孤單

宿溪下線之後，營地裡皇子世子們全都圍到了負傷的二皇子身邊，二皇子的傷口非常深，但是不知道為什麼，居然被人抹了金創藥，以至於他此時已經從昏迷當中醒了過來。

太子正神情嚴肅地派人去查今日刺殺之事到底是怎麼回事，到底何人所為。他底下的侍衛亂成一團。

篝火旁邊，五皇子關切地坐在二皇子身邊，對二皇子道：「二哥，你嚇死我了，你沒事就好，你可有看清那些刺殺你的人的臉？」

三皇子則站在太醫旁邊，端詳著那個多出來的燈籠，不正經地調笑道：「二哥，這是有人救了你啊，不知道是哪個山中獵戶或者侍衛之女，或許能成一段佳話呢？」

二皇子掙扎著靠著侍衛坐起來，皺了皺眉，虛弱地道：「你怎知道是女子，這山上可沒幾個女子。我醒過來時發現自己從溪邊被拖拽到了營地附近，女子可沒這麼大的力氣。」

「也是。」三皇子頓時悻然無趣。

「也有可能是哪位世子家中的下人或者隨從，不管如何，救了我二弟，我必定會報答。」太子肅容吩咐道：「讓那些世子們過來看看，這是誰家的燈籠。」

世子們便一個一個過來。

這燈籠再普通不過，稻草做成，裡面廉價的油燈，便是他們府上的下人也不會用。只不過這燈籠的柄上倒是有一小串蠅頭小字，皇子世子們仔細瞧了瞧，發現根本看不懂。

這一行蠅頭小字的形狀彎彎曲曲，像是蝌蚪，十分奇怪，像是外族文字，又像是隨手用竹刀雕刻下，並無任何意義。

這一行小字是：「Made in the game mall」。

什麼意思？

皇子世子們考究不出來，便當作是毫無意義的圖案，沒再理會了。

但是這燈籠落至陸喚手中時，陸喚盯著這燈籠，漆黑眼睫卻神經質地抖了一下。

他目光有些錯愕地落向二皇子胸膛上敷上的藥粉，定了半晌，沉沉的目光又落回這燈籠上……還沾著些許血汙的臉色變得有些難看。

這串毫無意義的蠅頭小字，那人給他的那盞兔子燈上也有。

他每日清晨將兔子燈從簷下取下來，每日黃昏時點了燭火掛上去，日復一日將兔子燈歡喜地放在手中打量，燈籠的長柄都快被他摩拭得掉了漆，他又怎麼會不知道？

只是他以為是長柄上的花紋而已。

卻沒想到這稻草燈籠上也有。

所以，這燈籠是那人的……

二皇子，也是那人救下的？

是了，這藥粉效果極好，是那人才拿得出來的藥。救下二皇子卻不透露身分，也是那人會做的事情。

陸喚立在原地，抿著嘴唇，一言不發，神色晦暗，並沒什麼動作，只死死盯著手中的燈籠。

上次那人幫助師傅丁，是為了自己，但這一次那人救下二皇子，應當是與自己無關了。

那人為何要救下二皇子，是又有別的籌劃嗎？

這並非什麼對不起陸喚的事情，事實上，他根本沒權利干涉那人做什麼。

他若是因為心底那些隱隱冒出頭的、令他不敢承認、彆扭又無理的占有欲而怪罪那人，未免也太過可笑。

可是此時此刻，他大腦一片空白，不停閃過「原來，那人並不只是對他一個人好嗎」

的念頭，他便完全無法去想別的，他挑著燈籠的手指一點點變涼了。

他以為那人根本沒來。

但原來，那人也來了此地，只不過沒赴他的約，而是去救了二皇子嗎？

陸喚睫毛顫了顫，臉上也漸漸沒有血色。

圍獵因為這一場刺殺意外，而變得一片混亂。

皇子世子們在營地中吩咐侍衛們去巡邏，紛紛戒備起來。而世家小姐們則害怕地瑟縮成一團，彷彿刺客下一秒就會從山上跳下來似的。

還有幾個貴女試圖往太子懷裡衝，藉此機會表現自己柔弱的一面，搞不好能擠掉現任太子妃，成為新的太子妃呢。

太子在一柱香的時間裡，接住了三個摔倒在自己面前的女子，十分無奈，只好叫來五皇子，讓他配合自己清點人數，整頓侍衛軍。

老三是個花天酒地的，靠不住，老二還算低調正常，但現在重傷躺在帳篷裡，幾個皇子中，唯有老五最精明能幹。

五皇子早知道自己的太子大哥平庸到一遇到這種事情便手忙腳亂、焦頭爛額，於是他微微一笑，斟了杯茶給太子：「大哥忙碌了一整日，頭疼不已也實在正常，神明都無法連軸轉成這樣。何不休息一下，讓五弟代勞呢？」

太子這才鬆了一口氣：「如此，便有勞五弟了。」

五皇子離開帳篷，臉上的笑容立刻變淡。他行事俐落，傳令下去，誰再敢大呼小叫，擾亂人心，便一律按罪處罰。並將侍衛軍分成三列，一列上山調查刺客痕跡，一列護送世家小姐們先各回各府，一列留下來守衛。再派幾人去皇宮稟告此事，很快便將混亂的營地整頓一番。

隨即，他叫來一個隨從，問道：「今日獵取到雪狼王的那位小公子，是哪家的？」

隨從回答道：「回五殿下，是寧王府的第三子。」

五皇子的視線看向篝火旁的那一眾世子，視線一下子便鎖定了穿黑紅窄袖獵裝的那個少年。

原因無他，那少年氣質出眾，鶴立雞群。

周遭世子嘈雜不已，像是十幾隻雞驚慌失措地撲騰翅膀一樣，唯獨他立在人群中，連眼皮也不抬一下，看起來鎮定而冷淡。

如此模樣，瞧起來倒半點不像普通世子，反而有幾分皇家子弟的雛形了。

五皇子不由得多看了那少年好幾眼。

五皇子走過去，對陸喚笑道：「恭喜，英雄出少年，若我沒記錯，寧王府第三子才滿十四，現今才十五歲。」

陸喚將稻草燈籠遞給別人，抬眼道：「五殿下過獎了。」

他並非第一次見五皇子，上次以永安廟神醫的身分去赴戶部尚書之約時，他看見五皇子的馬在仲甘平府上的馬廄裡，便猜到五皇子也在屏風後面。

此次二皇子遭到刺殺，看似迷霧重重，不知是土匪還是起義軍所為，但陸喚猜到，恐怕都不是——若不是五皇子所為，便是二皇子自己賊喊捉賊。

當然，以陸喚對五皇子的猜測，這五皇子雖然只比自己大幾歲，在皇子中年紀最輕，看起來一派天真，但實際上心機深沉。他應該不會想不到，若是刺殺不成功，第一個被懷疑的便應該是他。因此，他恐怕另有打算。待到二皇子將調查引向他時，他再拿出證據，讓皇帝認為是二皇子自導自演、栽贓弟兄。

當然，到時候到底是誰更棋勝一著，就和陸喚沒關係了。

京城中幾位皇子之間暗潮洶湧，局勢兇險，他根本無意參與這些事情，可是那人——

那人是一個來去自如、精通機關算術的世外高人，今日為何突然要救下二皇子？是……站隊二皇子那一邊嗎？

還是哪邊的勢力都不站，單單只是出於好心救下了人？

若是站隊二皇子那邊，想扶持二皇子上位，那麼，這些日子以來這樣幫助自己，難不成是為了培養自己，讓自己在京城中站穩腳跟，而後因為恩情助二皇子一臂之力？

那人鋪墊這麼多，讓自己以神醫之名在京城獲得威望，不應該毫無目的才對。

可若是如此想的話，那人所做的其他事情，又毫無目的可言啊……譬如那碗長壽麵，譬如照顧自己……

又或者說，今日救下二皇子，並非有什麼籌劃，而只是隨興所至罷了。那人出於善心，見到二皇子受傷倒地，便出手相救……

可是，二皇子胸膛上那傷口，那藥粉被抹得那樣勻——

陸喚想起心中便細細一刺，眸子裡劃過一絲鬱色，只是隨手一救？為何又那麼關切地倒那麼多金創藥？用手抹的嗎？還是用什麼抹的？都拉開二皇子的衣袍抹在他的肌膚上了！

還生怕二皇子流血過多而死，留下燈籠讓侍衛盡早發現？

這分明就不是隨手一救！而是關懷備至！不亞於那夜照顧自己，讓自己退去高燒了。

——那麼，接下來還會有別的人嗎？

原來，那人的目光並不只是在自己一人身上嗎？自己並非獨一無二，而只是其中之一嗎？！

陸喚並不知道那人的目的為何，可無論那人救下二皇子是隨手一救還是關懷備至，他心裡都像是被從頭潑了一盆冷水之後，又被搶走了什麼重要的東西，有些喘不過氣……甚至因此感到焦灼與妒忌。

陸喚神色沉鬱之際，五皇子也忍不住多打量了他幾眼。方才這少年抬眼的那一剎那，五皇子竟然覺得他有些神似自己那位英俊冷峻的父皇。

但是，怎麼可能呢？

五皇子懷疑是不是營地裡太過昏暗，自己看錯了，他笑了笑，道：「待刺客事件結束後，十日後父皇應當會為秋燕山圍獵賜賞，在那之前，你可要好好想想要什麼賞賜。」

說完，便轉身對其他世子道賀了。

圍獵就此結束，寧王府中有人去報喜，說是陸喚拔得頭籌，整個寧王府驚呆了，完全沒想到陸喚居然能直接在秋燕山圍獵中殺出重圍，獲得第一！

想要獵到雪狼王，可不是一件容易的事情，何況三少爺才剛滿十四，還是個十足的少年。之前寧王府中眾人雖然都知道他比大少爺二少爺強許多，提水桶時力大無窮、考官來考時也百步穿楊，可因為沒有別的對比，也沒有讓他射獵的機會，並不知道他竟然還可以獵取到雪狼王的首級！

……老夫人是出自鎮遠將軍府，鎮遠將軍年輕時平定邊塞，英勇善戰，難不成三少爺繼承了鎮遠將軍的血脈？

老夫人自然也是這麼想的，之前覺得自己這三個孫子，沒有一個繼承了鎮遠將軍府的武力值，可現在……她頓時喜出望外，激動得不能自已。

她原本送陸喚去秋燕山圍獵，自然是指望他與二皇子搭上線的。可今日據侍衛回來傳報，說是陸喚在秋燕山圍獵中，完全沒與二皇子有任何交談，她還大為失望，心裡責怪自己這庶孫過於有棱角，不懂朝廷結交那一套！

但萬萬沒想到——這庶孫辦到的，遠遠超出自己所料，竟然直接拿到了頭籌！

這樣一來，便不只是能結交二皇子了，甚至賞賜之日，能得皇上青睞也說不定！！

老夫人大喜過望，若不是不能太過張揚，叫別的府邸瞧了去，以及她風溼暫時還不能下地，她都想為自己這庶孫擺上一桌了。但即便如此，她還是立刻讓自己身邊的嬤嬤，又送去一些衣物賞賜給陸喚，並代為表達老夫人的祝賀。

而寧王夫人與躺在床上的陸裕安、陸文秀兄弟倆自然又是一番氣急敗壞。

不過，這都是另話。

陸喚將馬廄牽到院內繫在木樁上，情緒低落地餵完了馬，然後回到屋內。

他昨晚一如既往地在桌腳的小木盒內留了紙條和新的木雕，可那人今日去了秋燕山，費盡心神救下二皇子，甚至都沒時間去梨花樹下告知自己一聲，自然沒時間理會自己的小紙條和小木雕，是不是？

雖然這麼想著，但他垂眸盯著桌腳片刻，抿了抿嘴唇，還是將小木盒抽出來。

卻見——果真沒有被動過。

陸喚心中彷彿被一隻手擰了擰，毫無理由的妒忌與焦灼纏繞上他的心頭……

他明知自己不該如此，不該如此貪心，既想要見到那人，又想要知道那人長什麼樣子、有什麼音容相貌，還想要那人只有他能碰到、接觸到、見到、擁有，更想要那人對他做過的事，就只對他一人做過。天底下哪有他這麼貪心的人？！簡直貪婪到讓人厭惡了！

可他就是……就是控制不住那些占有欲的想法……就是很難過……

就好似，自己並非獨一無二。

陸喚吹了一整日的冷風，此時渾身肌膚也極冷。

他看著空蕩蕩的桌案，沉默了下，不知道今日該留下什麼紙條——

問那人為何沒有赴約？此事，還有問的必要嗎？若是問了，指不定會惹人煩。

撇開這件事，裝作沒發生過，留下別的話嗎？

陸喚竭力凝了凝神，將紙張在桌案上攤開來，提起筆，沾了沾墨水，在紙張上寫下：

今日你似乎沒來，不過無礙，我亦沒等多久。出了些事情，我中途便離開了。抱歉。

寫完，陸喚看著這紙條，抿了抿唇，又不大滿意，他有些心煩意亂，將紙張揉成一團，在燭火上燒掉了。

他今日不知道該寫些什麼，心裡許多事情想問，可又知道那人不會給任何回答……

他心裡從未如此般一團亂麻，不由自主地望向屋簷下的那盞兔子燈，可腦海中又立刻想起那人救下二皇子之後，留下的相同的稻草燈。陸喚眼睫顫了顫，心中被他無法控制的妒意纏繞，他閉了閉眼睛，索性放下筆，將臉上和身上一身血汙洗掉，隨即早早地上了床。

宿溪吃飯速度可以說是非常快了，但吃完飯之後，照例要洗碗，她被媽媽推進廚房，臉上頓時怨念一片：「媽！怎麼又是我洗碗，還不如在醫院待著呢。」

「這種話別胡說。」宿媽媽立刻板著臉教訓她，催促道：「快點洗完碗，回房間再複習一下，明天不是要月考嗎？」

宿溪只好跛著腳進了廚房，花了十幾分鐘飛快地洗完碗，才急匆匆地回到房間，打開手機。

這時間崽崽應該睡覺了。

果然，她上線時，床上被子已經拱起了小小一團，像是一個小小的山丘，宿溪今天放了崽崽鴿子，心裡還有幾分愧疚，正琢磨著送點什麼東西彌補他。

但首先，看看他留下了什麼紙條，說不定有埋怨自己為什麼沒來……不過以崽崽的性格，即便心底失望，留下的紙條肯定也是——「唔，沒來沒關係，反正我也沒去呢」。崽崽一向口是心非又死鴨子嘴硬。

這樣想著，宿溪被自己逗樂了，輕手輕腳地撥開桌腳。

但是她立刻怔住了，眼裡劃過一絲不可思議。

沒有？

桌腳裡沒有紙條？！

崽崽今天沒有寫紙條？！

我靠！！這可是他有史以來第一次沒有留下任何紙條給自己！是因為自己沒有赴約，在鬧脾氣嗎？！不是，這也太像幼稚園小朋友了吧？！

宿溪頓時哭笑不得地看向木板床上，崽崽正朝著牆壁睡覺，一隻手抱著頭，一隻手放在眼皮上，看起來睡得十分不安穩，眉宇還蹙著，心事重重的樣子。

宿溪將畫面放大，見到崽崽脖子上還有些細微的傷口，在白皙的脖子上十分顯眼，應該是今天圍獵時傷到的，只是下午時被血汙擋到了自己沒發現……

她頓時有二十倍的愧疚。

宿溪想做點什麼。先幫他脖子抹點藥，然後留下什麼「負荊請罪」的圖，道個歉——就是不知道崽崽知不知道這個典故。或者從商城裡兌換點別的什麼小東西，讓崽崽開心一下。但就在她坐在床上，剛要打開商城時，房門突然被推開了。

宿媽媽問：「溪溪，妳怎麼還沒開始念書？」

宿溪嚇得手機都摔在了地上，趕緊七手八腳撿起來，但剛撿起來，就被宿媽媽拿走了，媽媽道：「在醫院天天玩遊戲也就算了，反正算是因病休息，但現在都已經回學校了，就別天天玩了。更何況，妳明天還要考試呢，妳複習完了嗎？」

宿溪伸手去搶，但宿媽媽一下子將手機舉起來，嚴厲道：「妳還跟我搶手機，我看妳是沉迷遊戲了！」

宿溪臉都委屈皺了：「媽，十分鐘，讓我再用十分鐘手機。」

「考完試再說。」宿媽媽拿著她手機往外走，道：「考不進班上前三……算了妳這陣子落下不少功課，那就考不進前十，手機永久沒收。」

宿溪嚇了一跳：「媽——！」

宿媽媽已經關上門出去了，在外面吩咐宿爸爸等等送杯牛奶進來。

宿溪急得撓了撓頭，但她看了眼桌上還沒動過的卷子，又看了眼牆上的掛鐘，也知道自己該複習了。再這樣下去，不僅是宿媽媽會為她擔心，她自己一直沉迷遊戲，她自己也要擔心自己了。她一向很有定力，成績也很好，但現在的確將太多精力花在遊戲上了，如果成績下降，馬上就高三了後果將不堪設想。

可她也的確很擔心崽崽。

不過考試也就兩天半，還好，遊戲裡不過七八天，應該不會有什麼意外。現在農莊正在順利運轉當中，秋燕山圍獵的劇情已過，崽崽順利拔得頭籌。寧王府中，因為老夫人的重視，寧王夫人和陸裕安、陸文秀暫時也鬧不出什麼事。再加上崽崽冰雪聰明，自己沒有必要太為他擔心。

等到考完試，再找他。

這樣想著，宿溪定了定神，先到書桌旁邊打開了課本複習。

這一夜陸喚翻來覆去，並未睡好，翌日，窗外又開始下起鵝毛大雪，紛紛揚揚，應當

是寒冬裡的最後一場雪了，院子裡的草長出來了一些，現出些許春意來到的跡象。

他睜開眼後，下意識便朝桌案看去，臉上混雜著複雜的神情。

昨夜，他沒留下任何紙條給那人，但不知那人會不會主動留下些什麼……或許是留下一些暗示，告訴他與二皇子有關的事情？

陸喚並不指望那人會對未曾赴約一事做出解釋。畢竟，那人也並未答應過他要赴約。他等了一日沒等到，也怪不得那人，是他……強人所難了。

冷靜了一夜之後，陸喚亦知道自己昨夜因那人來到秋燕山，卻是去救二皇子而沒來見自己；因那人細緻地幫二皇子抹勻傷藥，留下和給自己一樣的燈籠而賭氣，因而心煩意亂生出一些不該有的妒忌心緒，實在是有些太過可笑了……

換句話說，這些日子以來，與那人用紙條溝通，得到了那人的陪伴、善意與溫柔……這些是他從出生到至今從未得到過的，以至於他有了種那人只可以陪在他一人身邊的錯覺。是他太得寸進尺了。

陸喚定了定神，心裡想著，若是昨夜那人留下了什麼東西，他今日便徑直問一問，救下二皇子是為何；若是那人仍一如既往不肯回答，那麼便當作沒這回事。只要那人還在，這些都不是什麼大不了的事情。他心裡那些沉甸甸的、陰暗的占有欲，也該稍稍收斂了……

他穿著中衣，走到桌案邊，心裡仍抱著些期待——

他凝神，附身將桌腳裡的小盒子抽出來。

若是那人又留下了什麼東西——他便不計較那人未曾赴約一事了。

陸喚將小盒子拿在手中，幾乎有些不敢打開，他眸子裡隱隱藏著些許希冀與忐忑，頓了好半晌，他才抱著某種像是晚受刑不如早受刑的心思，打開了手中盒子。

只見，盒子裡仍空無一物。

「……」

陸喚眼睫一抖，手腳一瞬間有些冰涼，他又將盒子翻轉過來倒了倒，又朝著桌案看去，呆了一下之後，他快步走出屋外。

可是，院子裡空蕩蕩的，紛紛揚揚的大雪之下，死寂一片。

雪地白茫茫的，院子裡沒有像以往一樣多出什麼東西，更沒有人來過的痕跡——那人昨日沒來赴約，昨夜竟然也沒有留下任何訊息嗎？

這還是第一次，兩人斷了聯絡。

陸喚呆立好半晌，就連雪花浸透肩膀的單薄衣服也沒察覺。

他心中忽然一陣緊張。

這些日子以來，那人每夜都會拿走他的紙條、和他交流，即便不留下隻言片語，也會留下一些痕跡表示來過。從不間斷，可是昨晚竟然——

難不成是因為自己先沒留下紙條，那人也生氣了不成？

不對，那人不像是會生氣的人，那人替自己做了很多，乃至於報復寧王夫人，自己從這些事情當中竭力揣測那人的性格，可從未捕捉到那人生氣的情緒。那麼，或許只是昨夜有事，沒來罷了？

陸喚心臟宛如綁了一塊大石頭，直直墜落，這下他顧不上任何彆扭的情緒，快步回到屋內，攤開紙張，快速寫下紙條。

第三日，他幾乎是一夜未睡，待到天亮，便迅速跳下床，等那人回應。

可是——仍沒有。

和第二日一樣，沒有任何東西留下來，也沒有任何有人來過的痕跡。

第四日。

第五日。

整整過了八日。

陸喚寫了許多張紙條，有些被他心神不寧地捏成一團在燭火裡燒掉了，有些放在小盒子裡等待那人回應，但是，整整八日過去，那小盒子裡他放進去了什麼東西，便只有什麼東西。除了他之外，再無人動過。

那人彷彿，徹底消失在他的世界了……

陸喚早就想過有朝一日那人可能會突然消失，不再留下任何蹤跡，讓自己無論用什麼辦法也遍尋不到。因此他先前才急於透過紙條交流，找出那人的身分。可他萬萬沒想到，這一日竟然來得如此早。在他還不知曉那人是誰之前，那人便已經悄然不見。

陸喚前兩日還有出門，可到了第八日，他已經枯守在院中了，他一夜未眠，坐在屋前的門檻上，眼中有些紅血絲，不知道為何，那人突然消失了。

——他最擔心的事情發生了。

那人消失了。

「你滿意了？」陸喚對自己喃喃道。

必定是他貿然提出相見，讓那人厭倦了陪伴在自己身邊，才陡然離開，音訊全無。又或者，那人轉移了目標，不再出現在他身邊，而去對二皇子、對別人好了。他那夜從秋燕山上回來，竟然還因為耍小性子，沒有留下任何紙條，是他主動切斷了兩人的聯絡。

若那人再也不出現——他該怎麼辦？

陸喚在此處枯坐了一整日，從晨露到天黑。他臉上沒什麼表情地看著院外，並不固定看著某個地方，只是在放空、在等著人來。天徹底黑了，他起身點了兔子燈，又繼續轉身坐下。

他回想起那人第一次出現時，應當是——自己身後的這道柴門突然被修好了？還是更早的時候？

後來，那人數次送來各種東西，做工細緻的長靴、炭火、糧食，他心中驚愕不已，懷疑是寧王府中什麼人對他設下的陷阱。可那一晚，他重病高燒不起，迷迷糊糊中又被那人所救。他又驚又疑之餘，心中漣漪層層。後來，那人贈予他一碗長壽麵，那是陸喚從出生到現在吃過最好吃的東西。再到後來，他開始用紙條與那人溝通，而那人竟然也開始回應他，也是第一次，有了可以傾訴之人——

可是現在，那人再也不會來了。

陸喚眼裡死氣沉沉，簷下的燈光也落不到他眼底，他垂著眸子，有些茫然地看著地面。

是他哪一步走錯了嗎？

宿溪考完試是兩天半之後。中午考完最後一科公史地綜合測驗，她填寫完答案卡，

就飛快地交了卷子。足足兩天沒上線，宿溪心裡非常擔心，雖然知道遊戲裡不會發生什麼大事情，但她還是忍不住想快點回去見到崽崽。幸好考完的這天下午放假，她可以早點回家。

之前只把遊戲當成遊戲，可隨著裡面的遊戲小人有自主情感之後，她便越發覺得，自己不在的這兩天，崽崽會不會生出難過的想法……

當然，也有可能只是宿溪多想了。

總之，她顧不上顧沁她們叫她下午去逛街，沒在學生餐廳吃飯，便直接上了公車，飛快地回家了。

手機就在爸媽房間裡，宿溪宛如做賊一般，打開爸媽房門，將自己手機拿到了手。回到房間充電，然後打開螢幕。

宿溪心臟怦怦直跳，想到即將可以看到崽崽，她眉開眼笑。但是，當她上線將畫面切換到屋內之後，她的笑容立刻戛然而止。

等等，屋內地上怎麼全都是揉成一團的紙張？

這些紙條應該是崽崽這段日子以來寫的，但是得不到她的回應，竟然寫了如此之多嗎？那他豈不是一直在等自己？

宿溪萬萬沒想到，有一天自己沒上線，而主角會一直等著自己，她頓時心頭一澀，顧不上看這些紙條，直接將畫面切換到了院子內，去找崽崽。

而畫面一到院內，她便見到崽崽正坐在屋門門檻前，微微抬著頭，注視著簷下那盞搖晃的兔子燈。

此時遊戲裡已經天黑了，燭光落在他臉上，明明滅滅，讓人看不出他的神情，他似乎也沒什麼神情，只是包子臉上一片陰影與晦暗，眼眶有些發紅。

怎、怎麼了？

完全不知道崽崽想像了什麼的宿溪正要拉近畫面，就見崽崽的頭頂彈出一大片白色氣泡——

簡直像是這段日子以來都沒彈出來，現在積攢到一起一次性彈出來一樣，密密麻麻的快將螢幕淹沒了。

——「你對我，只是利用嗎？」

第一則蹦出來的是這個，宿溪眼皮一跳，下意識要否認，崽崽又在瞎想什麼，但緊接著跳出來更多則。

——「你是不是不會再來了？」

——「對不起，我那日不該提出想見面的。你必定覺得困擾。」

——「若你不願，今後一個月出現一次也沒關係，但可否……」

——「……不管你對我是利用，還是出於憐憫，我……我都不在意。」

——「我認了。」

——「對不起，我那夜並非故意不留下紙條，我只是……我只是嫉妒……對不起，我不該……我不該太貪心……無論你是誰，無論你為何出現，又為何消失……你……出來和我說句話好不好。」

——「我很孤單。」

接著，那些一個接一個的氣泡緩緩消失了，只留下最後四個字，在螢幕上慢慢猶如水蒸氣一樣消散，卻令宿溪呼吸窒住。

屋門門檻前的小人孤零零坐在那裡，只有被泛黃燭光照在地上的影子陪著他，也是小小一團，落在他腳下。

他什麼也沒說，這些白色氣泡只是他心裡的話。

他面無表情地抬頭看著那盞兔子燈，不知道在想些什麼，可是他心裡說——

他很孤單。

宿溪看著崽崽，忘了呼吸，然後，眼睛慢慢地有些酸澀。

她以前從沒想過，自己沒上線時，崽崽都在幹什麼。她以為可能忙於種田，也有可能忙於籌劃別的事情。可她唯獨沒想過這個問題——崽崽會因為自己沒上線，而覺得自己不要他了嗎？自己沒上線時，崽崽會不會想自己，會不會很孤單。

可現在她知道了，她不在時，小人很難過。

宿溪看著崽崽，心裡忽然揪得很緊，這是她第一次有了如此強烈的思念情緒，竟然是因為遊戲裡的一個小人。她想告訴崽崽，自己回來了，可是又不知道該用什麼辦法。

於是她打開商城，左右挑選，手指不經意在一束煙火上抖了一下。

接著下一秒，螢幕上猛然綻放了一朵煙火。宿溪嚇了一跳。

而屋門前的陸喚看著無盡的夜空，倏然聽見不遠處一聲爆炸聲，天際驟然升騰起一串煙火，流光溢彩，一瞬間像是銀河傾瀉，落入他院中。

這等場景，並不像普通人能辦到的。今日並非什麼節日，街市上也根本沒有這樣的煙火。

他頓時一愣，接著，心臟快跳出喉嚨。

他猛然站起來，朝著院中走幾步，仰頭用力望向夜空，臉上有不確定的狂喜——是那人回來了嗎？

宿溪見到了他臉上的表情變化，鼻腔更加酸。

她心酸地伸出手指，拂起一陣風，輕風吹過柴院，將陸喚單薄衣袍溫柔地輕輕掀動——崽，我在這裡。

一直。

——《與遙久時空的你戀愛》未完待續——

高寶書版集團
gobooks.com.tw

YH 160
與遙久時空的你戀愛（上）

作　　者　明桂載酒
封面繪圖　單　宇
封面設計　單　宇
責任編輯　楊宜臻
內頁排版　賴姵均
企　　劃　何嘉雯

發 行 人　朱凱蕾
出　　版　英屬維京群島商高寶國際有限公司台灣分公司
　　　　　Global Group Holdings, Ltd.
地　　址　台北市內湖區洲子街88號3樓
網　　址　gobooks.com.tw
電　　話　(02) 27992788
電　　郵　readers@gobooks.com.tw（讀者服務部）
傳　　真　出版部(02) 27990909　行銷部 (02) 27993088
郵政劃撥　19394552
戶　　名　英屬維京群島商高寶國際有限公司台灣分公司
發　　行　英屬維京群島商高寶國際有限公司台灣分公司
法律顧問　永然聯合法律事務所
初版日期　2024年5月

原著書名：《我養成了一個病弱皇子[治癒]》由北京晉江原創網絡科技有限公司授權出版。

國家圖書館出版品預行編目(CIP)資料

與遙久時空的你戀愛/明桂載酒著. -- 初版. -- 臺北市：英屬維京群島商高寶國際有限公司臺灣分公司, 2024.05
　冊；　公分. --

ISBN 978-986-506-993-3(上冊：平裝). --
ISBN 978-986-506-994-0(中冊：平裝). --
ISBN 978-986-506-995-7(下冊：平裝). --
ISBN 978-986-506-996-4(全套：平裝)

857.7　　113006862